痴恋

彩云 ◎ 著

北方文艺出版社

图书在版编目（CIP）数据

痴恋 / 彩云著 . —— 哈尔滨：北方文艺出版社，
2020.1
ISBN 978-7-5317-4667-6

Ⅰ . ①痴… Ⅱ . ①彩… Ⅲ . ①长篇小说 – 中国 – 当代
Ⅳ . ① I247.5

中国版本图书馆 CIP 数据核字 (2019) 第 231653 号

痴 恋
CHI LIAN

作　　者 / 彩　云
责任编辑 / 路　嵩　　　　　　　　　装帧设计 / 树上微出版

出版发行 / 北方文艺出版社　　　　　邮　编 / 150080
发行电话 / (0451) 85951921　85951915　　经　销 / 新华书店
地　　址 / 哈尔滨市南岗区林兴街 3 号　网　址 / www.bfwy.com

印　　刷 / 武汉市卓源印务有限公司　　开　本 / 880mm × 1230mm　1/32
字　　数 / 180 千　　　　　　　　　印　张 / 10.25
版　　次 / 2020 年 1 月第 1 版　　　　印　次 / 2020 年 1 月第 1 次印刷

书　　号 / ISBN 978-7-5317-4667-6　　定　价 / 68.00 元

谨以此书献给军工人

题词

再见时

雪已落满鬓发

步履也已蹒跚

可心还如初

燃着夏日的炽焰

漫长的沉寂

均已拂尽

久酿的激情

从尘封的闸门中汹涌

泛起醉人的春澜

啊，不觉又回到了当年

目 录

痴恋

引 子

一九六〇年，饥饿的魔鬼在神州大地上肆虐。

十月的北方，天气开始变冷，气温一天天地下降，西伯利亚的寒流悄悄地偷袭着美丽富饶的呼伦贝尔大草原。北风夹杂着雪粒无所顾忌地在草原的上空呼啸，草原失去了夏季绒绒绿毯的美丽，变得枯黄，枯草在寒流中颤抖着、呜咽着……

一天傍晚，一匹深棕色的大马，仰着头迎着风在大草原上奔驰。马背上的北方大汉一手紧握着马的缰绳控制着马的速度，一手小心翼翼地护着他那宽大的蒙古袍里揣着的女婴，不知是饥饿还是因为马奔跑时的颠簸，女婴哭声不断，时强时弱。大汉轻轻地拍着哭泣的女婴自言自语："乖宝宝，莫哭！一会儿咱就到家了，你有家啦！你有了阿布、额吉，就是阿爸、阿妈！还有很香的羊奶吃，听话，不哭！"

大汉的自语，那婴儿似乎听懂了，停止了哭声，在大汉的怀抱里慢慢地、甜甜地睡着了。

大汉虎背熊腰，紫红色的方正脸庞凸显着草原上风吹日晒的痕迹，还有牧马人的威武与刚强。

　　马的嘶鸣声惊动了蒙古包里的女人，女人三十来岁，叫高娃。高娃高个细腰，凤眼眼珠微微泛蓝，眼神中带有俄罗斯女人的宽厚和蒙古族女人的慈祥。

　　高娃听出是丈夫宋北方坐骑的马蹄声，急忙迎了出去，只见大汉跳下马，系好马缰绳，抱着熟睡的婴儿走进蒙古包。蒙古包内，高娃已拢起了火堆，热烘烘的。

　　大汉解开腰带，把印花小被包裹着的女婴递给高娃："孩子！"

　　"孩子？什么孩子？"高娃疑惑地瞅着大汉。

　　"咱们的孩子！"

　　听到"孩子"两字，还是"咱们的孩子"，高娃急忙接过用花被子包着的女婴，打开小被，女婴红扑扑的脸蛋上长满了细细的绒毛，很瘦，几乎是皮包着骨头，但睡得很香、很甜，熟睡中小嘴还不时地嗫着，好像在梦中吃奶。婴儿的脖子上戴着一把精致的带有龙凤呈祥花纹的百岁银锁，银锁的背面用刀痕刻着"60.8.13"。

　　高娃看着这熟睡的婴儿欣喜若狂，但又疑问重重。她与宋北方结婚已经五年了，却没有怀上自己的孩子。高娃喜欢孩子，日日夜夜盼望着能与宋北方有个自己生的孩子，但是迟迟没有如愿。现在丈夫莫名其妙地抱回一个女婴，她着实有点不解，难道是……她不敢去想，她只想知道这孩子的来历。

"这是谁家的孩？哪来的？"

"不知道！可能是弃儿。"

"你是说这个孩子是捡来的？从哪捡的？"

"可以这么说，但又不能这么说。"

"谁家父母这么狠心，把自己的亲生骨肉扔掉？我不信！你不是在骗我？莫不是你在外面有了……不打紧，即使真的是……我能接受，也能养她！"高娃以女人的心理揣摩着这件事。

"什么话！养育这孩子是旗政府交给我俩的任务！"

"旗政府？"宋北方的话让高娃越听越糊涂，难道旗政府还负责分配孩子？孩子哪来的？高娃带着莫大的疑问望着宋北方！

"先别问这些！有空再给你说……先给这孩子喂点羊奶，羊奶平和养人，咱只要有羊奶，不怕养不活！"

高娃点点头。

"你再给她做两套小衣服，缝两床小被子，一床厚的，一床薄的……凡是小孩要用的东西，你看着整！奶瓶我都弄好了。你再把咱俩的旧衣服撕成尿片给孩子用！她就是咱俩的孩子……"宋北方一边说，一边从兜里掏出一个玻璃奶瓶。宋北方不断地给妻子下达着怎样养孩子的命令。

宋北方和高娃都很喜欢孩子，结婚五年，不见高娃怀孕，夫妻两人看中医，看蒙医，看西医，得出的结论是：高娃患有不孕症。

高娃抱着女婴很兴奋，尽管她怀疑这孩子的来历，但她认为孩子是无辜的，既然来到她的家，那就是缘分，甭管孩子咋来的，她都要用母亲的爱来养育她！把她视为自己亲生的。

高娃用了一个夜晚，搜尽了家里所有能用在孩子身上的东西，物尽其用地做成婴儿用品，并把那头产奶量最多的羊，定位成专门为女婴提供奶源的羊妈妈！

宋北方望着吃奶的婴儿和满脸笑容的高娃，开玩笑地说："你是她的阿妈！我是她的阿爸，那头羊就是她的羊额吉！"

晚上两个人守在女婴的身边，宋北方对高娃讲述了孩子的来历，并告诉她："她的亲生父母在哪不知道，只知道她是国家派人送到旗里，让我们养的孩子，就叫她'国家孤儿'吧！"

"这孩子真可怜，这么小就被抛弃！"

夫妻二人认定这孩子就是他俩的孩子，并约定等她长大了，再找个机会告诉她！并给女婴起了个蒙古族名字乌兰其其格，希望她像红色的花儿一样盛开在美丽的草原上，在他们的爱护下幸福地成长。

四十八年后，乌兰其其格躺在了重病监护室里，她即将走向无边的黑暗……

第一章

　　乌兰其其格躺在充满药味的病房里，大口大口地喘着气，胸口像压了一块巨石一样，压得她吸一口气都变得异常艰难，竟要使出浑身的解数，付出仅有的那点力气！只有在呼吸机的帮助下，才能平稳地获得那点身体急需要的氧气！胸口难以忍受的疼痛折磨着她，哌替啶的麻醉似乎已经不起作用，她在与病魔抗争。

　　乌兰其其格往日红润的圆脸失去了光泽，已被灰白所代替，丰满的身躯已消失得无影无踪。谁都不敢相信仅仅半年的时间，病魔就把一个有魅力的俊妇变成让人难以接受瘦骨嶙峋的骷髅！那对又黑又亮的大眼睛已失去了往日的精神，半开半合地望着白色的天花板，她感觉到了死神正在向她走来，她清醒地意识到生命的列车已到了终点。她要下车了，她很不情愿，未了的心愿揪着她，拽着她，情还未了，心还难舍。

　　她昏迷了！

　　一位青春靓丽戴眼镜的姑娘陪伴在她身边，姑娘手里拿着鹏城大学的录取通知书向她展示着："妈妈！你醒醒！我是翠翠，我被鹏大录取了，是重点大学！妈妈，你要挺住，等病好了，跟着翠翠去鹏城见琪琪姑姑……"

翠翠说着，眼泪从那眼镜的框边上滴落下来，一件人生最大的喜事却让她高兴不起来，她太希望与她相依为命的妈妈能分享她十二年寒窗苦读所取得的成果，她知道这是妈妈最盼望的事！她的哭诉唤醒了昏迷的妈妈。只见乌兰其其格睁开了眼，脸上浮出一丝笑容。

半年前那次全校教职员工的体检，宣告了她生命的终点。

那是一个极为明亮的早晨，太阳从云层中跳跃着升到了天空。乌兰其其格以校后勤部负责人的身份早早地来到了市人民医院。她在联系为全院教职工进行一年一度的例行体检。她是最后一个做完 B 超，最后一个拍完 CT 片，最后一个化验血的人。

一天后，医院通知学校去取教职员工体检结果。

乌兰其其格站在那位戴着黑边眼镜的女医生面前，女医生微笑着打量着她："你是职大领导？还挺年轻嘛！"

"我像吗？"乌兰冲医生微笑着，女医生摇摇头没有回答。

"不，我不是。我只是受学校领导委派负责这项工作的。"

"那你回去吧！让你们学校领导来。"女医生很坚决地拒绝了她。

"医生，你就让我拿回去吧！这点小事还能劳驾我们领导吗？再说他们都很忙！"乌兰其其格央求着女医生。

女医生漫不经心地听着她的唠叨，半晌才不经意地问道："你们学校有个叫乌兰其其格的吗？"

"有啊！那就是我，我叫乌兰其其格。"她摸不清大夫为啥要单单问起自己的名字。莫不是自己身体出了啥问题？是的，大半年来她或多或少感觉身体有些不适，有时半夜莫名其妙地咳嗽，还伴有轻微的胸闷，时有体温升高，可她没有在乎，也没有把这些症状当回事。在她的意识中，她的身体很棒，感冒发烧很少找到她，遇上流感，她都很少被传染，即使被感染，三两天就会好。

她清楚地知道，健壮的体魄是养父养母从小带着她在那广阔无边的大草原上练就的结果，她常常从心里感激她们。

现在女医生的询问使她有点警觉，她问女医生："我咋啦？身体出问题了吗？"

女医生姓贾，人称贾医生。四十多岁，白皙的脸上看不到一丝的皱纹，一双认真的眼睛总是带着笑意。同事们都拿她的姓开玩笑："贾医生，你啥时候能变成真医生呀？"她会认真严肃地一笑答道："我也想呀，爹妈给的！这辈子恐怕不行啦。这叫啥？这叫‘假亦真来真亦假！’”说完哈哈一笑！

贾医生上下打量着乌兰其其格，吞吞吐吐地说：“你是蒙古族人？”

乌兰点点头，又摇摇头：“在内蒙古草原长大！”

“噢！我从体检报告的照片上看到的乌兰其其格就是你，随便问问验证一下！”

“怎么？是不是我的身体真的出了问题？”乌兰其其格追问着。

贾医生没有直接回答，沉思了一会问道：“你爱人在哪儿工作？”

“爱人？”乌兰不知如何回答，心想：我爱人家，人家又有了新爱……但她不能这么说，有点难为情。“出差啦，没时间回来，家里只有女儿，在读高三！”乌兰没有坦露真情，她没法说出口，这是她心灵上难以弥合的伤疤！她常怨自己太傻了，傻到把自己钟爱的人拱手相让！

贾医生摇摇头，态度强硬地说：“还是让单位领导来拿吧！”

贾医生的执着和倔强，乌兰其其格似乎明白了，自己的身体真的出了大问题，医生不敢直言！

贾医生是这个医院里的技术骨干，技术精湛，态度和蔼认真，对病人怀着一种仁爱、一种坦诚，她看过的病人都会从她那得到病情的状沉和治疗的方向。广大患者对她赞不绝口。在她从医的多年里，只有一次由于她的直率、坦诚，造成了不可弥补的后果，为此她后悔了一辈子。

刚参加工作不久的一个下午，贾医生拿着一张体检报告看了又看，然后高声叫道："胡春艳！谁叫胡春艳？"

声音刚落，一位清瘦的中年妇女站在了她的面前，笑着答道："俺叫胡春艳！"

贾医生看了看眼前这位妇女，不假思索地脱口而出："肝癌晚期！"

胡春艳听到这个霹雳般的判决，刚刚还是笑容满面，瞬间瘫倒在医生的面前。贾医生急忙扶起她。胡春艳已是面色苍白，怎么也站不起来。无奈之下，贾医生给她所在的单位打了电话，单位来了两位年轻人硬是把胡春艳架走了。

不久贾医生便目睹了胡春艳的逝世，胡家老小哭得死去活来。胡春艳上有老母，下有未成年的孩子，全家的生计都靠她一个人扛着，她走了，这个家不知该怎样生活！贾医生很后悔，为自己过于直率而自责，撒谎是人的恶性，但对于一个大夫来说，有时候还真的要有点善意的谎言。贾医生常想，要是不告诉她实情，要是只跟她的家人说，要是跟她单位领导说……也许胡春艳不会走得那么快，不会使她的亲人无法接受。

　　眼下面对乌兰其其格，她不能那么直接说，她怕太刺激这位年仅四十八岁的女人，于是强调说："体检，每个人都有点状况，还是让你的领导来吧！"

　　乌兰其其格从贾医生执意要领导来的态度中，已经确定自己的身体出了大问题。她试探着对贾医生说："如果我的身体真的得了不治之病，请您不要瞒我，我没有亲属，女儿还在读高三，面临着高考……"

　　贾医生又一次注视着乌兰其其格，沉默不语，她很为难，真的不想刺激眼前这位孤独的女人。

　　乌兰其其格冷静下来，心想：人嘛，就是这样，有生有死，只不过早晚而已，自然现象。阎王爷叫你走，你只能乖乖地走，没什么了不起的！当然每个人都希望自己长寿，那只是美好的愿望。她告诫自己：不管怎样都要坦然面对。

　　乌兰其其格很平静地恳求贾医生："告诉我，我不怕！什么情况我都能接受，死又何惧呢？"

　　贾医生见乌兰其其格如此镇静，便劝说她："工作不要太累，该休息要好好休息，想吃啥就买点啥，别舍不得！"

　　乌兰其其格从贾医生的谈话中证实自己得了绝症，她不紧张也不慌乱，脸上依然挂着笑容问："什么器官？"

　　"肺部，又不能手术！"

　　乌兰其其格波澜不惊地只是"嗯"了一声，并很客气地说："贾医生，谢谢你能如实地告诉我。"

乌兰其其格的平静态度让贾医生异常吃惊，这是她遇到的极为少有的患者。

乌兰其其格拿着全校教职工的体检结论走出了医院的大楼，她极力寻找着那辆骑了五年的自行车。她发现她的自行车靠在楼房墙角上，它与满院停放的小轿车形成了明显的对比。她不会开车，恐怕这辈子开不上车了，况且她一个人带着女儿，女儿正在孜孜不倦地苦读，她没有那个实力去买一台显示身份价值的小轿车。

她拿着自行车钥匙，怎么都插不进锁孔里，她的手在抖。她想骑上车子快一点离开这个判决她死刑的地方，可两条腿怎么也迈不到车座上，无奈之下只好推着那辆半新不旧的自行车，朝着学校方向走去。她告诫自己，要微笑，要像平常那样平静，不要让同志们看到她的不幸。

她隐瞒了她的病情。

这一天她下班回到家，推开家门的一刹那，她的腿软了，跟跟跄跄地倒在了柔软的沙发上。空荡荡的屋子使她倍感无助，她环视着屋里的一切，屋里的所有物件似乎都有了灵性，那么亲切，那么温馨，她舍不得！她向上天发出了质问："上苍呀，我还能在这屋子里住多久？"

房厅的墙上挂着一幅他们一家三口的彩色照片，她凝视着照片上的他，她心中的挚爱，她的国安哥。照片中的他总是笑眯眯的，她看着舒心，像吃了蜜一样甜。但自从他投向那个女人怀抱后，再看他的微笑时，那笑容却带着一种嘲讽，似乎在笑她傻，笑她蠢，笑她太天真。

她承认自己傻，不知道当时为什么鬼迷心窍地相信了他的话。不！现在她仍然相信他，相信他还能回来，回来和她相搀相扶走完人生的路。他们是拉过钩的，她确信无疑。她盼着盼着，哪一年、哪一天他站在她面前，要求重回这个家。她有时间等，有耐心等！不测的风云，旦夕的祸福，突如其来的告知，生命的列车即将到站，下车的时间进入了倒计时，该怎么办？有限的时间里，他还能回到自己身边吗？哪怕只有一天！

那张全家福中的女儿翠翠顽皮天真的笑脸，促使她振作精神，不能把自己的病情告诉女儿，女儿正在备战高考，十二年的寒窗就要有结果啦！不能分她的心，在女儿面前一定要欢乐，高考之前一定要保密。

卧室的床头柜上依然摆放着她与张国安的那张写着"深爱永恒"的结婚照，照片上的张国安眼神里充满了无尽的爱意。在他们共同的日子里，两个人无数次欣赏着这张照片，看够了便相拥而眠。现在剩下她一个人依然在睡前把这张难忘的照片捧在手中，面对着张国安题写的"深爱永恒"四个字陷入了沉思：这世上存在这种永恒不变的爱吗？她的回答是模糊的：有，肯定有！或许根本就没有。

在女儿出生的那些日子里，她曾与张国安幻想过好好培养女儿，等女儿大学毕业找个好工作，再找个好女婿，生个外孙子，那时他俩就成了外公外婆。退休了，每天推着外孙子在花园里散步，逗孙子玩耍，那该是多幸福呀！这幸福的画面不止一次地浮现在她的眼前。自从张国安离开这个家后，这画面就失去了一种色彩，但仍不失一种快乐。现在呢？这种快乐成了一种奢望，她惋惜地感叹着："不可能了！"她想着这些，自我安慰着："顺其自然吧！活着一天算一天，每一天都要活出精彩。"

乌兰其其格平抚了自己复杂的心情，便去市场买回一条大鱼，她要为女儿做一条红烧鱼，为女儿补补营养，她不知道自己还能为女儿做多少顿这样的晚餐。女儿是她的生命，是她唯一的陪伴。在最后的日子里，她要好好地照顾女儿，直到止步的那一天。

乌兰其其格背着女儿吃药，打针，一直坚持到女儿高考完。

翠翠高考结束的那天，乌兰其其格突然发起高烧，被送进了医院，翠翠才知道母亲的病已无力回天。翠翠背着母亲哭得像个泪人，后悔自己知道得这么晚。

现在乌兰其其格躺在病床上，手里攥着一把精制的百岁锁，静静地等待着，等待着国安哥回来，等待着有人打开那把银锁……

第二章

周铁心每天早上都会倒背着手在小区的花园里散步，这已成为他来到这座新兴大都市的一种生活习惯。

他虽然年过八十，但头发、胡子仍然黑茬茬的，白皙的脸庞依然那么丰满，眼睛还是神采奕奕，精神矍铄的他真不像是个八十多岁的老者。

周铁心退休多年，一年前被女儿琪琪接到了身边，一年多的南方生活他还是不适应，他无时无刻不惦记着东北那个山坳里由他一手建立起来的职工大学。

一个小渔村三十多年转身一变，成了一座现代化高速发展的花园大都市。周铁心和他的女儿生活在一个高档小区里。

小区被一汪清水所环绕，水从小区对面山上潺潺流下，清澈的水绕着小区一周后流入了那条著名的鹏城河，汇入了澎湃的大海。

小区里纵横交错的人行道两侧，各种各样的花争着抢着竞相绽放，红的、黄的、粉的、白的……送给住在这里的人们一股股花的清香。

一幢幢色彩斑斓的高楼矗立在一棵棵有层次的绿树丛中，红花绿叶，枝繁叶茂；晶莹剔透的游泳池，高入云端的喷泉，宽敞平坦的小广场……一切都在绿树鲜花的包围中，一年四季花不败叶不落。蜜蜂在花中奔忙，小鸟在树上鸣叫……

住在这宛如仙境的花园里，打开窗户，那些花香就会不请自来地钻进每一个房间，沁人肺腑。往远望去，绿山连绵蜿蜒，高高低低，云雾缭绕，山顶上矗立云端的高压线像银丝一般串起城市的东南西北。一条小溪从高山上顺势而下，温柔地流入了花园的围河中，绿绿的山、银色的水，高山流水，一幅生动的山水画跃然眼前，这景色会使人想起了那句诗："飞流直下三千尺，疑是银河落九天"。

喧闹的早晨从小广场开始，打拳的、舞剑的、跳广场舞的、唱歌的、推儿童车的、遛小狗的……晨练的人们说着、笑着、走着……

周铁心对这些并不感兴趣，他只想在林荫道上走上几圈，活动活动筋骨。

他酷爱运动，青年时期，不管在什么环境下，身在何处，早上起床做的第一件事便是长跑。即使做了学校领导，他也会围着操场跑上几圈，直到大汗淋漓。退休后，他每天都在通往厂区后山的小道上慢跑，渐渐地跑不动了，就会走，走累了，停下来望着山坳里那只有三座小楼的学校，去聆听教师们的教学声、学生们的读书声，还有那迎着朝阳的跑步声、出操声……这声音悦耳动听，让他身心舒畅。

到了这个年龄，他经常回望自己的一生，最值得他自豪的有两件事：一件是一九五四年，共和国生产的首门大口径重型火炮有他付出的心血，国之重器，他为此获得了一生最高的荣誉称号——"青年英雄模范"，也获得了一位才女的芳心与崇拜；另一件就是他晚年的杰作——创建了一所职工大学。为工厂输送了无数的建设人才，为此他收获了师生们的爱戴，大家亲切地称呼他：老校长。

现在他住在这花园式的小区里，每天都目睹着年轻人的匆忙：赶地铁，赶公交，自驾车上下班，看着那些老年人拉着拽着接送宝贝似的孙子，又或在花园里推着童车，逗着不会说话的孩子……紧张的幸福，幸福中的紧张。这一切都没有赶走周铁心内心的孤独和寂寞。他想找个同龄人聊聊内心的感受，但他和那些操着天南海北口音的邻居们聊不来，只有微笑、只有点头就算打了招呼，不失礼貌。

女儿琪琪成天忙她的工作，经营管理着她创办的公司，没有时间和精力陪伴他，只有晚上下班后陪他说说话。琪琪已经是四十来岁的人，却还单着。周铁心替女儿着急，隔三岔五地问她："啥时候给爸领回一个称心的女婿？"

琪琪总是笑着说："一个人挺好的，可以多陪陪老爸！"

问急了她会说："我哪有闲工夫去找另一半？一个人多自由！想干什么就干什么。趁年轻多干点自己想干的事，免得到老了后悔！"这才叫"皇上不急太监急"。

周铁心的夫人过世得早，女儿自小缺失母爱，但女儿很自强、很自立，学习从未让周铁心操过心，高中毕业顺利地考入了清华园，成了他的校友。毕业后又去了美国留学，吃了几年洋面包，喝了几年洋墨水。博士毕业了，却耽误了自己人生中的大事，没有几个男人能入她的法眼。周铁心为女儿着急，他不希望自己有生之年看不到女儿婚纱披身。女儿为这事常安慰他说："老爸，放心吧，这都是缘分！缘分没到，不会有白马王子，缘分到了自然就来了！"女儿说完会咯咯地笑。

周铁心猜测女儿心里是否藏着个忘不掉、赶不走的白马王子？因为他自己的心里就住着一位曾经对他一往情深的姑娘 —— 叶林娜。叶林娜那美丽、明亮、深邃的眼神时时刻刻地望着他。

周铁心永远记得那一幕，夫人向静茹弥留期间曾拉着他的手，留给他最后一句话是："去找叶……"他明白夫人的意思。夫人的大度时时地感染着他。八十多岁的他在人生最后一段路上，一个最大的愿望就是在有生之年见到叶林娜，补偿她对自己的那份深情……但从叶林娜离开工厂后，再也没有了音信，人间蒸发似的，似乎这个世界上从来就没有这个人。

　　周铁心在小区的水泥路上漫步，当看到一对对老夫老妻牵着手散步时，他眼前常出现那张严肃又沉静的面容，出现那个扎着小辫、身着军装，曾在朝鲜战场失去双腿的夫人向静茹。如果她还在，他会推着她在这鸟语花香的环境中享受大自然赋予的宁静与安逸。有时他也隐隐约约地感觉到那双充满乐观的眼睛正远远地望着他。如果叶林娜陪伴在身边该是多美的事，而这些都是他望尘莫及的幻想，陪伴他的只有孤单和寂寞。

　　迎面走来一位六十多岁的小老头，姓王，小区的人们都叫他老王头。老王头微黑的脸庞上留着两撇小胡子，脸上的皱纹像刀刻一样显示着岁月的沧桑，一件洗得已经发白的衬衣干净利索，衬衣上还打着一条深红色的领带，脚上蹬着一双名牌皮鞋，一副退休老干部的模样。

　　老王头每天都准时地到小区这撒满鲜花的小道上散步。不过他身后总是跟着一只长着驼色绒毛的小狗，小狗长着微翘的小鼻子，还有一对溜溜圆的小眼睛，据说这是一条名贵的狗，价值不菲。

　　"琪琪！乖乖！"老王头冲着小狗亲昵地呼叫着。

　　周铁心乍一听有人喊"琪琪"先是一愣，后发现是老王头在叫他的小狗，很不高兴，从来不跟陌生人讲话的他怒斥着："叫什么不好，叫琪琪！一条狗还要有个名字，真是闲的！"

老王头瞥了周铁心一眼，生气地回答："你算哪根葱噻！管得着吗？"然后又大声地叫着"琪琪，琪琪……"故意气周铁心。

是管不着，人家的狗，叫什么与自己有什么关系？可这小狗竟和爱女一个名字，他心里真像吞了苍蝇一样恶心！

周铁心的女儿叫周玉琪，小名叫琪琪，叫惯了成了大名，这名字是夫人向静茹起的，为了纪念亡妻，他特别看重这个名字。

周铁心被老王头辱骂了，但他并没有生气，忙解释说："我的女儿叫琪琪，你一叫琪琪我心里就咯噔一下，感觉很不舒服……"

"原来是这个噻。"老王头思忖了一下自语道，"改个啥子名字？"又思虑一会儿，抱起小狗狗，将着它那打着卷的毛对小狗说："乖乖，咱得改名字啦！叫花花噻！"他一口浓重的四川口音。

小狗在老王头的怀里，安逸地眯起了小眼睛，叫了两声，似乎同意了老王头的主意。

老王头征求周铁心的意见："改了噻！可以了吧？"

"你随便！"

两位陌生的老人搭上了茬，便成了天南地北的朋友。

"你是四川人？"

"对头，四川江津的！"

"做过什么工作？"

"农民，刨地的。"

"真看不出，我还以为你是个大干部！"

"一辈子和土地爷打交道，给土地爷当干部。"老王头幽默地笑着，举起那双满是老茧的手，证明着。

周铁心被逗笑了，也很风趣地回答："级别不小哇！土地乃人的再生父母，父母官呀！可我看你倒像个绅士。"

"啥子绅士？"

周铁心只是笑，没有回答。

"啊！你是说我像个有钱人哈？"

周铁心还是不说话，只是笑着一个劲地摇头。

"我是个农民，种了一辈子地。儿子有出息，书读得好！考取了西南工程大学，学啥子'设计'，我也搞不懂噻！"

"设计可多了，平面设计、服装设计、园林设计、建筑设计、机械设计、珠宝设计、包装设计等等，是哪一种呀？"

"不晓得！成天画呀画，画得我的头都晕了，画的都是房子噻！"

"啊！那是建筑设计。"

"我不懂，反正他是发了，开始画呀画，现在不画了，当啥子房地产公司总经理，多大的官不晓得，反正赚了好多钱！"老王头一提起儿子，就有一种自豪感流露在满是皱纹的脸上。他觉得天底下只有自己的儿子最有出息。

"你儿子好优秀，你跟儿子住？"

"没得，自己住噻，儿子给买的房！"

"咋不跟着儿子呢？"

"刚来那会儿跟着儿子，还给他们带娃儿，娃儿长大了，儿媳妇开始嫌弃我，说我文化不高，带不好孙儿……"说到这儿老王头有点气愤。

"两代人是有差距的！年轻人很重视孩子的教育，也难怪，就一个孩子。"周铁心劝慰着老王头。

"我那娃儿从小没得人管，书读得好好的，才有了今天的前程。现在的娃儿请什么家教，上什么辅导班，啥子奥数班？真不晓得会怎样？"老王头一个劲地讲述着自己对这代人的看不惯。

"老弟呀，重视教育是对的！咱们这代人不管下一代，也管不了，只要他们幸福，咱们就知足了。"

"对头！就嫌我管得多。我要回老家，儿子不让，说：'你老了身边不能没得人！'非要单独给我买这套房子，说离他那儿近些，好照顾我，哪个要他们照顾吗？"

"好孝顺的儿子！"周铁心赞叹着。

"孝顺！儿子孝顺！就是儿媳妇容不得我，嫌我不爱洗澡，说我身上有味道，啥子话嘛！是人都有味道，那叫人味！没有人味的人还是人吗？天天洗澡，不晓得浪费了多少水，我在老家一年洗一次澡，过得不是也很安逸嘛！"老王头一说起儿媳妇气都不打一处来！语气里充满了谴责与不满，弄得周铁心不知说啥好。

老王头又很神秘地告诉周铁心："不瞒你说，我现在住的这套两室一厅的房子是内部价，便宜，才几十万，儿子说这是最便宜的啦！这会儿这套房可值钱了，说是能值几百万嘛！这是咋的了，还是这套房子，住着住着就成了几百万……"

"值！这几年房价上涨了十几倍，特别是这个城市！"

"哪来的那么多钱哟！买房子还要排队，摇啥子号！"老王头对买房子的场面十分不理解。

"现在有钱的人有得是，人们不是说嘛，不到鹏城不知口袋里的钱少。像你儿子买几套房子还不是轻松的事！"

"是的！儿子说了，这套房子是给我养老的，怕我寂寞还买了这条小狗狗陪着我，挺安逸的。"

老王头一提起儿子，便闭不上嘴，唯恐别人不知道他有个有能耐的儿子，那满是皱纹的脸笑开了花。然后他又极神秘地对周铁心说："我那个亲家公可了不得，是个大干部嘛，在外交部离休，净和外国人打交道，高干家庭，烈士子弟！他和他幺妹都在苏联喝洋墨水。当时这门亲事我不同意，门不当户不对。可亲家公说：'啥年头了还讲这个，只要孩子们高兴，莫要管！'亲家公人和蔼，没得架子。只是他的女儿，我那个儿媳妇眼睛总是有那么点看不上俺这个老农……不过亲家公那个幺妹，人还是挺好的，人长得漂亮！一辈子没结过婚，你们东北话'老姑娘了'！"

"是不是心里有人？"

"哪个晓得哟！听说年轻那会儿介绍对象的踏破门坎，她一律不见！搞不懂，那么好的女娃子都不愿嫁人。现在都接近八十了，还很有风度嚒！"

老王头滔滔不绝地讲述着他家那些事，对儿子的婚事有一定的自豪感。

周铁心只是认真地倾听着，偶尔插上一句，从不打断他的讲述。

老王头和周铁心边走边讲，大有把憋在肚子里的话全部和盘托出，才觉得痛快，但只有一件事让他终生不安，后悔不已，像块巨石重重地压在他的心里，连他那宝贝儿子都不肯告诉过，那是他心中的疤！心中的结！心中的痛！

那条小狗好像真的懂得主人的苦与乐，一个劲地围绕着老王头的脚转了一圈又一圈。当两位老人坐在小区的长椅上休息时，小狗便静静地趴在老王头的脚下，一动也不动。

周铁心十分理解老王头的苦衷，一个生活在农村的农民培养出有出息的儿子需要付出多大的辛苦。

周铁心的妻子向静茹走得早，是他一个人拉扯着三个孩子，又当爹又当妈，那个苦与难只有他知道。他曾在课堂上妙语连珠地向学生们传递知识，但对于自家的苦与难，就是在那顶重帽施压下，也从不向任何人透露。他的生活哲理是"苦难会磨炼人的意志，重压会练就人的坚强"。他从不怨天，更不尤人！

老王头夸完自己的儿子，很随便地问道："你是一个人住，还是跟娃儿住？"

"跟女儿住！"

"女娃子好！小棉袄。"

"老伴走得早，退休了，女儿怕我孤独，非要我到她这里来！其实我还是想回老家，那里有我的同事、朋友……"

"听你的口音，东北人？还是个有文化的大知识分子噻！"

"对头！东北那儿的，是个知识分子，不算大，臭老九！"周铁心逗趣地笑着用四川话和东北话掺和着说。

"啥子臭老九哟！早就是香老九喽！"

"哈哈……"两个老头都笑了，笑得很开心。

其实周铁心心里暗暗地想，他很有眼力，让他猜着啦，自己早已是享受国家级补贴的专家啦，只是他从不向外人炫耀也从不为此骄傲，他始终认为人的一生能为人民做一两件有价值的事，才是人生的真谛。值啦！

"东北人好噻，爽快！女娃子做啥子工作？"

"我也不晓得，只知道在公司做 CEO ！"

"啥子是 CEO ？我不懂的噻！"

周铁心让老王头引进了四川话，但他不再解释，只是笑了笑："不清楚！"

"你好有福气！我要是有……"老王头不知道该说啥，便戛然而止，不再说下去，他怕一不留神将那块心病从没有把门的口中溜出去。

周铁心看到老王头的吞吐，不再过问人家的事，多问无益，但他猜测老王头心里一定有一个不为人知的秘密。于是两位老人的谈话兴致淡了下来，开始了一段沉默……

小狗狗似乎懂得主人的苦衷，冲着跑过来的一只小花猫"汪汪"地叫了两声，便用舌头舔着主人的脚面，以示安慰。

两个老人相约第二天去爬对面的小山，去山上观赏那潺潺流水，还有那花开花落。

第三章

老王头一大早就牵着他那只小狗向小区大门走去。他和周大哥约好了，这天早上搭伴去爬小区对面的小山，时间是早上六点，小区门口集合。

老王头怕误了时间，起得很早，洗漱完毕穿了一身丝绸质地的衬衫，头上戴了一顶遮阳帽，鼻梁上还配了一副墨镜，活脱脱一位归国华侨商人的模样呈现在那面穿衣镜里。他的嘴角微微翘起，自我欣赏着："还可以噻，有点派头！不会给儿子丢人噻！"

老王头走到大门口，值班的保安尊敬地向他举手行礼："大爷好！今天这打扮是要上哪呀？"

"爬山！"

老王头穿过那座横跨小区与对岸山脚下的小桥，站在桥边望着细细涓流，逗着他的小狗，等待着周铁心的到来。

通过近日和周铁心的交谈，他像发现新大陆似的，觉得这位年过八旬的周老头可亲、可爱、可敬。周老头身上那股气质他很少见到。他自认为他与周老头挺对脾气，能谈得拢。在小区住了这么长时间，还没有碰到像周老头这样见多识广的老人，他一心想与这位大哥一起爬到小山顶上，在那座小亭子里"摆摆龙门阵"，把压在心底多年的那点事讲给他听，或许能得到他的帮助，去完成已故妻子马玉珍的愿望。

老王头的学名叫王富强，不管填什么表、办什么证，姓名一栏都会工工整整地写着"王富强"，但熟悉他的人都称他为"王一穷"，这名字是爹娘给的。

母亲生他的时候，正值抗战时期，那年月他家一贫如洗，穷得出了名，上无一间房，下无一垄地，那床破得不能再破的棉絮就是全部的家当。

解放那年，十一岁的他连自己的名字都不认识，也不晓得这名字是啥子含义。随着年龄的增长，渐渐懂事的他对这个"穷"字十分反感。解放了，他走进了羡慕已久的学校。那一天，一位戴着眼镜、穿着列宁服的青年教师接待了他，老师看到他的名字逗趣地说："本来就穷，还叫一穷，要穷到啥子时候？一辈子？"

王一穷不知咋个回答，那是老子起的名，哪个晓得啥子意思！

老师看看站在面前的学生，浑身上下都是补丁摞着补丁的衣裤，脚上还蹬着一双绣着红花的鞋子……老师苦涩地笑了，思忖着，看起来是真穷！

　　"你穿的是哪个的鞋子？"

　　王一穷没有回答，从他记事起，他的脚上从来没穿过什么像样的鞋子，平时都是赤着脚，到了过年才能穿双母亲编织的草鞋。现在脚上穿的这双鞋还是地主家小姐穿过的鞋，土改时分给了他们家，娘像珍藏宝贝似的把它藏起来。今天王一穷要上学啦，母亲才拿出来给他穿上，虽然这鞋与他那身衣衫极为不搭，但穿在脚上挺合适，脚也感到比穿草鞋舒服得多。

　　老师瞅着他觉得好笑，可又笑不出来。老师把眼镜往鼻梁上方推了推，若有所思地说："新中国成立了，又富又强是千百万翻身农民的企盼。改了吧！把穷字改成'富'字，就叫富强吧，王富强！"

　　从此以后在学校，老师、同学都叫他"王富强"，可回到家里，街坊邻居仍然叫他"王一穷"，他好像这辈子和这个"穷"字分不开了。

　　家境贫寒的王一穷却要娶地主家的女儿为妻，这可吓坏了他的父母。

　　王一穷要娶的女人叫马玉珍，其父马永富是当地方圆百里内有名的大地主，妻妾成群，良田千亩，光是给他家打长工、短工的农民就有上百人，家富无人能比，是称霸一方的财主。马玉珍是哪个妾所生，王一穷不知道，他只知道马玉珍见到娘家的长辈女人，都叫妈妈。

全国刚刚解放，土地改革在全国如火如荼地开展，马玉珍的爷爷因有人命在身被镇压，其父被劳动改造。他家的良田、房屋及其他财产都分给了无地无房、无衣穿的那些长工短工们。王一穷家从中分得了一处住房、几亩良田。王家祖祖辈辈第一次有了真正的栖身之处，有了可以种粮的土地。王一穷的父亲喜得合不上嘴，逢人便讲："还是共产党好嘞！咱穷人也有了自己的家当。"

在极贫与极富的两个阶级的对立中，长大了的王一穷偏偏看上了大地主出身的马玉珍。这一看上不要紧，就像中了邪似的"非玉珍不娶"，这可惹恼了他的父亲，那个给地主干了半辈子活，拉了半辈子纤的男人跺着脚地怒吼："咱是啥子出身，纯纯正正的贫农！她是啥子出身，地地道道的大地主！你也敢娶？"

"敢！咋个不敢。她老子是地主，她不是，她只不过是生在这个家的女娃子！"

"你嘴硬，这叫啥子？门户不对！尿不到一壶！"

"现在她家啥都没得了，咋个不对门户，只要往一个壶里尿，就能尿到一壶嘞！"王一穷来了倔劲，极力地争辩着。

"你要是敢娶，老子就打折你的腿！"王一穷的父亲气得发怒了。

王一穷的母亲，一个地地道道的川妹子，不愿看到爷俩因为一个女娃子而势不两立，急忙出面劝解道："儿子唉！要娶媳妇，女娃娃有的是，娘托人给你介绍一个！"

"介绍啥子，我就要娶玉珍！别人我看不起噻。"王一穷油盐不进，一头犟驴，认准的道，谁也拉不回来。

老妇人劝不得儿子又转向丈夫："娃他爹，娃儿就看中了马玉珍，就允了吧！"

"你懂个啥子！现在是穷人的天下，穷人与富人是势不两立的！叫啥子阶级斗争，咱家这么好的成分和地主沾上边，那还了得！会不安逸的。"

这个往日和睦的贫穷家庭，只因为王一穷要接纳一个出身地主家的女娃，争吵得鸡飞狗跳。

老王头每当想起这件事，就会兴奋地自我夸耀：还是自个儿有主见，要不是自己坚持，哪能有这么有出息的儿子。现在真是应了那位老师的预言，王家真的又富又强了。

老王头在小桥边一个劲地往小区的道上张望，希望能早点看到周大哥，却还是不见周铁心的身影，他自言自语又像是对他的小狗说："周老头是咋个了，还不来噻！"

老王头一边说一边看手腕上那块价值上万的手表，表盘上的指针一秒一秒不停地走着。

上山的路分布在小溪的两边，人工凿制成的栈道，一个台阶接着一个台阶，每个台阶都是用高档瓷砖铺就。栈道侧面每隔两米就有一个长椅，那是供爬山的人休息的，长椅的旁边都有两个被擦拭得锃亮的分类垃圾桶，长椅也是一尘不染，看得出那是清洁工的功劳。栈道两侧还摆着开各种各样花的花盆，花盆的后面是栽种的红杜鹃，开花时节，两旁红彤彤的杜鹃花直上山顶。杜鹃的后面是一排凤凰树，再后面便是满山的岭南荔枝树……这里没有严冬，一年四季都有叫不出名字的各种花争芳斗艳，你方开罢我登场，黄的、红的、蓝的、粉的，花一茬接着一茬竞相怒放。

山顶上矗立着一座带有琉璃瓦顶的八角凉亭，凡是登到山顶的人，都会在这个小亭里歇歇脚，每逢节假日就有无数的游客在这座不起眼的小亭里撒欢似的玩上一天。

老王头又一次看看那块戴在手腕上的名表，相约的时间已经过了半个多钟头了，还是不见周老头的踪影，他决定不再等下去，便对小狗说："琪琪，看来你周爷爷不会来了，咱们爬山去！"

小狗狗似乎听懂了主人的话，冲着小区"汪汪"叫了两声，便撒欢地往山上爬。

老王头虽然判定周铁心不会来了，但心里还是惦记着，总觉得老周大哥许过的诺言不会无缘地改变。

他漫不经心地一个台阶一个台阶地往上走，又不停地回头望，真的很希望马上见到周大哥那轻盈的身影，那满带笑容的脸。不过他一想又有点毛骨悚然，莫不是周老头出了啥子问题？八十多岁的老人啦，看上去很健康，其实身体的各个零件都在老化，一旦有事就很难预料。他后悔咋没留下周大哥的电话，哪怕是他女儿的也行，况且自己竟连他住在哪栋楼、几层几号都没问过。他替周铁心担心，他断定一个守信的人突然失信，那一定是出事了！

老王头在晨光中往山上走，不时地呼唤着："乖乖！琪琪！"

小狗一蹦一蹦地向上爬着，听见主人的呼唤，便停下来，蹲在一个台阶上，一双明亮的狗眼，望着落在后面的主人。

老王头心想：不管老周大哥来不来，他已经爬上山了，就一定要爬到山顶。

一位身着工作服的清洁工正在擦拭亭子里的座椅，见到有人上山来，忙打招呼道："大伯，这么早就上山了！"

"是得噻，人老了睡不着，哪能像年轻娃儿，太阳晒到屁股都不愿起来，你看这早上空气多新鲜，出来走一走哈，一天都精神噻！你不是比我还早吗？"

"我（额）是这里的清洁工，这是我（额）的职责！一会儿干完了我（额）就回去休息啦，下午四点还要再上来，收拾垃圾桶。"

"真的不容易哟！辛苦了！"

"还好，这份工作挺适合我，我（额）喜欢！省得在家睡懒觉，这不也连带着锻炼身体了！"清洁工操着一口陕西话，满脸笑容地夸耀着自己的这份工作，看得出她深爱着这份极简单极普通的工作。

清洁工下山了，亭子里剩下王一穷和他的小狗。

王一穷站在亭子中间，俯瞰着他居住的小区，惊讶地发现小区环境如此之美，几十栋高入云天的大楼掩映在青山绿水之中，高楼怀抱着一栋连着一栋的红顶青砖的别墅。太阳刚刚露出笑脸，小区的广场上人头攒动，弄剑的、打拳的、跳舞的、蹓树的……在他的眼里成了不断移动的星星点点。喷泉蹿起的水柱与山上流下的溪水遥相呼应，他真不敢相信，自己就生活在这样如诗如画的情景之中。

生活在这种环境中，三十多年前他想都不敢想，这些年他也目睹了家乡的变化，乡亲们由茅草屋搬进了砖瓦房，现如今都住上了像城里别墅一样的小楼房。过去贫寒的村子变成了一座花园式小镇，镇子上有了小广场，有了健身器械，也有了供人们娱乐的地方。和他同龄的乡亲们高兴地说自己赶上了好时代，这辈子知足了！

王一穷的儿子王爱中为他在家乡盖了一栋三层的小洋房，洋房里硕大的冰箱、全自动的洗衣机、五十五寸的大彩电，还有那从来没有用过的洗碗机、富丽堂皇的卫生间……样样俱全的现代化装饰，让他分外惊喜。他怀着喜出望外的心情，在楼里这层走走，那层转转，心想这得花多少钱呀？儿子告诉他，不多，只有几十万！

他和与他生活了四十多年的妻子马玉珍搬进了这座小楼，一心要安安逸逸地过舒心的日子，然而他发现，日子过得越好玉珍的病就越严重。

老王头想到这儿，眼里溢满了泪水，哀叹道："真是没有这个福呀！"

玉珍得的是什么病，他弄不清楚，多次带着她去看医生，医生都说她无病。但随着年龄的增长，原本活泼爱说话的玉珍越来越沉默，沉默得一天连一句话都不跟他说，只是一个劲地干活，家里的、地里的、山上的，有时闲下来就一个人坐那发呆。

他问玉珍："哪不舒服？去看医生噻！"玉珍摇摇头。

一天，县里卫生部门派了几个大夫来到镇上免费为全村的人做身体检查。王一穷硬拉着玉珍看了医生，医生们经过一番复杂的检查，结果告诉他："什么指标都正常，没得啥子病。"

"可她为啥子不说话？而且还发呆。"

"那是她有点抑郁，很像是抑郁症！"

"啥子叫'抑郁症'？"王一穷焦急地逼问着。

"心里有不开心的事，不想告诉别人，又想不开，不管外界怎样，她的思想就停留在这件事上。久而久之就得了抑郁症。"

"那该咋个治？"

"现在对抑郁症还没有好办法！是个医学难题，眼下有效的方法就是叫她最信任的人多开导她，打开她的心结。你是她老伴，你要经常和她交流，逗她开心些！"

王一穷听了医生的这些话心中一惊，明白了玉珍得病的原因还是那件事，那件藏在他们心底四十多年的秘密。四十多年来谁都不敢提这件事，这件事便成了淤积在玉珍心里的一块心病。他不知道怎样劝解自己的女人，因为那件事是他做主酿成的恶果，他不敢想那件事，那是他一生中干得最不光彩的事，一想起来就觉得心痛，可那时真的没得法子呀！无奈嘞！

王一穷的思绪在这山水画中流淌，他在呼唤："玉珍呀，你要是还活着多好啊！生活这样好嘞！该享清福了，你却撇下我走了，难道这就是命？"

老王头想到玉珍，心里一阵阵疼痛，他理智地制止自己：不想她了！不想她了！他坐在亭子的椅子上抱起小狗，亲吻了一下，那小狗好像真的懂了主人的心思，两只小眼睛里竟流出两滴泪水。

王一穷往山上望去，只见清澈见底的小溪是从一个山洞里流出的，山洞的穹顶上是用青色的玉石砌成的，红色的大字提醒他这是泉水，"鹏城第一泉"。

王一穷蹲下来捧起一捧水喝了一口，甜味在舌尖上跳动，他兴奋地想："赶明一定把周大哥拉上山来，带上自己那瓶儿子送的茅台酒，再带几盘自己亲手做的川菜，两个老头坐在这亭子里，赏着花，望着水，听着小鸟喳喳吱吱的叫声，再把埋在心底的那点秘密讲给他，也许他能给自己出点主意！"

王一穷思忖着，可又担心起周铁心，八十多岁的老人，有今天没明天，谁知道还能不能再与他畅谈？

他决定下山，去管理处打听老周头的情况，便对小狗说："乖乖！琪琪！咱们去找周爷爷。"

第四章

重症监护室中，乌兰其其格正在与死神搏斗。

贾医生站在乌兰的病床前，摸了摸乌兰的脉搏，脉搏还在跳动，只是很微弱。她又轻轻地扒开乌兰的眼皮，看看瞳孔，瞳孔还没有扩大，心脏监控仪上的指针还在时高时低地走着，生命体征依然还在……她吩咐护士："加大强心剂的滴注！"护士应声增加了吊瓶，那深褐色的强心药物一滴一滴地滴进了乌兰的血管中……

翠翠满眼泪水地隔着玻璃门望着医生，对医生寄托着挽救生命的愿望，那眼神在恳求"救救我妈妈吧！拜托你啦，医生阿姨。"

昏迷中的乌兰对世间的一切嘈杂、一切烦恼、一切痛苦、一切幸福都已无所谓了！她感觉自己的灵魂在飘浮，飘向那高高的天空。她好像奔赴一场盛大的宴会，又像奔向理想的天堂，那里没有贫穷，没有抛弃，没有烦恼，没有痛苦，没有背叛……有的是和睦、平等、恩爱！

她在飘，她在飞，她似乎脱离了那副皮囊，那副美丽动人魁梧的身躯。她在向向往的天堂迈进。

　　她看见了一扇门，透明的门，通过玻璃看见了那么多熟悉的面孔。在这些人中间，她看见了养父养母，他们相亲相爱、相濡以沫。乌兰惊喜地快步去推那扇门，那门开了一条小缝，她那高大的躯体怎么也进不去。养父养母正向她扑来，母亲伸出手在拉她："孩子，你怎么这么早到这里来？不该呀！想我们啦？"

　　"是的，很想你们！"

　　猛然养父养母一齐推开她，把她已经迈进那扇门的脚踢了回来，父亲无情地关上了那扇她即将踏进的玻璃门："你不该来，你还太年轻啦，你还没有弄清你究竟从哪里来？你心里爱的人还没有回来，难以割舍！你不能来，至少现在不能来。"这是父亲又像是母亲冥冥之中的声音，这声音带着一种严厉，带着一种命令，把她拒之门外，她失望了，她迷茫了。

　　迷茫中，她看见了一片绿色的大草原，苍茫的呼伦贝尔大草原。

　　湛蓝的天空飘着朵朵白云，白云赶着趟似的从高空中飞过，一望无际的绿草随着微风荡漾，绿草中点缀着五颜六色的野花，一群群白色的羊群镶嵌在这绿色的海洋中。在那白色的羊群中，一个身穿红色带花蒙古袍的小女孩夹杂在羊群中，小羊围着她咩咩地叫着，小女孩咯咯地笑着和小羊在草地上奔跑，一幅画，一幅靓丽的草原风光画。

画中的小女孩是谁？乌兰辨认着，哦，原来那个小姑娘就是童年的自己！她听见了阿妈在喊："小乌兰，慢点！别摔着！"羊在笑，天上的云在笑，小乌兰也在笑。

对面跑来一匹棕色的高头大马，马背上那位魁梧的年轻人高举着套马杆急速向羊群这边跑来："乌兰，跟阿爸去套马！"年轻人跳下马，不容分说地将小乌兰托上马背，年轻人用宽大的蒙古袍将小乌兰揽在怀里。小乌兰在阿爸的怀中享受着父爱的温暖，这温暖驱赶着草原上的冷气。年轻人带着小乌兰在一眼望不到边的草原上奔跑着："啊哈嘿！"这种牧民生活驻进了小乌兰幼小的心灵！

年轻人正是抱着她、背着她、扛着她、伴着她成长的阿爸——宋北方。

一米八大个的宋北方，宽阔的肩膀，方正的脸膛，眼神中总是带着一种笑，憨厚、慈祥。

宋北方祖籍山东省文登县，他的爷爷跟随着爷爷的父亲闯关东来到这辽阔的大草原上，开荒种地，放马牧羊，一家人的日子过得红红火火……

不幸日本人侵略东北，占领了这片富饶的黑土地，爷爷的父亲死在了为日本人修筑的地道中，呼伦贝尔草原上那场苏日大战，又夺走了爷爷的性命。东北解放时，宋北方参加了支前工作队，并结识了蒙古族姑娘高娃。解放初，两人喜结良缘，成了草原上蒙汉结亲的新一代牧马人。

在乌兰的心里，阿爸是座巍然屹立的大山，靠在这座山上，幸福安全；阿妈是辽阔无垠的大海，行驶在大海上豁达勇敢，勇往直前。

在那顶经常移动的蒙古包中，手把肉、奶油茶、阿爸的歌、阿妈的舞一直陪伴着她一天天长大。乌兰长到十三岁，不知道啥叫苦，啥叫痛，啥叫愁，她像一只自由自在的小鸟，愉快地飞翔在大草原上……

她看见一口棺木，她趴在棺木的边缘看到了里面躺着的人，那人是她的阿爸。她呼喊着："阿爸，你快起来呀！怎么能躺在那里面？"任凭她怎么喊，阿爸还是那么安静地躺着，身边还有那只小羊陪着他……阿妈趴在棺木上哭得死去活来，她也跟着哭了，阿爸不会起来啦！阿爸走了！不声不响地离开了这个世界，不管亲人怎样悲痛，也不管爱女如何呼唤，他都毫无反应地静静躺在那儿安然睡去……

旗里开追悼会，称阿爸是"英雄"，说他是为救羊群而死的，死得其所……

穿着崭新蒙古袍的父亲，躺在殡葬场的追悼大厅中央，大厅中央的墙上挂着父亲带黑边的画像，画像的正前方一条黑布白字的横幅上写着"宋北方同志追悼大会"。阿爸的周围布满了鲜花。

　　人们排着队向阿爸告别，阿妈扑到阿爸的身边号啕大哭，哭得背过了气，跟随的大夫给阿妈注射了强心剂。小乌兰呆了，当她明白阿爸将永远离开她时，不顾工作人员的阻挡跑过去抱起阿爸的头猛烈地哭喊着："阿爸，阿爸，你醒醒呀，看看我！我是你的宝贝，你的小乌兰……"那哭喊声震撼着参加追悼会的人们，所有的人几乎都流下了泪，有的人已泣不成声。

　　阿爸就这样走了，他是被那场狂风暴雪夺走了顽强的生命。从此乌兰的生活里再也没有父亲的爱，那年她才十三岁。那段时间，她感到了恐惧与无助，她觉得自己长大了，从此要和阿妈相依为命。

　　阿爸是草原上的雄鹰，怎么会折戟在他终生热爱的草原上？她曾不止一次这样问自己，假如阿爸不去找那些羊，假如自己随阿爸一起去，假如阿爸再叫上几个人，假如阿爸不把那件皮大衣给羊倌穿……一个个假如伴随她大半生，所有的假如只能是假如，世界上至今为止没有找到过后悔药，现实是阿爸真的自己走了。

　　病床上的乌兰，昏迷中的她，飘忽的灵魂再现了那一幕。

　　一九七三年一个极其寒冷的塞北冬天，一天，天上乌云密布，顷刻间成片成片的雪花从万米高空飘飘洒洒地降落到已经是枯草一片的草原上。西伯利亚的寒流急速地袭击着这片富饶而美丽的土地，不到一刻钟的工夫，大草原披上了银装，白茫茫的一片。雪花飞舞，风在怒号，气温在一度一度地下降，所有的羊群都进了圈，所有的马都回到了马厩里，所有的牛都安静地趴在牛棚里……唯有小乌兰喜欢的那群小羊还没有回来，还有那放羊的老羊倌……

阿爸焦急地在蒙古包里来回踱着步："不行！必须去找！"羊倌也许在风雪中难以将百十头的小羊赶回来，他必须去帮忙。

阿爸决然要去寻找那群小羊，阿妈拿出了草原上御寒的皮毛大衣和带毛的皮帽子，不放心地嘱咐着："风雪很大，注意安全，早点回来！"

阿爸出门前抚摸着小乌兰的头说："等着我，我会很快回来的！"这是阿爸留给她和阿妈的最后一句话。

乌兰望着阿爸在风雪中的背影，威武、高大的背影在飞雪中策马奔驰，渐渐地消失在飞舞的风雪中。

天渐渐黑了下来，雪依然撒着欢地越下越大，风也来凑热闹越刮越猛，寒冷的北风吹得人们抬不起头来。屋外温度降至零下四十摄氏度。

乌兰趴在蒙古包唯一的窗口向外张望，希望早一点看到阿爸高大的身影，但看到的是比鹅毛还大的雪花，听到的是风的呼啸声……

在风的呼啸中，乌兰看见了那群羊，还有那赶羊的老伯伯，她兴奋地喊着："回来了！回来啦！"阿妈喜出望外地掀开门帘，迎着她进来的却是老羊倌，他穿着阿爸的那件皮毛大衣，一边跺着脚拍打着身上的雪花，一边安慰阿妈说："丢了一只羊，北方要去找，让我赶着羊先回来，找到了他会马上回来的。不着急！"羊倌说得很轻松，可阿妈很焦急地埋怨着："这么大的雪，丢一只羊就丢了呗，死心眼！"

阿妈走出门，迎着风雪大声地呼喊："北方！北方！"

乌兰也跟着阿妈一起大喊："阿爸！阿爸！"在狂风暴雪中，这呼叫声显得那么无力，没有人回答，只有呼呼的风声和打在脸上立刻化了的雪花。

天彻底黑下来，什么也看不见了，乌兰困了，坐在阿妈的怀里，围着熊熊燃烧的炉火渐渐地睡去。

第二天，当太阳升起的时候，一夜狂风暴雪刹住了脚步，停了下来，阳光照射在白皑皑的草原上，金光交映着白雪，真是银装素裹分外妖娆。乌兰从阿妈的怀抱中挣脱出来，仍没见到阿爸，她揉揉眼睛问阿妈："阿爸呢？"

"没回来！"阿妈叹息着。乌兰懂得阿妈那焦急的心情，阿妈一夜未眠。

旗里来人询问大雪造成的损失，得知北方一夜未归，那人意识到问题的严重性！于是，十五人的马队在厚雪覆盖的大草原上寻找宋北方……

难熬的三天如熬过了三年，阿妈三天三夜未合眼。第四天的早上，旗里的书记来到了乌兰家，见阿妈端着一碗奶茶便说："还没喝早茶吧，喝吧喝吧，喝完再说……"

阿妈听到这句话，一切幻想都打破了，手一抖，奶茶碗掉在了地上……

旗书记开口了："宋北方同志很不幸离开了我们，请节哀！"

阿妈还没听完这句话便昏了过去，两位女干部搀扶着阿妈，医生急忙施以救助……

乌兰不知发生了什么事，急忙去拉阿妈的手，阿妈的手抖得厉害，在医生的救助中"哇"的一声哭了出来。

一辆救护车把她和阿妈拉到了殡葬场的追悼大厅，大厅里只见放羊的老伯伯跪在阿爸的棺木旁，手捧着那件皮大衣哭喊着："北方呀，你把大衣给了我，救了我，可你却躺在这儿！我悔呀！北方呀，北方……我把这大衣送回来，盖着吧！盖在身上不会冷……"

阿妈看到静静躺着的阿爸，呆了，傻了！她趴在那棺木上，泪水像泉水一样涌流不止，那泪水一滴滴落在阿爸那蜡黄的脸庞上……

阿爸西去之后的第七天，乌兰在睡梦中看见了阿爸，阿爸还是那样和蔼、慈祥，向她走来，拉着她的手亲口对他说："阿爸无力了，阿妈就托付给你啦，照顾好阿妈！"

之后，他还说了一句莫名其妙的话："你应该知道，阿爸不是你的亲阿爸……"

"你说什么，阿爸你是不是……"她惊醒了，猛然坐起，浑身出了一层细细的汗珠，却不见阿爸的身影。

"闺女，咋啦？"

"我看见阿爸啦！"

"想阿爸了吧？我也梦见了他。他嘱咐我照顾好你！"

乌兰想，这梦怎么这么一致？难道真有灵魂回家，冥冥之中对她们娘俩的嘱托？乌兰想：阿爸在人生最后的时刻最放心不下的就是她和阿妈。

"阿爸也对我说照顾好阿妈，还说……"乌兰没有把后面的话说给阿妈，因为她觉得那不是真的，只是个梦，梦里有许多无奈和莫名其妙……

阿爸被安葬在草原的高岗上，阿爸爱这片土地，更爱这里的牛羊，那只小羊陪着他静静地躺在了草原上，他面向南方，俯视着祖国的大地以及他的故乡。

乌兰在极度昏迷中，又看见了那扇透明的玻璃门，阿爸宋北方就在那里，她要去找父亲，可是她怎么推都推不开那扇门。她纳闷，在那狂风暴雪交加的夜晚，父亲是怎样推开那扇门的？她不会放弃，她一定要推开那扇门，去找阿爸和阿妈。

第五章

　　王一穷登山时，周铁心已经坐上飞往北方的飞机，他要回去送一送那位可怜又可爱的来自内蒙古的姑娘。

　　一大早周铁心就被女儿送到了机场，他乘的是早班机。当他走进机舱时，迎客的空姐满面笑容地迎着他："你是周伯伯吧？您这边请！"

　　周铁心诧异地点点头，上下打量着这位身着藏蓝色工作服、头顶系着蝴蝶结的空姐，那双会说话的笑眼，含着一汪清水，瓜子脸上镶嵌着一抹红晕，嘴唇上的唇膏抹得自然，适中的身材亭亭玉立……周铁心内心禁不住赞叹："真美，羞花闭月的美，独一无二，说是仙女下凡一点不为过！"在周铁心的眼里琪琪是人间最美的女孩，没有想到在这高空的通道上还活跃着这么一群美女，陪伴着南来北往的乘客。

　　周铁心在空姐的指引下坐到了商务舱，独立的座位能伸能屈，还带一个自动的小茶几。他坐定后，服务小姐弯下腰柔声细语地说道："周伯伯，周总吩咐我们好好照顾您。

您有什么需要尽管告诉我，我是您旅途的服务员！"

"你说的周总是谁？"

"您的女儿，周玉琪，她经常坐我们的班机，我们班机上所有司乘人员没有不认识她的！"

"她每次都坐什么舱？"

"就是您坐的位置，她是这座现代化城市里有上千名员工的老总，当然要坐商务舱呀！这商务舱本来就是为那些大公司老总们准备的。"空姐温柔低声地向周铁心讲述着。

"哦，是这样！"周铁心只知道女儿一天到晚忙忙碌碌，原来女儿肩上担着如此重的担子，难怪她没有时间谈情说爱，难怪没有男人能入她的视线，更难怪她不能经常陪伴在自己的身边。

周铁心有生以来是头一次坐商务舱，长达四十多年的工作中他也经常坐飞机出差，但坐的都是经济舱。现在老了却坐上商务舱了，托女儿的福呀！

自从周铁心来到女儿家，琪琪为了照顾好老爸，雇了一位菲佣在家做家政。菲佣是黑人，家务活干得蛮熟练，但要价不菲，每月要付一万两千元人民币。周铁心接受不了这样的付出，以"外国人不好沟通"为由辞掉了黑人。女儿又雇了一位星级住家保姆，价格也不低，每月要支付六千元人民币。周铁心还是接受不了，乖乖，一个保姆月工资，快抵上他这个享受国家级专家待遇的高级知识分子的工资了。但他没有说出口，又以"保持晚节，别惹出绯闻"为由再次将人家辞退。他对女儿说："老爸我虽然八十有余，但身体还好，做一两顿饭有何问题？何必花那大头钱？再说搞家务也是一种运动，总不能让我坐吃等死吧！"

琪琪很无奈，她实在不想让辛苦了一辈子的老父亲再为自己操劳，只好请了钟点工，每月只付两千五百元，每周搞两次卫生，每天做两顿饭。周铁心这才勉强接受。

钟点工姓薛，五十多岁，粗壮的身材一看就是北方人。

周铁心很客气地问道："小薛，北方人吧？咋来到这儿？"

"我是黑龙江人，儿子大学毕业就来这里啦。帮儿子带孙子，孙子上了中学不用我接送，在家待着闷得慌，出来打点零工，挣几个是几个，花着方便，省得跟儿子要！"薛阿姨是个爽快人，一股脑道出了自己的实情。

周铁心对薛的直爽很是赞赏，随口便问："你没有退休金吗？"

"没有，俺是东北那旮农村的，从小没有好好念书，净干农活了。近几年土地包出去了，就跟着儿子来南方了。"

"现在农村不是参加了养老保险了吗？"

"跟你们城里不一样，叫什么新农合，一个月几十元，能干啥呀？"

"你说的也是，儿子不给点？"

"儿子倒是孝顺，每月都给点，可那些钱还不够孙子花的，这世上就是这样，做父母的把一生的心都给了儿女，等你老了管他们要点钱可就难了！儿子愿意，儿媳妇还不一定愿意，还是自己挣点零花钱吧。"

薛阿姨得知周铁心也是黑龙江人，如见知己，便滔滔不绝地把心里话一个劲地往外掏："咱家没根，没梢，没有啥背景，一个农村出来的娃，真不易！孩子大了找对象可关键了。和我儿子一个专业毕业的王爱中，上学那阵子，家里可穷了，他爹就叫王一穷，你听听这名字！可人家找了一个高干的女儿为媳妇，据说他岳父是啥外交部退休的，姑姑也是留过洋的，结果没几年人家当上了房地产公司的总经理，富得流油！我儿子那不管咋干还是一个打工的……"

"你说的是那个老王头吧！"

"对，对！就住在这个小区，儿子给买的房，一个人住，可牛啦！"

"是的，我俩刚刚认识。"

薛阿姨一边做饭，一边和周铁心唠着家常，东北人的爽快使周铁心感到格外的亲切，还是老乡亲！

薛阿姨把做好的菜、春饼用小盆扣起来，准备回家，周铁心挽留她一起进餐，薛阿姨推辞说："不啦，我还要回家给家人做饭呢！"

薛阿姨走出门，周铁心望着她的背影感叹道："人生真不易！"

手机的铃声突然响起，周铁心打开手机戴上花镜一看，是原单位王红宇的电话。

王红宇是周铁心的继任，毕业于华东理工大学弹道专业，在一次全厂演讲比赛中，他的一篇《永做军工人》的演讲震撼了与会的全体员工，流利的口才、犀利的言辞、极强的逻辑性博得了全场阵阵掌声，他获得了演讲一等奖。

在场内听演讲的周铁心认准了这个刚刚二十几岁的小伙，会后立马找到厂长书记要求把王红宇调入职大任教。

王红宇个子不高，戴着一副近视镜，白皙的脸上透着一种书生气，十足的南方小伙！他深得讲课艺术，课堂上言简意赅，重点突出，语言生动，语调幽默，常常引起学生们的大笑。学生评价"听王老师的课是一种艺术的享受！"在职大的学生中，很多学生比老师的年龄大、资历高，但都很尊敬他。

周铁心很欣赏这位年轻人，没过两年王红宇便升为教研室主任、教务长。在周铁心退休前夕接任了学校校长一职，即使当了校长，他一有空仍然活跃在三尺讲台上，他说他喜欢讲台，比坐办公室舒服。

王红宇这时来电话告诉周铁心一件不幸的事："老校

长，咱们学校后勤部的乌兰，你还记得吗？"

"当然记得，除了新来的老师，我谁都没有忘！"

"乌兰病了，病得很重！正在抢救！"

"你说什么？谁病了？病了快点看医生！听不清，你大点声！"周铁心身体素质很好，但毕竟八十多岁了，有时还是有点儿耳背。

"是乌兰其其格。"对方放大了声音。

"什么病？还抢救？"

"肺癌！都半年了，她一直也没吱声，我有责任呀！"

"咋搞的？现在咋样了？"周铁心焦急地追问着。

"大夫说没有多长时间了！她已昏迷了好几次，清醒时她希望能见你一面！"王红宇把乌兰人生最后的要求如实地传递给了老校长。

"好！好！我知道了。可怜的乌兰！"

周铁心一下子陷入一种说不出的沉痛之中，久久不能平静。他打定主意让女儿立即买飞机票飞回北方，去看那个在他心目中的干女儿。

"老爸，我回来了！"琪琪的进门声打断了周铁心的思路。

"回来咱就开饭，薛阿姨给你做的你最爱吃的春饼。老爸做不来！"

琪琪打开扣着的小盆闻了闻："真香！"

"吃完饭帮老爸买张明早的机票。"

"你要去哪呀？"

"回老家！"

"干嘛呀？又张罗回去！这么大年龄，还折腾个啥？好好在我这儿待着吧！等我忙完这阵子，我带你周游世界！"

琪琪不容老爸多说，便把自己的打算全盘端出。

女儿的如意打算周铁心几乎没有听进去，坚持要立马回东北那个边塞小城。

琪琪不解："为啥呀？是不是没人陪你，孤独寂寞了？我要给你找个保姆吧，你还不干！"

"我要回去送一个人，一个快要离世的姑娘！"

"谁呀？对你这么重要，莫不是老爸的情人？"琪琪开着老爸的玩笑。

"胡扯！是你乌兰姐姐，她得了肺癌，快不行了，要见我一面！"

"啊？怎么会呀？她身体那么好，还年轻呀！"琪琪先是吃惊，如炸雷一样震惊，后又沉默，一言不发。

乌兰其其格是琪琪的干姐姐，她清楚地记得乌兰第一次到她家的情景，那还是二十多年前的一个下午，正在准备高考的琪琪听到有人敲门，打开门一看，一位胖墩墩的圆脸上镶嵌着一双炯炯有神大眼睛的少妇站在她的面前。

她审视着眼前这位壮实的姐姐，少妇的脸上堆满了笑容，开口便冲她问道："你是琪琪吧？"

琪琪很奇怪：我不认识她，她怎么知道我的名字？琪琪疑惑的眼神让这位少妇立刻自我介绍："我是职大后勤部的，来给出差的老校长送这个月的工资。你爸经常提到你，夸奖你！"

"哦！是这样，赶快进来吧！"

乌兰进屋后，琪琪问："这位姐姐，您贵姓？"

"乌兰其其格，就叫我乌兰吧！"

"您是蒙古族人？"

"算是吧！"

"怎么还算是啊？"

"怎么跟你说呢，等有机会再告诉你。"

自从琪琪母亲向静茹去世后，父亲忙于工作，她可希望能有位姐姐来关心自己。

"咱们俩的名字里都有个'琪'字，缘分！你比我大，做我的姐姐吧！我可想有个姐姐啦。"不管这个"琪"字是不是一个字，反正发音都读"琪"，琪琪就这样草率地认了一个干姐姐。

周铁心知道后哈哈大笑："好哇！你给老爸认了个干女儿，乌兰命苦，好生待她吧！"

现在琪琪得知乌兰姐姐得了这么重的病，很心痛！心中生出了一种恨，都怪那个张国安，就是他气的，死乞白赖地追求乌兰，海誓山盟的话都说尽了，爱得死去活来，无人不知无人不晓，但没有几年就荡然无存了！一个幸福的三口之家一夜间崩溃了，竟然无声无息地离婚了！

乌兰与张国安离婚了半年，同事们才知道，究竟为啥，谁也说不清楚。

周铁心曾经以长辈的身份问乌兰，乌兰只是摇摇头，什么也不说。

当琪琪听到这个消息的时候恨得直跺脚。

今天乌兰得的这个病，琪琪断定是因为张国安而窝囊成疾。多年来医学科学证明凡是心里抑郁、心思重的人，得这种恶病的概率极高。

琪琪心想：现代的男人是咋啦？这么喜新厌旧。美国的男人是这样，中国的男人也是这样吗？她在思想上对男人产生了一种莫名其妙的偏见。她庆幸自己受过两次伤害后猛醒了，要独来独往。她不想再受第三次伤害，所以不管老爸怎么着急，她依然淡然处之。她抱定了独身主义。但每当夜深人静时，也常常感到一种孤独，心灵的孤独，也企盼着能有一个异性伴侣陪伴着自己，特别是工作压力大的时候，也想有个坚实的肩膀靠一靠……顺其自然吧！

琪琪很快为父亲定了一张商务舱的飞机票，但她瞒着父亲，怕老爸埋怨她花大头钱。

琪琪给在北方省城农垦总局当副局长的大哥打了电话，告知父亲的行程。

琪琪的大哥周建国对她说："放心吧！我会派车去机场接老爸，并把他安全送回家去！"

马达的轰鸣声告诉周铁心飞机起飞啦，漂亮似仙的空姐送上来茶水、饮品、水果，并低声对他说："伯伯，您想吃点什么早点，米饭还是面？"

空姐的提示让周铁心觉得有点饿了，早晨忙着赶飞机，没有顾上吃早饭。

"那就面吧，北方人爱吃面。"

"好嘞！等飞机爬上高空平稳了再吃好吗？"空姐的慢声细语让周铁心心里感到甜甜的。

"好的！"

空姐细心入微地照料，深深地感染着周铁心。他看着这些热情活泼的姑娘们，想起了在病床上与死神搏斗的干女儿乌兰其其格。

他是怎么认识乌兰的？在他的记忆里，还是在二十世纪七十年代末，他被告知戴在头上二十多年的那顶"右派"帽子被摘掉时，他回到他劳动改造的车间，与朝夕相处的工人师傅们告别。那位大眼睛的车间主任指着一位二十来岁胖墩墩的圆脸姑娘说："她是咱车间新来的学徒工，叫乌兰其其格。"

姑娘腼腆地给他鞠了一躬，那一面给他留下了最深刻的印象便是："一个蒙古族姑娘！"这之后便没有对她的记忆。

飞机升上了万米高空，平稳得像在陆地上一样，用过早餐后，猛然间飞机的机身开始激烈地晃动，紧接着颠簸起来，机舱的旅客不知道发生了什么事情，一阵恐慌，纷纷问："这是咋的了？"一个小孩害怕了，"哇哇"地哭了起来。周铁心也有点不安，但他还是很冷静，毕竟八十多岁的人啦，什么都无所谓。

空姐清脆洪亮的声音在机舱里传递着："旅客们，不要怕，不要慌，系好安全带，现在飞机遇到了一股气流，有点颠簸，相信我们，飞机是安全的！"

空姐们的镇静影响了全体旅客，整个机舱恢复了平静，只有那个小孩还在断断续续地哭泣。

经过短暂的波动，飞机渐渐平稳下来，人们舒了一口气。

周铁心平静地坐在商务舱，飞机的颠簸使他心脏有些难受，但他依然冷静，他相信机组人员，更相信驾着飞机的那位没有谋面的飞行员。

飞机在万米高空中平稳地飞翔着，机舱外面的云海似大海的波涛翻腾着，云朵在太阳的照射下变换着各种各样的造型，真是美丽的仙境。

　　不知是谁大声地说："快看呀！多像一对情侣！"这声音把那些想要入睡的旅客叫醒，纷纷隔着那一个个小窗户惊呼着，拿起照相机拍下了这一奇观。

　　周铁心应声向窗外望去，真的是好奇特，两堆云朵像用刀子刻出的雕塑一样，一男一女在接吻，太形象了！太神奇了！

　　周铁心看到这一奇景时，脑海里涌现了三个字"情侣云"，这景象不由得打开了深藏在他心底的那道门，在那封存了几十年的门里，镌刻着他年轻时代的那段刻骨铭心的恋情。

第六章

搬进别墅半年后，马玉珍真的病了，没想到这次的病真的要了她的命。

马玉珍感到腹部右侧阵阵作痛，开始她忍着就过去了，后来就吃止痛药，再后来吃十几片止痛片都不管用。王一穷急了，打电话给远在那个新兴城市工作的儿子王爱中，儿子接到电话后马不停蹄地赶回了家，将母亲送到了县人民医院。医生的诊断让全家人心痛而无奈，结论是："肝癌晚期！已经转移了。"

"什么？不会吧！怎么可能？"王一穷不相信。

儿子王爱中也不相信地央求着："大夫，再好好给看看！俺们家不能没有她！"

大夫把王爱中拉到另一屋内，拿起彩超对他说："你看！这块儿已经很大了，肝脏几乎看不到了。"王爱中是读大学的人，他明白怎么回事，带着一种不可能的希望祈求大夫："还有救吗？"

大夫摇摇头："转移了就很难控制！"

"想想办法，想想办法，大夫求您啦！"

"现在唯一的办法是给她做放疗和化疗，不过那是很痛苦的，作用也不会太大，来得太晚了！"医生把当下治疗方案讲给他们听，至于做不做由他们自己拿主意。

"怎么会得这种恶病？"老王头不解又焦急地问大夫。

"癌症一般都是由抑郁而得，长时期内心不愉快，又没地方发泄，迟早会得这种病！"

老王头听罢，抱头痛哭："都是我，我害了她！"

王爱中莫名其妙，不知老爸在说什么。在他的印象里，父母是一对恩爱夫妻，没吵过架也没红过脸，父亲说他害了妈妈，他心里很疑惑，但没有深问。

自从马玉珍被诊断得了癌症后，老王头成天暗暗流泪，忍痛割爱地把自家那几亩地包了出去，就连山上为他带来不菲经济效益的几十株橘子树也包给了别人。他一门心思在家伺候马玉珍，形影不离。

马玉珍知道自己的病情后，冷静、沉着，没有一丝的恐慌和害怕，为了减轻丈夫的忧心，还不断地安慰王一穷："不打紧，会好的！我还没陪够你，舍不得！"她坚持不做化疗，回家陪着丈夫过好人生最后的日子。这时的马玉珍像变了个人似的，很久不爱讲话的她，却打开了话匣子，反反复复地和王一穷回忆着他们之间这辈子的姻缘。

年少的马玉珍，圆乎乎的脸上长着樱桃小嘴，圆溜溜的大眼充满着智慧和善良，并不出众的身材却有一股气质，一种大家闺秀的模样，这气质、这模样叫那些青春萌动的小伙子们从心底欣赏！但是欣赏归欣赏，谁也不敢冲动地去摘这朵带刺的花，只有十八岁的王一穷不知天高地厚，傻傻地站在她面前："嫁给我吧！做我的婆娘。"

马玉珍带着疑惑的双眼，不敢相信地瞅着王一穷：他是不是发烧了，说胡话呢？谁敢要俺一个地主家出身的姑娘，别说长得并不出众，就是个天仙又有谁敢沾边？玉珍早就打定主意，这辈子不嫁人了。

"你说什么？再说一遍！"玉珍好奇地问王一穷。

"我喜欢你噻，嫁给我吧！"

玉珍羞涩地低下头："俺家是大地主！你不晓得？"

"地主又咋样？你爷爷、你爹是地主，剥削了别人，这与你没得关系噻。"

"有关系，俺出身不好，不能坏了你们家的名声！"

"管它那个球！俺就是欢喜你！"王一穷一紧张，竟把"喜欢你"说成了"欢喜你"。

马玉珍扑哧一声笑了，回了一句："死了这个心噻，俺不配！"扭头便离他而去。

那阵子，王一穷就像鬼迷心窍似的想方设法去接近马玉珍。

一九五八年，县里组织青年突击队，修通往各村的公

第六章 <<

路，村里的年轻人争先恐后地要求参加，马玉珍也在其中。

在劳动的工地上，马玉珍跟男娃一样挑土筐。她挑的土筐每回都被装得满满的，有的人还要在装满土的土筐上再拍上两锹土，压得马玉珍直不起腰来，但她还是咬着牙艰难地挑着。王一穷看到后急忙放下自己的活，上前帮忙，但被马玉珍拒绝。

王一穷冲着装筐的伙伴发火了："她是女娃子！咋就装那么多嘞？"

"她是地主娃，正在劳动改造哈！"

"哈！哈！"一种轻蔑的笑声。

"她是什么地主，她出生在地主家，可她是个女娃子，咋能这样欺负她？"王一穷开始替马玉珍打抱不平。

"她是你啥子人？还心疼了。别忘了他家是怎么剥削你们家嘞！"

"那都是上一辈子人的事啦，和咱这辈人没得啥子关系！"

马玉珍看到因为她使王一穷和伙伴吵了起来，便赶过来说："不要吵了！我行，装吧！多多地装嘞！"

"哈哈！哈哈！"几个小伙冲着王一穷哈哈大笑，"你看人家玉珍，态度多好。哈哈！"又是一阵笑声，笑声里含着一种嘲讽。

这次劳动后，马玉珍虽然嘴上说得很硬气，心里着实是很苦，身体上的苦累她都能忍受，但是别人一声一个"地主"出身，就像一把锋利的刀，深深地刺疼了她的心。她要改变自己的处境，可出身是怎么也改不掉的，她常常为自己的出身而叹息，也常常在睡梦里看到爷爷的暴行和父亲的恶德。在一次梦里，她见到了一位可敬的、长年在她家做工的大叔，因为家里揭不开锅，偷了一碗米被爷爷活活打死，满地的血，满村的愤怒，她被吓醒了，久久不能入睡。

王一穷对她的袒护让她很是感动，处于花季青春的她也在想，要找一个贫下中农的婆家。

这次劳动过后，王一穷再次向她表白："我真的喜欢你，做我屋里的人吧！俺会好生待你。"她不再拒绝了。

当马玉珍把自己的决定告诉母亲时，母亲吃了一惊："他家那么穷，全村有名，咋能找他嘞！妈不放心！"

"穷则思变，穷可以变富，富不能不仁，人家是纯正的贫农，成分好！"

"你可想好啦！你从小没吃过苦，妈怕你受罪！"

"我不怕！"其实自王一穷追求她那天起，她在心里就做好了吃苦的准备。她不怕吃苦，她怕遭别人无止境地侮辱，她必须跳出"地主"这个家庭的火坑。

除了这个想法之外，马玉珍对王一穷的正直、勇敢、很有主见的人品打心眼里佩服，她真的也爱上了他。

当王一穷站在生产队队长翁一凡的面前要求打一份结婚证明时（那年头结婚登记都要看单位的证明），生产队队长上下打量了王一穷："和谁结婚？"

"马玉珍！"

"你傻呀，还是脑瓜进水啦！怎么能跟地主家小姐结婚？"

"咋个不行嚛？"

"这个证明不能开。一个贫农家的孩子和一个大地主家的小姐结婚？这不是乱来吗！压根不是一条线呀，找谁不好，好好想想吧！"

"啥子一条线不一条线，俺就看好她！"

"你这个娃子，不能一冲动啥都说！回去吧，问问爹问问娘，我不会给你开什么证明。"

"不是自由恋爱吗？问啥子爹娘，我自己的事我做主嚛！"

不管王一穷怎样辩解，队长铁了心，就是不给出证明。

王一穷第一次就这样被顶了回来，可他还是不死心，没隔几天又一次去求队长开证明，队长连看他一眼都没看："回去吧，不能开，她家是剥削阶级，你家是被剥削阶级，走的不是一条路，别胡闹了！"

"咋个不是一条路，现在不是解放啦，全国都在走社会主义的路吗？"王一穷这时变得振振有词，但不管他说得再有理，再天花乱坠，队长就咬准了两个字"不开"！

马玉珍灰心了，她劝王一穷："你对俺好，俺心里知道，既然生产队不批那就算了！俺也不想拖累你，你找个出身好的女娃，俺会替你高兴的。"

王一穷认准了马玉珍，不管别人说啥，他铁了心地要娶马玉珍，他对玉珍说："俺喜欢你这个人嘛，你的脸，你的眼睛，你走路的姿势，你说话的腔调，你的穿着打扮，从头到脚俺都着迷！如果你不嫁俺，俺就一辈子不娶媳妇！"

为了掩人耳目，他们俩转入了秘密约会，当马玉珍在家里听到一声吹口哨的声音，她就会坐立不安，找个借口跑出去。

这一天下午，马玉珍听到口哨声急匆匆地走出那个简陋的大门时，看见王一穷在远处向她招手。她假装没看见，东转西转，拐弯抹角，好像潜伏者接头时甩尾巴一样，东走西走，转了几道弯，过了几道街，来到了王一穷的面前。王一穷领着她往山上走，小山不大，被密密麻麻的绿树野花笼罩着，山脚下只有一条小道通往山上。

两个人顺着小路往山上走，到了半山腰，王一穷扒开几棵小树，露出了一个洞口，他对马玉珍说："这山洞是我上山砍柴时发现的，别看洞口小，里面可大了，冬暖夏凉，进去看看嘛！"

马玉珍随着他进了山洞，洞内一片漆黑，王一穷打开带来的手电筒，洞里顿时亮了起来。

"啊！真的不小，这山洞里如果藏几个人，恐怕谁也发现不了！"

没有想到这个山洞帮了他们大忙，成了他们两个人的红娘，成了他俩姻缘的桥梁。

第七章

周铁心的妻子向静茹一生拖着残废的双腿，为他育有两儿一女。

大儿子周建国，浓眉大眼，脸上总是镶嵌着一种喜庆，白皙的皮肤、倔强的性格颇像母亲。

一九七一年夏天的一天，刚满十五岁的周建国从学校风风火火地赶回家中，满头大汗地进屋便端起一杯凉开水，仰起头咕咚咕咚喝了下去，然后抹抹嘴，上气不接下气地对母亲说："妈，我报名下乡啦！"

"你说啥？"坐在轮椅上的向静茹似乎没听清儿子说的啥。

"到农村去接受贫下中农再教育！这是毛主席的号召！"

向静茹愣了："你舍得这个家？舍得妈妈？"

"啥舍得舍不得！这是党的号召，知识青年到农村去！农村是个广阔的天地，大有作为！"

儿子的话说得向静茹哑口无言，是呀！她不能阻挡儿子进步，上山下乡是党的号召，她一个老党员怎么能把自己的儿子留在身边呢？即使是残废，也不是充分的理由，但她从内心舍不得儿子去，毕竟儿子才刚满十五岁，他能吃得了农村的苦吗？向静茹的心里七上八下不是个滋味，她沉默了。

在朝鲜战场失去双腿的向静茹表面看上去弱不禁风，也许是生活的重担使她显得异常苍老，四十岁的妇人脸上已呈现星星点点的褶皱，纤细的手已变得粗糙，但是在这位女兵身上呈现的是强大的内心。自从她被周铁心从荣军疗养院接回后，享受着国家每月几十元钱的伤残津贴费，在家庭最困难时，就是靠着这几十元钱维持了全家人的生活，不管多困苦，她从未让三个孩子受苦。现在眼看大儿子能帮她了，儿子却要到农村去！面对这个问题她犯难了，儿子是自己身上掉下的肉，自己再苦也不愿让儿子去受苦受累。但是她懂得什么是大局，就像当年面对美国人的侵略，她怀着满腔热情不顾家人反对义无反顾地走向了战场一样，当下的大局就是知识青年到农村去，接受贫下中农再教育，儿子响应号召要做的正像当年的她，她无法阻止。

周铁心听到这个消息，焦急万分地在心里埋怨儿子："真不懂事！妈妈啥样不知道，该替妈妈分忧了却要跑了。"

他希望妻子能跟学校领导谈一谈，或许儿子能够留下来，可偏偏妻子不是愿意向组织提条件的人。他一个还被管制的人，厚着脸找到了学校工宣队、军宣队的领导。进了领导办公室，刚刚坐下还没等他开口，那位个子不高、说话洪亮的军宣队汪队长便笑着说："你不用开口，我们就知道你要说啥！你们家的情况我们一清二楚，静茹同志为国失去了双腿，我们很敬重她。你儿子本应留下，可他自己不乐意，还说：'我是自愿的，建设祖国是我们年轻人的责任，别人能去，我咋不能去？是不是我爸是老右，我连下乡的资格都没有了？'你说我们该怎么回答？他很执着！"

周铁心听着，把来时想要说的话全都咽了回去。合着是儿子自己的主意，他还能说什么，只是简单地说："是这样啊，给领导添麻烦了！"

当他把找领导的事告诉静茹时，向静茹流泪了，她沉默了许久，一句话也不说，直到晚上入睡前她坚定地对周铁心说："我想好了，孩子要下乡，我舍不得，但孩子一定要去，就随他吧！农村艰苦，一个男孩子锻炼锻炼也是好事。你说呢？"

"就是苦了你，琪琪才两岁，建军也才六岁。"

"我，你不用管，也甭担心，我会照顾好自己的！"

周铁心把妻子搂在怀里："都是我不好，跟着我让你受罪了！"

"我挺好，有你就足够了。"

两个人心照不宣地彼此安慰着。

　　周建国和那些成千上万的知青一样，满怀着青春的热情、革命的志向、接受再教育的决心，从祖国的四面八方云集在黑龙江生产建设兵团，投身到那个富饶美丽的三江平原。

　　七年后，大批知青陆陆续续返回了曾经生活学习的城市，接班、上学、找工作，甚至去卖大碗茶……离婚、再结婚、儿子找不到妈、女儿见不到爸……他们艰难地寻找着自己的未来和归宿，一些人为的悲剧成了他们终生的记忆。他们成了当时社会的特殊群体。

　　周铁心夫妻二人掐着指头盼望儿子的归来，但他们盼来了一封很长的家书：

　　爸爸、妈妈：

　　原谅儿子的不孝，不能守护在身边，战友们都回去了，唯有我决定坚守！七年的军垦生活锻炼了我，我不再那么幼稚、那么脆弱，同时我毫无条件地爱上了这广袤的黑土地。每当我捧起一捧流油的黑土，我都莫名其妙地产生了一种激动！到了秋天丰收的季节，滚滚的麦浪让我喜出望外，不知有多少次流下了激动的泪水，因为这是我和我的战友们共同劳动的成果。我深深感觉到我就是为这块黑土地而生，我的生命已经融进了这片黑土里，再也分不开了！我爱这片沃野。

　　民以食为天，粮食生产是天下大事，我们这儿是国家商品粮生产基地，担负着十亿人口吃饭的问题，责任重大。我作为青年人就要勇于担当，就像妈妈当年那样，在国家安全受到威胁时，枪林弹雨迎上去，奋不顾身地走向战场，那是你们那代人的责任。今天我决定留下来，也是一种责任，为了国家粮食安全！况且这里没有枪林弹雨，有的是蓝蓝的天空、绿绿的大地。

　　爸爸、妈妈，你们知道吗？当年开垦这片处女地的英雄们，正是那些从炮火连天的战场上走回来的战士们，他们从朝鲜战场、解放战争的战场踏着战友的血迹云集在这片荒无人烟、无边无际、荒草遍野的大草原上，住的是自己搭的马架子、地窖子，吃的是野菜加上窝窝头，看到的是一人高的野草和一个个水泡子，脚下踩着的是千年枯草堆积起来的软软的土地。在这样的环境下，他们没有人退缩，没有人叫苦，他们风趣地说："马架子风凉，地窖子暖和，窝窝头扛饿，还有狼的交响乐！"他们是在这样乐观中努力完成祖国交给他们屯垦戍边的任务。在他们的努力下一个又一个农场拔地而起，硬是把这片处女地变成了米粮仓！据说在三年自然灾害的年月，他们宁可饿着自己也要把生产下来的上百万吨粮食交给国家，解决了几亿人的饥饿问题，当时正流传着这样的顺口溜："北大荒，米粮仓，饿肚子，交公粮，棒打狍子，瓢舀鱼，一样能把人养胖。"

第一代军垦战士的无私奉献精神无时无刻地教育着我、鼓舞着我。我崇敬他们、爱戴他们，这也是我决定扎根北大荒，留在这片我舍不得的黑土地上的根本原因——继承他们的意志，为国家提供优质的商品粮做出自己的努力。

爸爸，您曾经对我说过："人的一生不求大富大贵，只要能为百姓、为社会做好一两件事，就是有意义的一生。"您的一生经历了坎坷、挫折，甚至现在仍受着不公正的待遇，但你初心不改，仍然从事着你热爱的军工事业，为新中国第一门重型火炮的诞生做出过贡献，为后来大口径火炮的生产付出了汗水，您为之骄傲!

妈妈，您也曾对儿子讲过，在个人利益和国家利益面前，国家利益永远是第一位的，国家兴亡，匹夫有责。您说您看到了太多的流血和牺牲，那些牺牲的战士们有爹有娘，也有舒适的家，但面对侵略者，依然会奋不顾身，告别爹娘，拿起武器去迎接豺狼，即使牺牲了生命也要勇往直前! 幼年时您对儿子的教诲我一直牢记在心里。

爸爸、妈妈，请不要责怪我，我不是头脑发热，我是经过再三的思考，尽管兵团的战友们都离去了，我还是决定留下来，这辈子能在这广阔的黑土地上搏一搏，那就是我为人民做了件好事！支持我吧！

您的儿子

周建国

1978 年 3 月 13 日

当周铁心读完这封含着激情的信后，老泪纵横，自言自语地说："儿子长大了，真的长大了！有自己的思想了！"

向静茹则是沉默不语，半天才平静地说："尊重孩子的决定吧！我们不能干涉。"

一年后，周建国考入了八一农垦大学，农学系，经过三年的学习毕业了，他又回到了他所在的完达山农场，不过这次和他一起回来的还有一位秀丽的姑娘，一位老一代军垦战士的后代，他们要在这北大荒生根发芽！

周铁心得知这一消息，从心里祝贺儿子，托人给他们捎去了为儿子准备的结婚用品。看来这小子认定一生要务农了！

周建国回到农场当上了技术员、副连长、副团长，现在已经走上了农垦总局主管农业技术的副局长岗位。

儿子当了领导，虽没离开技术，但毕竟是个管着几十个农场的局级领导。在贪欲纵横的官场，周铁心怕儿子扛不住权钱的诱惑，一再嘱咐儿子："不该拿的钱，坚决不能拿！不该办的事，坚决不能办！不该享受的待遇坚决不能享受，防止糖衣炮弹把你打翻！"

周建国多次向他表示："爸，您放心吧！您的三不原则已经贴在我们家的墙上了！连您那宝贝小孙子都会背。"

大儿子身居一定的权位，周铁心从不夸耀，人前人后从不提大儿子，谁要问起，他会含蓄地回答："摆弄土坷垃，务农！"别的一句都不会多说。

大儿子使他骄傲，二儿子周建军却使他很不爽，很恼火。二儿子长得憨厚，黑苍苍的皮肤，憨憨的，都说长得像姥姥家的舅舅，夫妻二人为二儿子起的名字叫"建军"，就是希望他长大后继承母亲的事业，参军，成为一名保卫祖国的军人。然而等儿子长大了走的却不是这条道。

周建军看上去憨憨的，但头脑聪明过人，读书可以过目不忘，年仅十六岁就考入了重点大学少年班。国家送他去美国留学，在美国完成了博士学论文。

周建军毕业了，理应回国报效国家，这是周铁心夫妇盼望已久的事。然而让他们没想到的事发生了。

周建军从大洋彼岸给老爸打来了电话："爸爸，我决定定居在美国，手续都办好了！"

"你说什么？啥意思？"

"我加入美国籍了！现在的名字是山姆周！"

"你的意思是放弃了本身国籍，成了美国人？"

“是这个意思！”

周铁心听完这话鼻子都气歪了，他火冒三丈地骂道：“你个兔崽子！忘恩负义！你妈含辛茹苦地把你养大，国家出重金培养了你，怎么能说不回来就不回来呢？不管你是什么籍，你永远是中国人！没有良心的，还没咋地就背叛了祖宗！怎么养了你这条狼！”

“爸，你别说得那么难听！”

“别叫我爸！我没你这个儿子！”

“爸，别生气！这儿待遇好，一个月的薪水赶上在国内一年的收入，生活环境也好，科研条件国内无法比！你不想让你儿子在好的环境下工作吗？”

“别跟我说了，不听，钱！钱！钻到钱眼里啦！咋读书读得这么势利！”周铁心气晕了，在儿子的眼里，美国的水比中国甜，美国的月亮都比中国的圆，典型的崇洋媚外！这要是在战争年代肯定是个大汉奸！他真想揍儿子一顿，让他知道自己到底是谁？从哪儿来？古人还讲“报得三春晖”，这么多年养育了一个有奶就是娘的势利小人！但相隔万里，望尘莫及。

周建军却说：“这都是啥年代了，国家都开放了，您怎么还是老观念！科研是没国界的，啥是美国的？啥是中国的？一项先进的科学技术那是全世界的！”

“说得好听！你在哪个国家发明，哪个国家就领先，不懂吗？"

周铁心心里明白儿子周建军讲的不无道理，可这种背弃民族的事，他说什么也接受不了，从这天后他再也不接二儿子打来的电话了。

最值得周铁心骄傲的是自己的宝贝女儿琪琪，她也在美国喝了几年洋墨水，毕业时校方高新挽留，但她一口拒绝，决定回国。

当她到二哥处告别时，二哥周建军极力相劝："为啥要回去？你看哥多好，大房子住着，高薪拿着，这条件上哪找？留下吧我的老妹！"

"我们都不在爸的身边！妈又走了，爸也老了！谁来照顾爸？"

"就为这个，好办！等你稳定下来，二哥出钱在纽约、旧金山或是夏威夷买套房，把老爸接过来，不就解决了吗？"

"你以为爸能来？做梦！你知道你定居美国把老爸气成啥样？我可不像你，连家都不认了！"

"我这不是为你好吗？好心被当成驴肝肺了！中国有啥待头，三个字，'落后，穷'！"

"子不嫌母丑，懂不？山姆大叔？"琪琪带着一种蔑视的口吻讽刺着二哥，"你改了国籍，还说自己不是中国人啦，把妈气得心脏病都加重了。妈的早逝，你是有责任的！"

"怎么能怪我？合着妈的去世原因都扣到我的头上，怪不得回去奔丧，没待两天爸就赶我走！"

"那是爸不想见到你！我可不像你连自己的根在哪都忘了，还山姆周，恶心不恶心？不管美国给我多高的待遇，我都要回到祖国，为自己的国家服务！"

"行！行！你爱国，我叛国！得了吧！"

兄妹俩，道不同，不相为谋，弄了个不欢而散，连琪琪上飞机，周建军都没去送。

琪琪回国了，一回国便跑到了南方这个新发展的大都市独自创业。她带回了她在美国研究的课题，"人工智能"，一个世界尖端的高科技项目。当地政府以宽厚的胸怀大力支持她，无息贷款两个亿，她建立了自己的科技公司，她正在走向成功！

周铁心常常在心里夸耀女儿比自己强，只是女儿四十有余的年龄却没有另一半，并且也不见她着急，他并不知道在琪琪的私人感情中经历过什么。

琪琪在美国读博时，曾遇见了一位同专业读博的美国人迈克。

迈克高大的身躯魁梧而不臃肿，蔚蓝的眼睛总是那么深情，白皙的皮肤透着一种贵气，迈克被琪琪的干练、聪明所打动，不管是在导师那儿、在实验室、在阅览室，他都会悄无声息地跟随着琪琪，他的视线从未离开过琪琪。

有一天在校园的一棵大榕树下，迈克拦住了琪琪，从背后送上一朵玫瑰，很认真很激动地对她说："Miss Zhou, I Love You !"（周小姐，我爱你！）

琪琪用惊奇的目光打量着迈克，不解地反问："为什么？"

"You are as beautiful as a flower, just like this rose, and you are very smart ! I like you!"（你美丽如花，就像这朵玫瑰，又很聪明，我喜欢你！）

"我是中国人，毕业后要回中国的！"

"没关系！我喜欢东方女人，我可以随你去中国！"

琪琪无语，其实在琪琪心里，迈克直率、善良，对人热情，早就打动了她。迈克是典型的西方美男子的颜值，那种男人的魅力无时无刻不在吸引着她，但碍于他是美国人，她打消了春心的念头。今天迈克这样毫不掩饰地向她提出求爱，着实触动了她那颗骚动的心。

他们相爱了，在这段时间里，琪琪把自己少女的感情毫无保留地给了迈克，还把自己作为女人最好的东西献给了这位美国人，她感到特别愉快、幸福！每到假期迈克都会带着她周游世界，拍下了无数张亲密的合影。她会打长途电话告诉远在中国的老爸："放假不回啦，去调研！"她没有跟老爸说实话。

快要毕业了，琪琪已准备向父亲摊牌，让父亲接受这个洋女婿。在二十世纪九十年代，恐怕这事还真难。不过她知道父亲是个通情达理的人，况且迈克是要跟她去中国的，父亲会理解她、答应她。她在心里已经做好了准备，毕业就步入婚姻的殿堂。

一切都是那么完美，那么美好，琪琪在热切企盼着。让她始料未及的是她那美好的愿望竟在那一瞬间被打碎了，打得粉碎……

一天傍晚，在宿舍里看书的琪琪被一阵敲门的铃声打断了思路。她猜想是迈克从他家回来了！

几天前，迈克请假回家看望母亲。迈克的母亲是个满脸褶皱，一脸愁容的美国女人。琪琪一想起这位老人，心里就有一种说不出来的怵劲，浑身都起鸡皮疙瘩。

那是一次短暂的假期，迈克要带琪琪去见未来的婆母。按照中国人的习惯，琪琪在超市买了一大堆吃的喝的，还有送给老人的滋补品。她满心欢喜地走进迈克的家，一栋二层小洋楼，门前一个硕大的绿草地上摆满了各种盆花，花儿竞相开放，幽静的环境显示着主人的爱好。

"妈咪，我们回来了！"看来迈克是打过招呼的，楼梯上响起了"咔噔咔噔"的响声。

琪琪朝上望去，一位穿着很时髦的老人，嘴唇像吃了血似的绯红，脸上一道一道皱纹肉直往下坠，老态龙钟的

眼神不屑一顾地看了琪琪一眼，没有热情的款待与欢迎，
也没有过多的询问，只是用那昏黄的眼神示意琪琪坐下。
顿时沉闷的气氛充满了整个小楼。老妇人一句话都没说，
就那么坐着，琪琪向她问安，她也不回应，弄得琪琪很尴尬，
来前准备好的话都用不上了！她看得出来，老妇人不喜欢
她这个中国姑娘，琪琪恨不得快点结束这样的见面。

在回校的路上，琪琪对迈克说："看得出，你妈妈不
喜欢我？"

"没关系，我喜欢就行，反正我们是要去中国的！她
喜不喜欢没关系。"

是的，反正也不和她一起生活！琪琪思忖着。

从那以后，迈克每次回家，琪琪都以不同的理由拒绝
同行。以免再出现那样的场面。

这次迈克回家三天，琪琪在想念中度过，听到了敲门
声，她毫不迟疑地去开门，她要扑上去拥抱迈克，告诉他
自己的思念。

门开的那一刹那，她呆了，迈克挎着一位高鼻梁、红
头发、蓝眼睛的美国姑娘站在她面前，还没等她开口问是
谁，迈克便向她介绍说："伊琳娜，我的女朋友！"

"什么？你再说一遍！"

"我的恋人，我爱她！"

"那我呢？我算什么？"

"朋友！好朋友！"

"原来你是来告诉我这些的？"

"是的，我们要结婚了！请你参加我们的婚礼！"

这句话像一盆凉水浇到了琪琪的头顶，她顿时有点懵了，愤怒地用中文骂道："流氓！"

迈克听不懂，摇摇头又摊开双手。

脸被气白了的琪琪真想上去扇他两个嘴巴，可她不能，她知道在美国这样会招来麻烦的，她愤怒地把门"咣当"一声关上了。

关上房门，琪琪在屋内放声痛哭，哭够了，她把迈克送给她的所有礼物统统扔进了垃圾箱，包括那枚求婚的戒指。从此迈克走了，从她的心灵深处彻底地走了。她决定这辈子绝不再找外国男人，她认为外国男人靠不住。今天还和你卿卿我我，明天就可能钻进别的女人的被窝，这样随便的婚姻她实在不敢苟同，她还是极其欣赏父母那辈人忠贞的爱情。

琪琪走上飞往祖国的飞机，默默地坐在自己的座位上，隔着机舱的小窗回望着美国的大地，在这里她生活了整整五年，读硕士、博士，吸收了西方许多先进的知识。今天要离开这个国度，未免有些留恋，但一想到当今美国社会那充满种族歧视的气氛，那毒品枪支泛滥的现实，还有那个人感情的随便……她就从心底厌恶，离开是一种精神上的解脱。她闭上眼睛，渐渐入睡。

与琪琪同排就座的是一位中国小伙，二十七八岁，风流倜傥，高鼻梁，国字脸，深邃的眼，高挑的身材，洪亮的嗓音，一股男子汉气概。小伙见身边这位女士睡去，起身向乘务员要了一条披肩，悄悄地盖在琪琪的身上，那种关心与温柔就像是一家人。

当琪琪醒来时，发现身上多了一条披肩，她有点诧异，男士冲她温柔地一笑："怕你冷，要了一条披肩……"

"谢谢！"

一条披肩打开了两个人的话匣子，小伙名叫杨卫东，一听这个名字便知道他是那个年代出生的人。

杨卫东那洪亮的音色，抑扬顿挫，柔情似水的话语像磁石一样吸引了琪琪的注意。两个人开始低声交谈，交谈中两个人的经历竟是那样的相似，杨卫东在美国也生活了五年，读硕士又读博士，只不过两个人所学的专业不同，琪琪读的是高能物理，杨卫东学的却是国际金融。

琪琪问："搞金融，美国是世界老大，你为何不留下来？是工作不顺，还是……"

杨卫东沉思了一会，没有正面回答，却反问道："你呢？"

琪琪毫不隐瞒地答道："美方重金留我，还为我提供一流实验室，但咱是中国人，有句老话不是说'落叶归根'

吗，我们不能等到叶子要落了才回祖国吧！趁现在枝叶正茂，更需要根的营养。况且家里还有一个老爸。"

"对！你说得形象，重金买不走我们的根！古人还讲'报得三春晖'，何况我们这代人？"

两个人从个人所学专业谈到在美国的生活感受，再到回国原因及个人今后的打算……越谈越有兴趣，越唠越感到相见恨晚。

飞机上开始供应午餐了，乘务员送上了一盒扣肉米饭，还有一小盅汤。打开饭盒，杨卫东看见琪琪饭盒里没有几块肉，便把自己饭盒里的肉夹到琪琪的饭盒里："我还没动筷，不嫌弃吧？"

琪琪推托："不用，不用，我不太喜欢吃肉！"

"吃吧，好吃，这是第一顿中餐，家乡味！"

琪琪笑了，很客气地说："谢谢啦！"杨卫东对琪琪的关心与爱护让琪琪感到一种亲切、一种温暖、一种激动。

琪琪问："回国后，到哪儿任职？"

"改革开放的前沿阵地鹏城，那里正在发展金融业！我的同学为我安排好了，证券交易中心，回家看望一下父母就去赴任。你呢？"

"还不知道去哪儿，可能在北京吧！母校清华有一个大的实验室，或许留在那儿。"

"你也可以去鹏城，那里是青年人发展的地方，我可

以帮你！我的好多同学都在那里发展起来，有的还占据了
重要位置。"

"看看吧！"

两个人说着说着，飞机降落在北京国际机场，在分别
的时候，两个人意犹未尽，依依不舍，握着对方的手不愿
松开，互道珍重互留电话，便离去了。

不久，琪琪便接到了杨卫东的电话，告诉她鹏城有一
家科技研发公司，搞智能技术研发，正缺像她这样的人，
待遇也挺好，问她愿意不愿意来。

琪琪本来正在与北京一家科研所谈条件，听他一说很
兴奋，因为智能技术正是她在美国研究的项目，而鹏城又
是这项技术研发的前沿，她欣然放弃了北京，只身来到了
这座新兴的城市。工作很顺利，她被委任该公司的副总经
理，负责技术研发。

杨卫东常来公司看她，对她说："公司的老总是我的
老同学，有啥难事对我说！"

琪琪出于感激，常请他一起吃饭，杨卫东并不客气，
就像一家人一样。他经常开着车带着琪琪游览这个城市的
全貌。逢年过节、琪琪的生日，杨卫东都会早早地送上一
束鲜花，或一盒高级生日蛋糕，写上一些祝福的话，偶尔
在花束里夹上一个纸条，上面写着"我爱你"。每当收到
这样的礼物时，琪琪都会感动，有时还会不自觉地流下泪

水。她再一次调动了那颗少女不安的神经，她又对美好的爱情、和睦的家庭充满了幻想，她那颗心开始不自主地移动，渐渐地向杨卫东靠近。

每天下班，她都期盼着他的出现，她愿听他那柔声细语的关怀，他的魅力强烈地吸引着她，她的心灵告诉她，恋爱了，她真的爱上了他！

不知道他是从哪知道她在女人生理期的日子里，腹部难忍的疼痛会折磨着她，他会悄无声息地托人送来一小桶大枣与姜片加红糖煮成的水，并写下一句嘱咐的话："喝下去，暖宫，会减轻疼痛！"

杨卫东的细心让琪琪发自内心的感激，她认定杨卫东就是她期盼中的白马王子，就是那个托付终身的人。

一次，两人海边游，杨卫东面对大海单腿跪在地上，手捧九十九朵玫瑰向她求婚。琪琪不知道如何是好，惊喜之余向他敞开了胸怀，接纳了他热烈的亲吻和拥抱！

在琪琪准备全身心投入他的怀抱时，一个偶然的机会把她从感情的最高峰打落到最低谷。她浑身疼痛，一身伤疤，就像一块被烧红了的钢锭，一下子蘸到冰冷的水里，她崩溃了。

第八章

　　乌兰的魂魄已飘浮了很久，自己觉得很累很累，她开始下沉，从万米的高空中像降落伞一样飘飘悠悠地往下沉。她觉得自己在无边的太空游历了一圈又回到了那张病床上，她长出了一口气，呼吸慢慢地趋于平稳，心跳似乎也恢复了正常。她努力地睁开眼，模糊不清的身影，模糊不清的笑脸，那么亲切，那么熟悉，她已嗅到了那久别的气味，她喊了声："国安！国安！"

　　翠翠听到妈妈微弱的喊声，欣喜若狂："妈妈醒了！妈妈醒了！"

　　贾大夫应声来到那张抢救的病床边，乌兰蜡黄的脸上有了一点血色，泛起了少有的红润，无神的眼睛微睁，那半睁的眼神中流露出少有的喜悦。贾大夫弯下腰用听诊器听了听乌兰的心脏，心脏恢复了正常跳动，她叫来护士测试了乌兰的血压，护士不解地说："血压已经回到了七十到一百一十毫米水银柱。"

　　贾大夫脸上露出了笑容，激动的泪水模糊了眼镜上的镜片，她摘下眼镜擦拭着镜片，对翠翠说："孩子，你妈妈又一次被抢救过来啦！看来今天不要紧！"然后语调一转问道："你妈妈喊的'国安'是谁？"

"我爸爸！"

"我怎么一直没见过他呢？你妈妈都这样了，他怎么不来守护她，难道他的工作就那么忙？"

翠翠沉默了，没有立刻回答大夫的问话。

翠翠因父母离婚与父亲发生争吵后，再也不想提起父亲的名字。她在心里鄙视父亲，更恨那个女人。在她看来父母离异是件很不光彩的事，她不会向任何人透露这件事。她不愿让别人另眼看她，更不愿意接受别人的同情与怜悯。

今天大夫的追问，她很无奈，第一次直言相告："爸爸和妈妈离婚了，好多年了！他跟一个女人跑了。"

贾大夫听了此话，愤怒至极，她想起了乌兰体检发现肺部癌症时，让她把爱人叫来，她一再推脱说"出差了！"原来是这样，可怜的乌兰！贾大夫十分同情乌兰的境遇，她安慰翠翠："她心里还装着你父亲！都这个时候了，还念念不忘，真是痴情女！不过不要紧，阿姨会尽量地挽救她！"

翠翠点点头："她一直牵挂着我爸爸，盼着他能重新回到这个家！"

"不过你作为女儿应该通知他，毕竟夫妻一场，我想他不会不来，让你妈妈在最后的日子里快乐些，对病情的缓解有好处。唉！女人呀，干嘛这么痴情！"贾大夫心里很是感慨。

床上的乌兰渐渐地睁开了眼，看到翠翠，要去拔掉点滴的针头："翠翠咱回家，你爸回来了！你爸回来了！"

翠翠吓了一跳，她扶住妈妈："医生在给你打点滴，你在说胡话！我爸啥时回来了？"

"没有说胡话，我看见他啦！真的回来了！"乌兰在她的潜意识中真的看到了张国安，她像好人一样欢天喜地地去迎接他，和他一起过自己的小日子。

"我还会回来和你过咱们的日子，和你牵手到终老。"这是张国安和她分手时的承诺，她相信了。在她的信条里，张国安一向说话算数。张国安的口头禅"男子汉，大丈夫，一口吐沫一颗钉，说到做到！"更何况他们是十八年的夫妻，离婚五年了，她盼了五年，思念了五年，等待了五年，抱着他的照片睡了五年。现在生命已走到了尽头，她仍然盼着她心中的爱能够回来。

张国安为什么离开她，她很清楚是因为那个女人——郑婉茹。那个比她年轻，比她漂亮，比她有文化，比她娇小玲珑，比她更让人心疼……这位小精灵拽走了她的挚爱。

郑婉茹第一次到乌兰家是在七年前八月份的一个星期天下午。在屋里洗衣服的乌兰听到有人敲门，便擦擦手开了门，一位三十多岁的中年妇女站在她的面前，一米六的个头，纤细的小腰，白净的瓜子脸，戴着一副金色框的眼镜，文质彬彬，有一种知识女性的气质，脸上带着娇媚的笑容，给人一种温和的亲切感。

乌兰刚要开口："您找……"

"您是嫂子吧？我叫郑婉茹！"一种自来熟的口气。

乌兰不解，从认识国安至今没听说还有这么个妹妹。什么时候天上掉了个郑妹妹？乌兰疑惑着："你咋认识我？"

"听国安哥说的！国安哥常提到你，夸你贤惠！"话里话外渗透着她与张国安早就熟悉。

"你们啥时候认识的？"

"在去省城的火车上，对坐，听国安哥说他在司法局工作，就聊了起来，就这么认识的！"

张国安原本是H军工厂的生产骨干，也是第一批被车间选送到新成立的职工大学深造的学生。毕业了本来回车间提拔车间主任的，却被市政法部门选调到司法局，从此他改了行成了国家干部，并被送省司法学院再进修。在来往的火车上偶遇这位郑女士，两人谈得很是兴致勃勃，便互留了地址、电话，成了好朋友。

郑婉茹说得很轻松："怎么您不欢迎呀？"

"欢迎，欢迎，您是俺家国安的朋友，那就是我的朋友！快进来吧！"

郑婉茹像到了自己家一样，没等乌兰让座便一屁股坐在了那淡蓝色的沙发上。

"你等等，我去给你沏茶。"乌兰忙着招呼这位不速之客。

"嫂子，你不用忙，咱姐俩好好聊聊！"亲切的称呼一下子拉近了两个人的距离，好像两人早就是再知心不过的姐妹。

"咋的，国安哥还没下班？"郑婉茹看看手腕上的金壳手表。

"今天是星期天，到朋友家有点事，一会就会回来！"乌兰说着将一杯茶水放到了郑婉茹前面的茶几上。乌兰悄悄地打量着眼前这女人，不知道从哪开口，这女人究竟是啥来头？咋没听国安讲过？她坐在郑婉茹对面的椅子上，沉默着想找个话题，又不敢冒昧地瞎问，心想：国安你快点回来，这个女人到底是谁？

郑婉茹很大方，反客为主地招待起乌兰："嫂子，这茶挺好，你也喝！"她呷了一口茶，品味着并不断地赞许着："好茶！好茶！"然后她环视着乌兰家的客厅，客厅里除了一张三人沙发和沙发对面的老式黑白电视机，再也没有其他像样的家私。她感慨地说："啥年头了，电视还是黑白的，换个彩色的吧。"俨然像一家之主似的说着自己的打算。

乌兰心想："谁不想换个带色的，钱从哪来？"于是她漫不经心地答道："等有时间再去买，这个电视挺好的，凑合着看吧！"

"不用，嫂子，明天我就让人给你送来一台，我是冰城商场家电部的经理，这点小事好办！"郑婉茹说得很轻松。

乌兰很无奈。

郑婉茹的目光停留在客厅墙上那张一家三口的巨幅全家福上，极其羡慕地说："看你们家多好，团团圆圆的！"

乌兰看到她对照片的感叹，便冒昧地问了一句："您结婚了吗？"

"结过婚，离了！"郑婉茹爽快地回答。

"有孩子吗？"

"有个男孩才四岁，可爱得很，但是前夫把孩子抱走了，送到了乡下爷爷奶奶那，让两位老人带着。"

"你不想孩子吗？"

"想呀！不瞒你说，有时想得直掉眼泪！关键是他们家不让我去探视孩子，这还有点人性吗？"

"那可真是的，孩子是母亲的心肝，看都不让看也太残忍了。"

两个女人谈起孩子，就有了说不完的话题。

郑婉茹停了一会说："这不，我想让国安哥帮助我要回孩子的探视权。"

乌兰听到这儿才明白这位不速之客来访的目的，心里产生了一种同情：怪可怜的女人，怀胎九个月豁出命生下了儿子，可连看望的权利都没有，真是太不讲人性了！

下午五点半，张国安回到了家，一进门看见郑婉茹坐在他家的客厅里，有点不自在地板着脸说："你咋找到我家来啦？"

"国安哥，俺不是跟您说过吗，想让您帮俺一下！"郑婉茹细声慢语娇滴滴带着羞涩地说。

"谈工作，到班上，不要到家来说！"张国安显然对郑婉茹的到来表示不欢迎。

乌兰忙帮腔说："你能帮她就帮帮她，怪可怜的，妈妈想孩子的滋味，你们男人可不知道！"

"我没说不帮，明天到我办公室去谈！"张国安依然很严肃。

朴实、真挚的乌兰并不知道，她的噩梦开始了。

第二天真的有人送来了一台新式平板大彩电，乌兰要付钱，来人说："只管送，不管收钱。"

又隔了几天，一台海尔全自动洗衣机又被送到她家，仍然是"只管送，不管收钱"，这让乌兰心里很不安，两个大件价钱自然不菲，囊空如洗的乌兰犯了难，上哪去凑这些钱啊？

郑婉茹很慷慨："嫂子，没事，就当我给你们买的！"

"那可不行，咱家不兴这个，多少钱，等我七八天凑齐了交给你。"

"不用啊，我送的你还见外吗？"

乌兰心想：你是我们家什么人，送我这么贵重的东西？于是坚决地说："不收钱，就把它们抬走，我不能白要你的东西！"

郑婉茹看到乌兰这样坚决又不留情面，迟疑了一下，也觉得这样有贿赂的嫌疑，张国安是不会收的，便改口说："那样吧，给个成本价六千块，这个权力我还是有的。如果你资金紧张，先不急，我给你垫上，等你啥时候有了钱再还给我。"

"那也行，亲兄弟还明算账，一码归一码，我打个借条，就算我借你的！"乌兰说着拿起笔写下了一张借条，签上了自己的名字，交给了郑婉茹。

郑婉茹很工整地叠好那张写着"借六千元"的借条，放进了自己的手提包里。

没过多久，郑婉茹的官司打赢了，要回了儿子的探视权，并收获了应得的财产十万元，郑婉茹十分感谢。

在郑婉茹官司结案不久后的一天，张国安在睡觉前，交给了乌兰一个存折："明天去取六千元还了郑婉茹，下不为例！”

乌兰接过那黄色的存折，存折上整整有五万元钱，她吃惊地问："哪来这么多钱？"

"我攒的私房钱，别问了，你花就是啦！"

"你啥时还私自攒钱？"

"哪个男的没有点私房钱？只是不想让你们知道而已！"张国安说得很轻松。乌兰不敢相信，一向实实在在的爱人也学会了隐藏秘密。

郑婉茹与乌兰成了姊妹一般的朋友，乌兰不再拿她当外人，像亲姐姐一样关怀着郑婉茹。每逢节假日或做什么好吃的好喝的都要把她找到家一块享用，如碰到郑婉茹忙，没时间，她便给她留下一饭盒好吃的，让丈夫给她送去。渐渐地互相间的称呼都改成了"婉茹，婉茹"，到了后来干脆就剩下了一个字"茹"。

郑婉茹也不例外，每次来乌兰家都不空手，经常给乌兰送上一件时尚的服饰：漂亮的风衣、绣着金色花的毛衣、飘逸的纱巾、高档的包包……郑婉茹一进门就会慢声细语地叫着："嫂子，这件衣服你穿上一定好看！都到了中年了，把自己好好捯饬捯饬，打扮得漂亮点，俺哥会喜欢的！"说完咯咯地笑了，不知什么时候"国安哥"在她嘴里已经变成了"俺哥"，她已经把这个家当成了自己的娘家。

郑婉茹到了乌兰家很随便，碰到吃饭，不用让就吃，碰到刷碗洗衣，撸起袖子就去干……真的成了一家人。

　　乌兰渐渐不再疑心这个天上掉下的妹子了，并喜欢上了她。乌兰在这个城市无亲人，原来认了一个干妹妹琪琪，她已经上了大学，出了国，现在又有这样一个知疼知热的妹子，她觉得也挺好，有了一个无话不说的亲人。甚至在单位和一些女老师一起闲唠时，她也不忘夸这位妹妹如何有风度，如何有能力，如何有水平，她说她佩服得五体投地。

　　一位人称大姐的王老师提醒她："别引狼入室，把你家国安拐跑了。"

　　乌兰哈哈大笑说："不会的，俺家国安铁着呢！我俩的感情地动山摇都不会破。"

　　"你就那么自信？一个年轻漂亮的女人，况且还离了婚，总在男人面前晃来晃去，男人再坚强也难控制！"

　　"不会的，俺家国安绝对不会！"乌兰把"绝对"二字说得很重。

　　乌兰嘴上说得很硬气，心里多少也有点不自在，每当看到郑婉茹在丈夫面前眉来眼去的时候，心里也会泛起一种酸味。她发现自己的丈夫和自己越来越没有多少话说，只有郑婉茹到来话才会多起来。

　　刚开始时，乌兰和他们俩一起品茶唠嗑，唠着唠着她觉得自己插不上嘴了，郑婉茹和自己丈夫说的话题她开始听不懂了：国家大事、世界文学、天文地理、伦理道德、人生哲学……涉猎人世间的方方面面，有时两个人还你一句我一句地朗诵诗歌"轻轻的我来了，正如我轻轻地走……"郑婉茹会微笑着答道："徐志摩的诗写得真情实感，多有味！"

乌兰很不经意地问了一句："徐志摩是哪国人？"这一问刚出口，郑婉茹就哈哈大笑起来！

张国安没有笑，沉下脸，瞪了乌兰一眼："不懂，别瞎说！"

乌兰知道自己错了，在这个女人面前给丈夫丢脸了。从这以后，乌兰便成了他们两人送茶倒水的服务员，每到这时她心里就有一种说不出的自卑感。

这种聊天使张国安异常兴奋，即使唠到很晚也舍不得让婉茹离开，常常是郑婉茹主动说："太晚了，我得回去啦。"

好心的乌兰看看墙上的挂钟已经是晚上十一点了，她会对张国安说："太晚了，你去送送茹，道上不安全！"

张国安很乐意妻子的这种安排，不管刮风下雪他都像警卫员保护首长一样护送郑婉茹。

乌兰想都没想到，离开了她的视线，变成了他们两个人的天下。他们走得很慢，就是有自行车也都是推着一步挪着一步，尽情地说着柔柔的情话，说着心里的那份思念与牵挂。

这一送便送走了乌兰的丈夫，临别时的那句话"我还回来和你过日子"牢牢地扎根在乌兰的心里。她不止一次地梦见张国安回来了，又回到了他们这个家，回到了她的身旁，殊不知那只是一剂镇静剂，一句支撑她活下去的希望。有时她也曾后悔，为什么那么傻，就那么轻易地同他离婚，她恨自己的手指头，为什么那么快就按下了手印！一失足成千古恨，但她还是相信他说话是算数的，他一定能回来！离婚五年，她丝毫没有怀疑过这句话，在生命即将走到尽头时，她仍然盼望着她心目中挚爱的国安能回来，希望就是生命。

第九章

琪琪没有想到的事情发生了。

自从杨卫东面对波涛汹涌的大海长跪求婚以来，琪琪愉悦的心情难以掩盖，喜笑颜开地做着自己应做的事。

一天，琪琪满面春风地走进总经理吴越的办公室，总经理吴越是一个干练的年轻人，据说是杨卫东大学时期的密友，虽然只有二十八九岁，却显得很老成。大学毕业后，一个贫民家出身的大男孩，凭着自己的能力，在这个竞争激烈的大城市，脚踏实地一步一步地打拼，取得了人生第一桶金，于是他瞄准了科技的前沿，超前地成立了自己的智能公司。琪琪的到来，使他如虎添翼，项目干得风生水起，他很看重老同学介绍过来的这位女性。

"请坐！"吴越很客气地让座。

"经理，我想到电子产品一条街上调研一下咱们新试制的产品使用情况。"

"好吧，我也有这个打算，访问访问用户是很有必要的，什么样的产品都是在不断完善中成为名牌的。"

"那我就去了。"琪琪起身要走,吴越却制止:"你等等!"

"有事吗?"

"我想了很久,不知当问不当问?"吴越站起身,若有所思地看看琪琪。

"当然可以。"

"你了解杨卫东吗?我那个老同学?"

"我们在飞机上认识的。"琪琪停顿了一下,"应该说还不是十分了解,毕竟是偶然邂逅,不过我觉得他人还不错。"

"那是!我这位同学处事不错,用老百姓的话说'会来事',不过……"吴越吞吞吐吐没往下说。

"不过什么?"

吴越话到嘴边又咽了回去:"没什么,没什么,他好像很喜欢你?"

琪琪点点头,脸颊立马绯红,羞涩地说:"八字无一撇。"

"那就好,我是怕……"吴越不说了,他心里很矛盾,不知是否应该提醒一下琪琪,犹豫中下令说,"没有什么事了,你去吧!"

琪琪独自一人来到这座城市极其繁华的号称电子一条街上,一路上她回味着吴总经理的话,总觉得吴总话里有话，没有直接说出来。

街上人来人往，白种人、黑种人夹杂在熙熙攘攘的国人中间，人人都在奔波，人人都在忙碌。

在这些茫茫的人群中，她发现了离她不远处的他——杨卫东。她喜出望外，想偷偷地走到他身后，给他一个惊喜，就在她刚要抬起脚走过去的时候，她看见杨卫东身边有一位娇艳的女人，那女人打扮时尚：绿色的真丝上衣配着黑色的真丝灯笼裤，左手腕上戴着一个全绿的手镯，右手拎着一个高档的手提包，那只戴手镯的手挽着杨卫东的胳膊，又说又笑。杨卫东身边还有一个三四岁的小男孩，一个劲地冲杨卫东叫着："爸爸抱！爸爸抱！"杨卫东抱起孩子亲吻了一下。

琪琪被这一幕惊呆了，脑袋"嗡"的一下成了一片空白。她懵了，顿时脸色煞白，急忙躲在一棵树后，靠在树上，目睹着那三口人欢声笑语地离去。琪琪几乎站立不住。

一位身着志愿者服装的老伯急忙扶住她，并把她扶到步行街的椅子上。"怎么了姑娘？哪不舒服？病了？脸色这么难看。"

"有点头晕，早晨没吃好饭。"

"你们这些年轻人呀，晚上熬夜不睡觉，早上又匆匆忙忙不吃东西。姑娘，不能拿身体做赌注！没了身体啥都没啦！"

老人家磨磨叨叨地教育起琪琪。琪琪听着只是苦笑，两行泪水挂在了脸颊上："谢谢你，老伯！"

这一幕让琪琪彻彻底底地寒心了！她的感情被愚弄了，很痛心，她不明白为啥受伤害的总是自己。迈克的无情背叛，杨卫东道貌岸然的欺骗，让她陷入了深深的思考。是社会太复杂，还是自己太幼稚？这世界上究竟还有没有靠谱的男人？在婚姻这件事上，美国男人、中国男人，这都是咋的啦？她问苍天，天底下究竟有没有好男人？梁山伯与祝英台是真还是假？女人都渴望爱情，但能得到真爱的有几人？有人说："别拿男人当回事！"也有人说："男人嘛，上半身是正人君子，下半身是动物！"她对这样的话很反感，现在想起来好像真有一定的道理。特别是当她听到乌兰姐姐那样死去活来的热恋，轰动整个工厂里的坚贞，海誓山盟的表白，不是在几年前也分崩离析、分道扬镳了吗？自己的老父亲一贯赞赏的张国安，不是也移情别恋离开乌兰了吗？过去那些誓言不是也随风飘散了吗？她更加坚信，在这个世界上，男女不变的恋情，都是人们理想中的梦，人是会变的，感情也是会变的！喜新厌旧乃人的本性，更何况是男人。

琪琪病了，在病中她不断地思考着自己走过的爱情历程，她用辩证法的变与不变的道理宽慰着自己，从而平息了自己内心的苦与痛。她太羡慕父亲那代人的那种忠贞不渝、不离不弃的爱！她叹息着，现实社会中那种"爱"看不到了，看到的是不断地离，不断地合，分分合合，婚姻成了一张纸，轻轻一戳便破了；婚姻是一个玻璃杯，一不小心就会碎了，受伤的永远是女人。

琪琪决心不再去寻找这种伤害，她要把全部身心投入到她所追求的事业中去。

吴越得知琪琪请了病假，两天没有上班，便带着自己的秘书买了一堆水果前去探望。当琪琪开门的那一刹那，吴越呆住了，仅仅两天功夫，丰满漂亮的琪琪瘦了一圈，眼圈凹陷，两眼通红，脸色苍白，变了一个人似的。

吴总被让进屋内，他问："怎么了？好好的咋就病了？没上医院？"

"偶感风寒，有点感冒，休息两天就好了。吴总这么忙还来看我，真不好意思。"

"应该的！都是背井离乡的朋友，发烧吗？要不我送你上医院？"

"没事，已经要好啦。"

吴越让秘书把水果放在茶几上，劝慰琪琪："不管遇到啥事，想开点，偌大世界什么鸟都有，什么人都能遇见，别想不开，弄坏了身体不划算！"

琪琪很纳闷，这位吴总好像有先见之明，更好像什么都瞒不过他。此刻她真想向他敞开心扉，把心里的苦闷倒给他听，但她制止了自己，碍于秘书在场，不便说什么，只是一个劲地点头："谢谢吴总的关怀，明天我就上班。"

第二天，琪琪将自己写好的调研报告及自己的辞职报告一并交给了吴越。

琪琪莫名其妙地辞职，吴越很不理解。

"为什么？"

"不为什么！"

"是嫌公司给你的薪水低？低了可以给你涨嘛！干嘛非要辞职？"

"不是薪水问题，我的薪水够高，我很满足，我有点累，需要休息。况且老爸年事已高，需要人照顾，我作为女儿有这个责任！"琪琪没有讲真实的想法，只好以老父亲需人照顾为借口。

吴越沉思了半天，从琪琪的情绪中，他似乎猜到了什么。他很想挽留，但在照顾老父亲的理由面前，他无话可说，很不情愿地答道："你实在要辞职，我们真的是舍不得，但孝顺老人是人生第一大事，那你就去办手续吧。"

琪琪辞职后，独自一人招兵买马，重新组织团队，申请创建自己的公司，潜下心来研究自己热爱的那个智能项目，决心让无人驾驶汽车、无人驾驶飞机跑遍全国，飞遍全世界。

在琪琪生病的那几天，杨卫东正忙着证券事务所的紧张工作，金融危机的到来，股市断崖式下跌，让他心急如焚。他在工作中密切关注着自己投进股市的两百多万，一夜间变成了几十万，他很恼火，但又无法对妻子说，因为那是他攒的私房钱。他的妻子艾小霞又成天在他耳边叨咕，黏着他，让他陪着她逛街，买奢侈品。他很烦，但又不能推诿，每天只是赔着笑脸哄妻子。但到了夜晚，妻子熟睡之后，他就思念琪琪，如果身边躺的是琪琪，他会向她诉说心中的不快。

其实杨卫东真的是爱上了琪琪，从在飞机上十几个小时的相处，琪琪的学识、琪琪的谈吐、琪琪的气质，以及琪琪那份拳拳之心真的让他心动了。从那时开始，琪琪便不容置疑地住进了他的心里，一种相见恨晚的后悔缠着他。他有妻子，没敢向琪琪流露，仍以一个纯情暖男出现在琪琪面前。

杨卫东的妻子艾小霞是比他低一届的校友。艾小霞入学那天，杨卫东以大哥的身份负责接待她，当他接过艾小霞录取通知书的那一瞬间，他吃惊了，眼前站着一位洋气十足的女孩，时髦的时装鲜艳夺目，波浪似的披肩发微微发黄，戴着一副金丝边的眼镜，颈项上还有一条细细的金项链，项链下的吊坠上镶着一颗祖母绿的宝石，手拉着一个金色的高级拉杆箱，完全脱离了一个高中生的朴实。她吸引了不少送学生入学的家长和同学的注意。

"姓名？"杨卫东拿着笔在登记。

"艾小霞！通知书上不是写着的吗？"一种女孩少有的傲慢给杨卫东留下了极深刻的印象。

杨卫东接过艾小霞的拉杆箱，送她到新生女生宿舍，从此这位艾小霞便盯上了杨卫东。

杨卫东是从一座名不见经传的小县城考进这所大学的，父母都是一个小工厂的工人，工厂卖给了私人，父母双双下岗，没有了固定收入，无奈只好四处打零工，家境十分窘迫。

杨卫东考上了一流大学，父亲高兴得流下了眼泪，可一看学费的数字，犯难了！虽然学费一年只有四千多元，可对这个只有微薄收入的家庭来说已是望尘莫及的天文数字。杨卫东的父亲找那些下岗的老工友、老朋友、亲属东借西凑终于凑够了第一学年的学费，可生活费却没有着落。

杨卫东是个很懂事的孩子，他安慰父母："不要紧，到了学校我勤工俭学，想办法找一份兼职，会解决的，放心吧！"

入学后的杨卫东便办了助学贷款，他发现学校门口有一个联通的营业部，便大着胆子找到了营业部的主任讲明，他想要找一份兼职工作。

营业部那位瘦高个的主任很和蔼，沉思了一会对他说："那你就在校园内卖我们的电话卡吧，报酬嘛，二八开，每卖一张卡，费用你留二，交给我们八。"杨卫东兴奋地一个劲地致谢。

杨卫东在校园内卖电话卡，同学们纷纷来这里买卡换卡，艾小霞是最活跃的一个，并且鼓动全班同学集体购买。她自己也隔三岔五地换卡，自称手机丢了又买个手机，再就是手机换了款式，或者替某某购买。每次买完总要在价格上多加上五十元，杨卫东坚决不要。她就说："这五十元你不要，我就把它撕了！"有钱人家的孩子就是这么任性。其实这是艾小霞变相资助杨卫东的借口。

杨卫东卖电话卡业绩不错，解决了生活费，还略有剩余。

杨卫东生活很简朴，就连一日三餐都是精打细算，买最便宜的菜肴。艾小霞发现后会悄悄地多买一份红烧肉、烤鸡腿、红焖鱼之类的荤菜送到杨卫东面前："吃吧，我请客！"弄得杨卫东很不好意思。

有时，星期天艾小霞会约杨卫东一起到校外的大饭店去解解馋，再看场电影。杨卫东多次以有事婉言拒绝，但艾小霞会撒娇地说："大哥哥给个面子吧！"

艾小霞一有空就送点什么特产小吃、节日礼物，借一本书、问个问题……以种种借口找杨卫东没话找话的闲聊，久而久之学校内就有了"东霞之恋"的传闻。

男同学们对这样的传闻很感兴趣，在杨卫东的宿舍里，宿友们逗他："行呀，你小子傍上富家小姐了？"

"没有的事！"杨卫东否认着。

"进行到啥状态，说说，别不好意思！"

"没有的事，净瞎说！"

"啥叫瞎说，我们都看出来了，那个艾小霞喜欢你。"

"那是她的事，门不当户不对！我一个寒门弟子怎么能配上人家富家小姐？"

"你傻呀！管他什么穷呀富呀，只要喜欢就大胆地追呀！别让女孩子主动，你也得主动主动呀！"

室友们三言两语地正说着，听到有人敲门便闭上了嘴。一室友去开门，一看正是他们讨论的艾小霞，便对大伙说："心有灵犀，说曹操曹操到。"同学们一看艾小霞便嬉笑着一个一个找理由离开了寝室，给他们俩创造独处的空间。

杨卫东对艾小霞的做法并不欣赏，有时还有点反感。在艾小霞的面前，他很压抑，也很自卑，他想躲却又躲不开，真的是被黏上了。快毕业了，他盼着摆脱这种尴尬的局面。

一天，艾小霞把杨卫东约到一个咖啡馆，要了两杯咖啡，杨卫东推脱说："这洋玩意儿喝不来，你自己喝吧。"

"你要是做我的朋友，就会喝得来。"艾小霞直接挑明了。

杨卫东沉默不语，低着头不敢看艾小霞。

"毕业了，咋打算？"

"找个工作呗！"

"现在找工作，没有人，难呀！"

"不行我就回老家，在县城找个工作总可以吧。"

"那多可惜呀，高才生！"艾小霞沉思了一会又说："我喜欢你，从进校的那天就喜欢上你。做我的男朋友吧！"艾小霞撕去了面纱，直截了当地表达自己的爱。

杨卫东还是沉默，不知道如何回答，他真的也不想回答。

"做了我的男朋友，我爸会给你安排一个适合你的好工作，还可以申请公费到国外留学。"这是艾小霞为爱开出的条件。

这条件，杨卫东想都没敢想，能在大都市找到一份工作就是福分，激烈的竞争有多少寒门子弟看不到自己的前程，哪敢奢望到国外留学，太诱人了。

他沉思着，心灵告诉他，艾小霞热情美丽、家庭富足，对他来说是攀上高枝了！为了自己含辛茹苦的父母，也为了自己的前程，他违心地点点头。

艾小霞不顾在公众场合兴奋地竟欠起身亲吻了杨卫东的脸颊。杨卫东很无奈地责怪道："别，别这样！"

杨卫东毕业刚走出校门，就被一家国营大银行录用，做了大堂经理，同学们羡慕得不得了。

第二年艾小霞毕业了，他们结婚了，婚礼是艾小霞家一手操办的，既隆重又热闹。

入了洞房，杨卫东发现自己对艾小霞没有感觉，没有冲动。他眼前呈现的是在高朋满座热闹的婚礼上，自己的父母那种孤独与尴尬，还有从那些亲朋好友不屑一顾的眼神中读出的轻视。他似乎又听到了那句"哦！男方是工人的儿子！"他觉得自己很狼狈，他好像在做一桩买卖，完成了第一次交易。他入职了一家大银行的高层，艾小霞成了他的妻子，兑现相互的条件，但这并没有使他感到轻松，相反觉得有一块无形的巨石压在他的心头，甚至内心深处涌出一种耻辱，一个声音在问他："男人的自尊在哪？男子汉的勇气又在哪？"

婚礼前父母曾多次对他说："东儿，婚礼上都是有头有脸的人物，我们就不参加了。"他理解父母的心情，没有表示反对。

当艾小霞的父母听到这消息时埋怨说："这哪成？结婚是人生大事，哪有做父母的不参加儿女婚礼的？"

小霞的父亲亲自乘坐一辆高档小轿车，把杨卫东的父母从小县城接到这个大都市，并以极大的热情款待了辛苦一辈子的亲家。

对于艾小霞一家人的热情，杨卫东总觉得那热情中含着一种瞧不起的蔑视，甚至连那些贺喜人们的开怀大笑、热情祝福都含着一种嘲讽，这种无形的臆想压力使他在洞房花烛夜对艾晓霞没有一点爱的意愿。

艾小霞却异常兴奋,她为自己的追求变成现实而狂喜。她爱杨卫东,并不在乎他的出身是穷是富,是官是民,她只爱他的帅气和才气,能与杨卫东结为伉俪是她修来的福气,她觉得她是这个世界上最幸福的女人。她并不理解一个寒门出身的男人走进一个富足家庭中的那种自卑感,她以为杨卫东也像她一样沉浸在无比的幸福中。

艾晓霞在狂喜中不能自控,竭尽全力把爱倾洒在杨卫东身上。

一年后,艾晓霞生下了他们的儿子,杨卫东被公派留学美国,学习国际金融。

杨卫东偶遇琪琪后真的有了男人的心动,有初恋的感觉。他背着妻子着了魔似的爱上了琪琪。

每当夜晚他都在思念中入睡,琪琪的神态,琪琪含情脉脉的眼神,还有那甜甜的微笑,常常出现在他的梦里。在这样的梦里,他没有了压力,没有了自卑,他是个真正的男子汉。

一天深夜,艾小霞辗转反侧,难以入眠,借着床头灯的微光俯视着杨卫东酣睡的模样,爱意飘然而来,她想推醒他和他说说心里话,又怕打扰他。

酣睡中的杨卫东朦朦胧胧地看见了琪琪,琪琪含着深情带着微笑向他走来。他情不自禁地大喊"琪琪!"

艾小霞推了推杨卫东，吃惊地问道："琪琪是什么，琪琪是谁？"

杨卫东从睡梦中被推醒后，发现自己失语，搪塞着含含糊糊地反问道："琪琪？什么琪琪？"

"你喊的，我哪知道！"

"我喊了吗？有这事？"

"当然喊了，吓了我一跳！"

"哦，做了一个梦，梦见我在骑马。"

艾晓霞被这句幽默逗笑了，无比幸福地轻吻着杨卫东的脸颊。

杨卫东心里很不爽，多好的梦让她给打碎了。

杨卫东也曾想过离婚，但权衡来权衡去，他没有这个勇气，他很清楚他目前的地位，全是那位位高权重的老岳父所赐，他得罪不起，得罪了就会失去一切。况且，他与艾小霞之间还有一个可爱的儿子，从孩子的角度考虑，他也不能离婚，他在心灵深处叹息着："夹在两个女人之间怎么这么难！"于是，他便采取了这种隐形的移情别恋，不让家里的旗帜倒，也要让外面的彩旗飘。他以为这种"隐形情人"会瞒天过海，谁料到这如意的美梦却成了黄粱一梦。

几天后，杨卫东抽空买了一束玫瑰花来到琪琪工作的公司，却没有见到琪琪。吴越告诉他，琪琪辞职了。

"为什么？"

"不知道！"

"去哪了？"

"也不知道！"

"你咋当的总经理，怎么什么都不知道！"

"不知道就是不知道，这和当不当总经理无关！"吴越斜着眼看了看他："你别自作多情啦，你是有家室的人，不能吃着碗里的还看着锅里的。"

"关你什么事！我找她去！"

杨卫东驱车来到了琪琪的住所，希望能见到琪琪，向她诉说自己的思念，更期待着在琪琪的宿舍里实现他久已盼望的琪琪投入他的怀抱，实现他从别的女人那得不到的温存与愉悦。琪琪答应过他，待她生理期过后，把女人的一切交给他，为这事他曾掐着指头算过。

杨卫东像往常一样，抻了抻衣角，梳了梳头发，便去按门铃。门开了，一位五十多岁的老妇人从门缝里探出头来："同志，你找谁？"

"周玉琪！"

"噢，那位姑娘呀，搬走了，已经三天了，她没有告诉你吗？"

"搬到哪了，您知道吗？"

"不知道！"

　　琪琪不告而别，不知去向。杨卫东急忙打电话，手机里回应的是"不在服务区"。就这样，琪琪像人间蒸发了一样，他心目中的女神失联了，人飞了，从此断绝了来往。

第十章

张国安跌入了难以自拔的爱河，连他自己也弄不清怎么就一步步不自觉地出轨了。

在那通往省城的列车上，第一次偶遇郑婉茹时，对这位身材纤细、庄重文静并很有礼貌的小女子产生了一种莫名其妙的好感，并不自觉地和她攀谈，随即就是郑婉茹突如其来的到访，提出要自己帮她打一桩官司的请求。他帮了她，她又以各种形式对他进行报答，他们之间亲密的关系是从哪儿开始的，没有确切的界限。

那是一个冬天的下午，身着裘皮大衣的郑婉茹走进了他的办公室，办公室除了张国安在伏案书写以外，别无他人。她迅速地塞给他一个信封，嘱托他："我走后，你再拆开看。"说完她没有逗留，大大方方地离开了那座神秘的大楼。

张国安拆开信封，掉出一张银行卡，还有一个字条是取款的密码。

张国安有些忐忑，他不能接受这种馈赠。他在办公室

蹀步，想着怎样才能还回去，还不至于伤了和气。他决定
下班后去找郑婉茹。在郑婉茹居住的楼下，他将那信封又
还给了她，可她用一种不高兴又含着深情的眼神乞求他：
"别见外，应该的。"然后你推我搡地互不相让，最终还
是落在了他的口袋里。从此，他们成了极熟悉的知心人，
再后来她成了他的妹妹，他成了她的哥哥。

天长日久，张国安对这位萍水相逢的小妹有了一种
挂牵，一种见不到的思念。工作之余，郑婉茹窈窕的身
影，那柔声细语，那像花儿一样的笑脸，那含情的双眼，
还有那小鸟依人的娇媚，常常浮现在他的眼前，赶不走，
挥不去，引起了他内心的不安。他常常在内心寄予希望：
这一生有乌兰的照顾，有婉茹的陪伴，是最大的幸福！
男人嘛就是这点需求。渐渐地他控制不了自己的情感，
希望天天看到她。

那个难忘的晚上，时间已接近晚上十一点，外面漆黑
的夜笼罩着整个城市。郑婉茹还在他家谈笑风生，乌兰提
醒："国安，该送茹妹回家啦！"这才结束了两个人意犹
未尽的闲谈。

在送郑婉茹的路上，在微弱的路灯下，郑婉茹故意放
慢了脚步。当着乌兰的面他们两人天南海北地唠个没完，
从陈佩斯的小品到冯巩的相声，从宋丹丹的演技到李幼斌
的《江山》，唠到可乐之处，两个人会不约而同地笑出声来，

这时乌兰也会跟着大笑。但是出了他家的门，郑婉茹的话匣子突然关闭，两个人都不知道说啥才好，一个默默地走着，一个默默地跟着。突然郑婉茹"啊"的一声，蹲坐在地上，张国安忙去扶她。

"咋了？"

"脚崴了！"

"疼吗？"

"能不疼吗！"

"我来扶你，能站起来吗？"

"哎哟，痛死了！站不起来！"

"叫个车吧！"

郑婉茹没有反对，但等了半天也没有一辆出租车的影子。

"算了，我搀着你慢慢走。"

于是，张国安用力搀起郑婉茹，郑婉茹将柔嫩的手臂搭在张国安的肩上，张国安用他那粗壮有力的臂膀搂着这位小妹的腰，一步一步地往前挪着。

"你看你走路也不看着点，崴了脚，明天还能上班吗？"张国安埋怨着。

"我也不是故意的，请几天假就行了。"郑婉茹回答着。稍停一会郑婉茹又嗲声嗲气地嘟囔着："都怨你！"

"你不小心，怎么能怨我？"

"谁让你那么招人看，人家只顾看你，没有注意脚下。"

"我有什么好看的？"

"你不知道在微弱的路灯下你有多帅吗？"郑婉茹撒着娇，带着一种让男人心动的语调赞扬着张国安。

"别瞎说！你崴了脚，还怪我，不小心还不承认！"张国安带着一种心疼的责怪。责怪归责怪，可心里很甜，他很享受郑婉茹的这种欣赏。

"这多好，要不你永远不会这么近地搂着我。我愿意！"

"越说越不像话！再说我就松手了！"

"别！别！别！"

他们调侃着，来到了郑婉茹的住处，那座公寓式的宿舍。到了楼的门洞口，她叹息着："上不去楼了！"并且假惺惺地对张国安说："张哥，你回去吧！"

"你连楼都上不去，我咋能回去？来吧，我抱你上去。"

听了这话，郑婉茹打心眼里高兴，心想那是我早就盼望的，但嘴上还是违心地拒绝："那多不好意思！"

张国安二话没说，抱起郑婉茹就往楼上走。

郑婉茹双手搂着张国安的脖子，脸几乎贴在张国安那张长方形的脸上，一种男人的气味扑面而来，她十分陶醉。

张国安抱着郑婉茹，女人的香气钻进了他的鼻孔中，这香气使他心中一震，一种情绪立刻指挥着他更紧地搂抱着这个小女人，一步一步地踏着阶梯往上走……

郑婉茹极其享受这种男性的搂抱，希望这楼梯的台阶数再多一些，再长一些。

张国安气喘吁吁地把郑婉茹抱到了三楼，在一门前放下了她。

郑婉茹踮着脚从她那精致的小包包中掏出了喷着茉莉花香水的手帕，为张国安擦拭脑门上的汗珠，又掏出钥匙打开了门。一间四十平方米的小屋，一室一厅，小小的室内干净、整洁，应有尽有。

张国安进了这间屋子就像走进了虚幻中的世界，一种粉红色漂浮在他面前，粉红的墙壁、粉红的窗帘、粉红色的床单、粉红色的双人沙发，就连拖鞋都是粉红色的……这环境给人一种温馨、一种激情、一种热烈，一种置身于火热的桃花源中……

张国安将郑婉茹扶到床上，想要离开，郑婉茹却拉着他的手不松开，并示意他帮助拉上那轻柔的窗帘，并以痛苦状希望他帮助处理一下脚疾。

其实张国安也在想："这小女人挺有情调的，崴了脚是很疼的，得帮她一下。"他用电水壶烧了点热水，在卫生间取了条毛巾放到热水盆中，并帮她脱掉袜子，那只崴了的脚已经肿了起来，脚面已经像个发面馒头似的。

张国安带着一种无比心疼的口吻说："看！你看看，

脚都肿起来了，我给你热敷一下！"

张国安曾在部队学习过战地互救的常识，崴脚的救护是最轻的一种。他敏捷地把那冒着热气的毛巾敷在了郑婉茹那只脚面上。郑婉茹不由自主地"啊"了一声。

"疼吗？"

"咋不疼啊！"她有点娇气。

张国安熟练地轻揉着这只又嫩又白又胖乎的脚，内心猛然产生了一种说不上来的心疼，这只脚太细腻了，滑润的皮肤让他心里有一种痒痒的感觉。

郑婉茹静静地看着她的国安哥那只正在按摩的大手，她感到格外的亲切，这是她离婚后第一次与一个异性这样近距离地肌肤接触。她尽情地享受着这种按摩，她陶醉了。

张国安拿下热敷的毛巾，将红药水涂在那只白嫩的脚面上，用手轻轻地将药水散开，一种细腻的柔情油然而生，他有点招架不住了，他要失控了！这时一种声音告诫他："不能这样，快点离开，这不是你的领地，乌兰还在家等你！"他断然转身告辞。

郑婉茹充满留恋的眼神注视着他，就在张国安转身离去的那一刻，郑婉茹猛然搂住了他的腰："哥哥！再陪我一会，好吗？我好寂寞！"

一种乞求，一种柔情……这使张国安进退两难，但他还是清醒的，清楚地意识到：不能再待下去，再待下去那是要犯错误的！一个国家公务人员在女色面前怎么能软弱？他战胜了自己涌起的情感波澜，扒开郑婉茹的手："别这样！别这样！"他急匆匆地要离开这间温馨、别有情调的小屋。

当他走到门口回头时，他看见了那含情脉脉的双眼，挂满了少妇的泪珠。

张国安回到家时，时间已经很晚，乌兰还在等他："咋回来这晚？"

"婉茹把脚崴了，我帮她敷了药，明天你抽空去看看她。"张国安如实地告诉了妻子。

"单身的女人这个时候真可怜，有病有灾身边连个人都没有！"

乌兰的同情，让张国安那份不安的心终于平静下来。

这些天，乌兰差不多每天下班后都去看郑婉茹，并给她送去好吃的好喝的，以一个亲姐姐的身份精心地照顾着她。

也就是从这天起，张国安对郑婉茹有了一种说不清道不明的情愫。虽然他一再强制自己不到她那里去，却在心里挂念着她。

这天郑婉茹发来一条信息："脚还没好，不便行动，我想见你！"

这撩拨的话语激起了张国安那根忍了多少天的神经，

他实在控制不住自己，利用午休驱车去见郑婉茹。

郑婉茹崴着的脚虽然还有一点点微痛，但基本上好了，脚面已消肿，在地上也能走动自如，但当她听到张国安的敲门声，立刻装出脚疾仍然没好的样子，一瘸一拐地去开门。

张国安一踏进那扇门，郑婉茹便去掉了一切掩饰，毫不顾忌地搂住了张国安的脖子，柔声细语："哥哥，你可来了，想死我了，想你想得整夜睡不着觉。"

这突如其来的动作和这麻人的话语，让张国安猝不及防，浑身上下起鸡皮疙瘩！

他掰开她的手，她死死不放，在这僵持中，她热吻了他的脸颊，她的吻唤醒了张国安那男性原有的冲动，他一下把她抱起来，放到了那张铺着粉红色床单的席梦思床上……

郑婉茹娇滴滴地往他身上扑，他企图把她推开，但却没了平日的力量。他的手在抖，心在狂跳，腿有点软，一种情绪吞噬着他。

郑婉茹骄情似火，沉浸在温柔与陪伴中。一瞬间，张国安成了她精神的全部。

张国安回到单位，坐在办公桌前久久不能平静，一种犯罪感折磨着他："我这是咋了，竟干出这般龌龊的事。"他问自己，没有答案。桌上摆满了卷宗等待他审阅，他没有动，也没有兴趣去看那些卷宗。他心里很不安，不知道自己是怎么就掉进了这温柔的情纱帐里，掉进这深深的情海里。他似乎意识到他前面是个坑，一个充满诱惑埋人的坑，他不情愿进去，却真的陷进去了，他要拔出腿来，谈何容易！尽管郑婉茹诚恳地表白："放心，我不会破坏你的家庭，你要好生对待乌兰姐。我不图你的钱财、权力，只要你隔三岔五地来照顾我，就知足了。"但他还是觉得对不起乌兰，对不起女儿翠翠，他在内心谴责自己、批判自己："一个党员，一个国家机关工作人员，怎么能抵挡不住一个女人的诱惑！"

张国安在道德与情爱中挣扎，他默默地告诉自己，尽快离这个女人远一点！决心下得很大，可那已被摧毁的意志却时时拽着他男性固有的神经，一不小心又会重蹈覆辙，幽会了，后悔。再幽会，再后悔……一来二去他几乎习惯了。只要郑婉茹有信息，他那双脚就会莫名其妙地去赴约。张国安渐渐习惯了这种偷偷摸摸的情爱生活，他努力地把自己掩盖起来，把自己裹起来，还裹得那么紧，那么严实，自以为滴水不漏。

就是从这天起，他对乌兰格外地关心和爱护，很少做饭的他下了班便进厨房对乌兰说："上了一天班够累的，歇着吧，我来做！"于是操刀做起了乌兰和翠翠最爱吃的红烧鱼；从不动手洗衣服的他也会主动将全家脱下的衣服拿去洗涤；在乌兰身边时，还会时不时地吻一下乌兰的额头；逢上过节还有他们结婚纪念日，也会买一束玫瑰花送给乌兰，搞一点小小的浪漫……

乌兰这实在的女人，对丈夫这些微小的变化，先是惊讶，后是很享受。她认为丈夫在外见了世面，也学会了一点哄女人高兴的浪漫伎俩。每到这个时候，乌兰会贴着张国安的耳朵赞扬他："老公，你真好！"

她哪里知道，这种异常的表现背后是一种怎样的赎罪感。

一个偶然，也可能是必然，在通往省城的火车上，去省城开会的张国安又一次巧遇了郑婉茹，两个人调换了座位，坐到了一起。在众目睽睽之下谈笑风生，郑婉茹问："张处长，去省城呀？"

"是，去开会，你呢？"

"去省城看姑妈。"

"开什么会呀？"郑婉茹问着。

"中央有令，要求各级司法部门复查过去办过的案件，纠正冤假错案！"

"你们是掌握生杀大权的，判了错案老百姓可真的冤死了。"

"很多事是没办法的事！不过也好，中央下决心要改革司法部门。"

"但愿能改好！"

两个人唠的都是工作上的事，越唠越热乎，不知不觉，火车已进了省城车站。张国安看看手腕上的表："哦，已经晚上六点多了。你姑妈住哪呀？我送你去！"张国安首先发问。

"安排好啦，跟我走吧！"一辆绿色的出租车把他们两人直接送到了城市偏远一点的宾馆里，郑婉茹已经在这个宾馆预定了房间，到前台办了手续径直地奔向305房间。

关上房门，两个人不等放下行装，便抱在了一起，热烈地亲吻："想死我了！"郑婉茹撒着娇把自己的柔舌送进了张国安的嘴里。张国安没有任何推让："我也想你！有多少天没有见到你啦？"

郑婉茹像个小孩一样顺势扑到了张国安的怀里。

张国安推开郑婉茹："窗帘！"

"不打紧，在这三楼没人看见！"

"那也不行，拉上吧！"

"怕什么，没有人认识我们，看见了是两口子，管得着吗！"

"你呀，真不知羞！"张国安用手指剐了下郑婉茹的鼻子，起身拉上了那金丝绒的窗帘，房间内一片温馨，郑婉茹又回到了张国安的怀抱里。

"难得的这几天，我们可以无所顾忌地、大胆地好好享受我们之间的这份情！"

郑婉茹在张国安的怀抱里，撒尽了女人的娇柔，轻轻地、柔柔地抚摸着张国安那散发着男子气的脸。

张国安也放开了男人的狂野，嘴唇对着那抹着淡淡口红的小嘴，双手伸进郑婉茹胸前，没有顾忌，没有了担心，更没有了害怕，尽情地陶醉在这柔情似水的境界中……

两个人挽着胳膊下楼共进晚餐。回到房间，在柔和黄色的灯光下，相对而望，你看着我，我看着你。郑婉茹把头埋在张国安的胸前，倾听着他那激跳的心脏……张国安双手插在她那柔柔的长发中不断地捋着，闻着那柔丝发出的香气，以商量的口吻说："放热水洗个澡，咱们再……"

两个人坐在浴盆的两端，嬉笑着往对方光滑的玉体上撩水，张国安看着水中的郑婉茹那炯炯有神的眼睛，那眼神放着一种从未见过的光芒，那光芒里分明充满了一种急切、一种渴望，他的心被这光芒照得乱了。

两个浑身是水的男女胸贴着胸，心贴着心，两个人都感觉到对方的心跳在加快，体温在升高，这是他们有生以来第一次在浴盆中享受异性肌肤的亲密。

郑婉茹为张国安搓后背，水顺着那厚实的背部往下淌，郑婉茹带水的脸贴在他的背上，静静地听着那乱了节奏的心跳。

郑婉茹说："我很喜欢你满含深情的眼睛和那温柔的

吻……"

张国安说："你真坏，钻进我的心里赶也赶不走，我成了你的俘虏……"

两个人互相挑逗着，互相搀扶着，踉跄地从浴盆中站起来，水顺着两个身体往下流，郑婉茹拿过一条干浴巾，把两个人裹起来，越裹越紧，裹成了一体。

三天的时间太短了，张国安每天上午拖着疲惫的身躯参加会议，似醒似睡，昏昏沉沉，领取完文件便完成了任务。下午便醉卧在宾馆的那张床上，亲不够，吻不够，抱不够，搂不够，在爱的大河中畅游不够！他感叹着时间为什么过得这么快，咋不停下脚步，让他们留在那销魂的迷离中。

要返回单位了，张国安与郑婉茹像对恩爱夫妻一样，挎着胳膊在商场里购物。张国安在一个展示女同志包包的橱窗前驻足，对一个蓝色的品牌包包欣赏又欣赏："乌兰最喜欢这种包了，上次我和她逛商场时看见了这样子的包包，喜欢得不得了，但看了标价嫌贵没有买。"

"多少钱？"

"一千五百元！"

"既然她那么喜欢，就是一万五千元你也应该给她买。包包是女人的品味！"郑婉茹鼓励张国安。

"那今天我狠狠心，给她买了，让她高兴高兴？"

"这就对了！"

张国安掏出钱包，数数那钱包里的钱才发现，带的钱不够买的，便改口说："算了，拎啥包不是一样装东西。"

"钱不够吧？吱声呀，我来付！"郑婉茹历来都是这么大大方方，就连这次省城之旅所有的费用都是她支付的。

当张国安回到家中，看见乌兰那一瞬间，放下行装，给乌兰一个拥抱。乌兰微笑着瞪了他一眼："分开才几天就想我了？"

"可不是嘛，秤杆离不开秤砣，老头离不开老婆儿。"说完两个人哈哈大笑。

张国安神秘地对乌兰说："你猜我给你带什么礼物来啦？"

乌兰摇摇头："你还能想着给我买礼物？大年初一头一回！"

张国安打开拉杆箱，拿出了那精致的包包递给乌兰："赠送老婆大人，请笑纳！"

"哇！是那个包包，多贵呀！你舍得买？"

"为了你，再贵也得买！"

张国安违心的话语让乌兰激动不已，她冲动地给张国安一个吻："老公，爱死你！"

当她平静下来后很奇怪地问："你哪来那么多钱？一千多元！"

　　"开会补贴、出差补贴，再加上你给我的那五百元，七凑八凑就有了呗。再说了，哪个男人没有一点私房钱？"张国安说得很轻松，乌兰听得很开心，一个劲地笑，笑得很甜。

第十一章

　　天空中的情侣云激活了周铁心的思维，撬动了他已经深藏在心灵深处的情愫，引发了他对自己一生的情与爱的回忆。情侣云的生动传神勾起了他对两个女人的思念。在飞机的飞行中他进入了梦恋。

　　在他的梦中，一位身着白色带碎花衣裙的姑娘带着微笑站在他的面前，那姑娘一双圆嘟嘟的大眼睛无时无刻不在盯着他，姑娘庄重、典雅，大家闺秀的风度强烈地吸引着他。这姑娘是谁？怎么这么熟悉？他努力地辨认着……还没等他认出这位让他一见就难忘的姑娘，一转眼穿上一套军装，飒爽英姿，一顶军帽下甩着两条羊角小辫，瘦弱的脸上，那对酒窝填满了甜蜜的微笑。军装胸前"中国人民志愿军"的胸章醒目地告诉他，这位女军人就是他的初恋向静茹，她要奔赴前线，他看见她在流血，为了救一个战士，她牺牲了……他痛心地大哭，死去活来……一位红衣女郎拉着他的手，安慰着他，一口一个"老铁哥哥"，并用喷着香水的手帕替他擦着脸上流着的泪水……她又是谁？他问自己，得到心灵的回答是叶琳娜……

他被自己的梦惊醒了。

飞机在空中平稳地飞着，机舱内一片寂静，乘坐飞机的人们昏昏欲睡。

周铁心看看手表，离到达终点还早着呢。于是，他又昏昏沉沉地回到了让他魂牵梦绕的梦里，他舍不得离开那个梦，那梦里有他思念的女人。

他是怎么认识向静茹的？他努力地回忆着：新中国刚刚成立，首都首届高等院校联谊会正在高昂的国歌声中进行着，会议倡导全国高校学子积极投身到新中国的建设中去，在建设社会主义新中国中贡献自己的知识与才能。

一位戴着首都医科大学校徽的女生在她的发言中喊出"到边疆去！到艰苦的地方去！到祖国最需要的地方去！"的口号，这口号也成了他与他那代人行动的指南。

那个女生就是向静茹，一身白色带碎花的衣裙，飘逸不失庄重，瘦弱的身材透出一种骨感的美，白皙的面孔透着女人的文静，脸庞上的酒窝带着一种亲和的笑，柔和的眼神充满着一种坚定。不知是女生的气质，还是女生的柔美，或是那身别具一格的衣裙，强烈地吸引着清华学子周铁心的目光，在他的心里涌现了一个词——"白衣仙子"。

舞会开始了，代表们都找好了舞伴，成双成对地随着乐声旋转着，发出了轻微的笑声，只有"白衣仙子"文静地坐在舞场边的椅子上，注视着翩翩起舞的同学们。

周铁心带着既好奇又钦佩的心站在向静茹的面前，向"白衣仙子"伸出邀请的手。他伸出的手停在半空中，"白衣仙子"站起身没有伸出手，只是柔和地说："谢谢！我不会。"她婉言拒绝了他。

周铁心被婉拒后，脸上很没有面子。他有一种羞愧、失望，还有自尊心被打击的感觉，但他镇静下来，信心更满，涌现了一种志在必得的恒心。每次音乐响起，他都主动站在"白衣仙子"面前，虔诚地一次又一次向她发出邀请。

"不会不要紧，我教你！"也许是他的执着，让向静茹终于伸出了手，还了他的心愿……

从这天起，睡梦中的他常常看到一个飘飘然的"白衣仙子"微笑着向他走来，又飘飘然地离他而去，他让"白衣仙子"折磨得夜不能寐。她揪住了他的心，让他难以放下。

每个星期天的下午，总有一辆自行车停在医学院的门口，一位满脸充满青春气息的帅小伙焦急地等待着，等待着每天都闯入他梦中的"白衣仙子"。终于盼来了，他看见"白衣仙子"正和她的几位同学又说又笑地向他走来，他急不可耐地迎上去。

"向静茹，还记得我吗？"

"您是叫我吗？您是……"向静茹目光疑惑地上下打量着周铁心，摇摇头又眉头紧蹙，努力地回想着眼前这位男生在哪里见过。周铁心胸前佩戴的那枚清华大学的校徽，帮她想起来在首都高校学生联谊会上曾三次邀她跳舞的小伙，她点点头微笑着："我知道你是谁啦，你是……"

"我叫周铁心，清华的。"还没等向静茹说完，周铁心已完成了自我介绍。

"找我有事吗？"

"我已在你们校门口等了你三个星期天，就想请教你一个问题。"周铁心在医学院门前等了三个星期天这是真事，但请教问题是临时借口。

向静茹的同学们对周铁心的出现很是好奇。

"静茹，这位是谁呀？没听你说过！"

"还不介绍介绍！"

向静茹极为平静地对同学们说："联谊会上认识的同学，周铁心，清华的，学工的。"接着她又说："你们先走吧，他找我有点事。"

"嘘！哦！哈哈！"同学们带着疑惑的眼神，悄声地你拉我一把，我推你一下，嬉笑着离开了。门前只剩下他们两人。

一个咖啡馆里，两个人对坐着，面前的两杯咖啡冒着热气。

两个人默默地品味着咖啡的苦香味，不知怎样开口，周铁心没话找话地问道："学医的对'人'很了解吧？"

"是对人体构造很了解，但对每一个人和你们学工的一样，不了解！就像你对我和我对你，只是一面之交！"

说得也对，周铁心无言以对，不知怎么回答，憋了半天猛然问了一个问题："我晚上睡不着觉是啥病？"

"失眠了。"

"对，就是失眠了。"

"晚上想事想得太多了，吃点安眠药就能入睡了。"

这点常识谁不知道，周铁心想，还说点啥啊？他只是"嗯"了一声，然后很胆怯地悄声赞美道："你真美！让我心醉！晚上总在我的梦里……"

向静茹装着没有听懂，脸一下子红了，有点发热，她急忙回应："没有别的事，我先走了，谢谢你的咖啡。"

以后的日子里，每个星期天在这个咖啡馆里总有一男一女对坐着，品着咖啡，谈论着理想、专业，谈论着生活、未来，谈论着毕业后的打算。渐渐地他们到了无话不谈的地步，交谈中他们发现，他们的世界观、信仰、理想是如出一辙，都表示毕业了听从组织分配，到祖国最需要的地方去。

又是一个星期天，周铁心手捧一束玫瑰花来到向静茹的宿舍，当着向静茹同寝室同学们的面单腿跪地把那束花献给向静茹："做我的女朋友吧！"寝室里一片掌声。

"静茹，快接呀！还愣着干啥！"

"你不接，我可接啦！"同学们调侃着。

向静茹很羞涩地低下头，脸一阵阵地发烧，但她没有拒绝，欣然接过那束玫瑰，闻一闻那玫瑰花，冷不防地给周铁心一个热烈的拥抱！

他们相爱了。

当这种求爱的画面重现在周铁心脑海时，他在心底笑了，青春期的少男少女都有一种傻劲，都有一种难以控制的冲动，傻对了一生幸福，傻错了痛苦一生。他很庆幸自己是傻对了的那种。

热恋中的他们听到了一个震惊世界的消息，朝鲜战争爆发了！毛主席决定出兵朝鲜，并第一个把儿子毛岸英送上了战场。一个响彻云霄的口号，激励着刚刚获得解放的全中国人"抗美援朝，保家卫国！"

向静茹主动报名入伍了，成了一名志愿军的医务工作者。她要去前线救那些为国受伤的战友，她觉得这是她一个学医的青年应尽的责任。为了新中国，她应义无反顾，勇往直前，这是她的信念。她践行着她的诺言：到祖国最需要的地方去！

送别的那一天，周铁心从校园赶到火车站，站台上人山人海，熙熙攘攘，一半是军人，一半是百姓。

被批准入朝的战士们个个精神焕发、斗志昂扬，背上背着背包，胸前戴着大红花，拉着前来送行的亲人们安慰着，握着朋友的手话别。这场面不像是上战场去打仗，倒像是去参加授奖大会。

　　周铁心在人群里寻找着向静茹，当他看到那面红十字标识的旗帜时，他似乎看见了她。他在人群中急急穿行，忽然听到一声"铁疙瘩，是你吗？"的喊声，他一惊，这是他在中学时的外号，已经没有人这样喊他了。他回过头来，一位充满青春活力的军人在向他招手，他定睛一看，认出了这位知道他外号的老同学彭世清。

　　"怎么是你，老包？"

　　"老包"是彭世清中学时期的外号，彭世清的脸黑得像总也洗不干净，眼睛眯成了一条缝，同学们私下里说他是非洲人，也有的说他像京戏里的黑包公。于是，"老包"便成了他的代号。

　　两位分别已久的老同学见面分外亲，握手拥抱，相互捶打着肩膀："你也参军了？"

　　"是呀，我是学医的，上战场救人，还能参加战斗，体验打仗的滋味。"他说得很轻松，不像是上战场，倒像是一次愉快的野外旅游。

　　老包问："你这是来送谁？"

　　"女朋友，未婚妻。她和你一样，参军了。"周铁心指着正在跟亲人话别的向静茹。

　　"向静茹！她是你的未婚妻？我俩是一个医疗队的。"

彭世清一脸惊讶的神色。

"你认识她？"

"当然，集训时认识的。"

"那我可拜托你啦，老同学，替我保护她。"

"应该的！只要你不怕我把她撬走了就行。"

"就你那黑劲，哪个姑娘能看上你！"

"哈哈……"两位老同学就在这种气氛中话别了。

周铁心站在身着军装的向静茹面前，打量着英姿飒爽的恋人，俊秀的脸庞扫去了以往的骨感，增加了几分英武，脸上的两个酒窝里渗出了一种灿烂的笑，会说话的眼睛显得更加炯炯有神，柔弱的身材似乎变得强壮起来，一种武柔的美，一种压倒一切的军人气质，抹去了以往的柔弱……周铁心心中涌现出一种不舍，但那时的他也是雄心满满，为向静茹的行为感到了几分自豪。他抽出别在上衣兜里的那支黑色的派克金笔，这支笔是他考取清华时父亲送给他的。

"拿着吧，看到它就看见了我……我也报名了，如果被批准，咱们战场上见！"

向静茹点着头："我盼着和你做并肩的战友……"她一边说一边从自己的挎包中取出一张两寸的黑白照片，照片上的她一身戎装，军帽下那双大眼睛闪动着迷人的光，腮边的酒窝带着一种少女的羞涩，军装上中国人民志愿军的胸章格外醒目……

"这是我刚照的，照得不好，送给你留个纪念吧……"话语的后音里藏着没能说出的话。

周铁心几乎是用颤抖的手接过那张印在他脑海里一辈子的照片，小心翼翼地揣进了内衣的口袋里："你要好好照顾自己，有困难就找老包，找我的中学同学彭世清帮忙。"

向静茹的脸红了，也许她早就有心理准备，讷讷地说："我会用你送我的笔，记录战场上的人和事。但如果有一天这支笔又回到你手里，那就是告诉你，我已为国捐躯了……不要悲伤，把我忘掉！去找一位好姑娘……"

周铁心慌忙捂住向静茹的嘴："不说这话，一定要活着回来！"

集合的哨声响了，向静茹归队上车了，依依不舍，但又很坚定。她走进列车的一刹那，回过头冲着送行的人们，更是冲着周铁心甜甜一笑。这一笑永远印在了周铁心的心里！

列车启动了，缓缓向前，送站的人们欢呼着，招着手，含着泪，不知道这一别是否还能在这个车站上迎来回归的亲人。

周铁心看着绿色的列车缓缓开动，后悔了，分别时刻怎么连个拥抱都忘了，甚至连拉拉她的手都没有，更不用说初恋的热吻。

周铁心向逐渐加快的列车大声呼喊："平安回来！我——等——你！"

第十二章

教师节刚过，秋的脚步慢慢走来，但秋老虎依然不愿退出舞台，中午的太阳照到人的身上，仍然有一种火烧火烤难以忍受的感觉。

午休了，各个教研室里都静悄悄的，门敞开着，电风扇开到了最大风力，驱赶着空气中的热浪。教师们以自己的习惯方式在休息，睡觉的、看书的、织毛衣的、下棋的……

在力学教研室，男教师们围在韩老师与张老师下象棋的桌旁，观看着两位对手棋盘上的博弈。危棋局面出现，当事人冷静思考怎样挽回败局，沉着应战。围观的观众急了，一个劲地支招。

"跳马！你那马是干啥吃的！"

"跳呀！你倒是跳呀！"

"撤车！保帅呀！"

围观的比下棋的还着急，恨不得自己上阵，有人真的憋不住了亲自伸手，让当事人挡了回去。于是，引来了不满的责怪："真臭！臭棋篓子！"

女教师们聚集在基础课教研室，关上门说起了悄悄话，家长里短、邻里私情、电视情结、悬疑剧情，还有就是夫妻间的生活……八卦着人间咄咄怪事，但都是社会乱象、道听途说，只为消遣和取乐，说到高兴时还会不约而同地笑出声来。

突然，年轻的白老师像发现新大陆一样神秘兮兮地小声说："我发现了一个天大的秘密！"

"啥事？还天大的秘密！"

"你们猜猜我看见了什么？"

"谁知道你看见了什么，要说快说！"

白老师细高个，皮肤白皙，高高的鼻梁微微翘着，椭圆形的脸像白面做的一样细腻，二十八岁了也不找对象，人们一问她，她会笑着答："不着急，还得玩几年！"初次见到她的人都会误认为她有欧洲人的血统，也有人背地里猜她是混血儿。查过她档案的教师讲，她与欧洲人八竿子打不着，没有半毛钱关系。她毕业于北京理工大学，材料力学讲得很精道，学生们评价很高！她有点傲，常常不经意地品论别人，这在知识分子堆里是很犯忌的。她不太懂，在教师们中间有快嘴之称。

白老师沉思了一会说："我说了，你们可不能说出去。"

"不能说，就别说了。"

　　白老师看着教师们都瞅着她，憋不住地透露出来："咱们学校有名的模范丈夫……行啦，行啦，还是不说好！"刚刚露出了一点，又咽了回去。

　　教师们急了："你不是挺爽快的，今天咋失去了风格，吞吞吐吐的，模范丈夫不就是后勤处乌兰的丈夫吗？"

　　"模范丈夫咋啦？"

　　"模范丈夫就是模范丈夫，咋的眼馋了？"教师们七嘴八舌地说着。

　　"我说了你们谁也不许告诉乌兰！"

　　"说吧！我们不会那么讨厌，找麻烦。"

　　"那我可说了！"

　　教师们都洗耳恭听，白老师鼓足了勇气，迟疑了一下："算了，还是不说好。"白老师吊起了教师们的胃口。

　　"不说就别说，说了我们也不听了。"一位老师将了白老师一军。

　　白老师直言了："模范丈夫和一位年轻女人在一个小胡同里压马路。"

　　"真的假的？你可不能瞎说！"

　　"真的！上星期日晚上，我上我小姑家，在她家的小胡同里看见的，那女的老漂亮了。"

　　"看清楚了？"

　　"看得清清楚楚！那女的轻声细语地叫着'国安哥，

国安哥’亲着呢！”

　　"叫几声‘国安哥’就那个啦？叫个哥有啥稀奇的？"

　　"你没看见，两个人是挽着胳膊，搂着腰的。"

　　"那女的啥模样？不是乌兰吧？"

　　"瘦小，杨柳细腰，戴眼镜，穿着高跟鞋，衣着可时髦了，绝对不是乌兰。"

　　"你咋看到的？"

　　"我发现是张国安，怕走顶头碰，太尴尬了，就躲在一家门洞里，他俩从我跟前走过去的。"

　　"你可看清楚了！这可是个大事，关系到一个家庭。"

　　"真不敢相信，模范丈夫也能做出这种事。放在别人身上不怀疑，放到他身上总觉得不大可能。咱们可不能编这种莫须有的故事！"一位老师还是不相信白老师说的是真的。

　　人们七嘴八舌地议论，有的怀疑是假的，有的认为是真的，男人嘛，都这个德行，哪有见花不采的？天下有几个坐怀不乱的？

　　白老师见大伙不太相信，有点急了："我编这干啥，对我有啥好处？我小白从不干那种无中生有的事！我是想让你们哪位跟乌兰要好的，给她提个醒，别傻了吧唧地上当！"

　　教师们不语，纷纷替乌兰担心，多好的一个三口之家，因一个女人拆散了多可惜。只有年近五十的王老师一言不发，静静地坐在一旁看教案，准备着下午的第一堂课。

王老师在教职工中有知心大姐之称，她稳重、和蔼，对什么问题从不轻易地表态，有位老师问她："王老师，你说张国安会那样吗？"

王老师没有正面回答，漫不经心淡淡地说："人呀，是会变的！"

王老师说这话是有根据的，她曾在公园通往湖中小岛的拱桥上，发现过张国安和一女士在小岛的亭子里亲昵。她心里很清楚张国安出轨了，她曾暗示过乌兰，只是没有明说。

公园是这座城市的名片，东北地区最大的山水公园，占地面积达六十四公顷，这个具有百年历史的公园坐落在城市的中心，园内亭台楼阁展现着中华民族的气魄，假山湖泊具有中国古代园林的风格，清澈的湖水来自嫩江，取名劳动湖，是市民们休闲娱乐的好地方。

夏日，湖面上无数的游船随波荡漾，水花在湖中绽放；严冬，湖中平坦如镜，无数个滑冰爱好者如飞燕在冰面上掠过；还有一些孩童坐着自制的冰车你追我赶，玩得流连忘返……

劳动湖中耸立着大大小小的人造小岛，连接这些湖中岛的是一座座美丽的拱桥，游人们常常在拱桥上留下一张青山绿水的倩影照。

　　在这诸多个人造小岛中，有一个位置较偏僻的小岛。小岛被湖水环绕，七八月份岛上绿树成荫，百花齐放。岛上有个小凉亭，坐在凉亭的椅子上可观湖上游船点点，可看水中鱼儿自由地逆水而上，可视蓝天下丹顶鹤飞舞，可闻鲜花绽放的芳香……一处隐蔽在绿树花丛中的亭子，见证了无数热恋中的情人谈情说爱，当地人私下里叫它为"爱情亭"。

　　王老师正是在通往爱情亭的拱桥上，无意地发现了张国安和一位女士的亲昵。

　　就在教师们你一句、我一句议论时，给教师们送工资卡的乌兰来到了基础课教研室门前，她很纳闷："大夏天，关着门？"她刚要敲门，便隐隐约约地听到"张国安……可能吗……"又听到王老师那句"人呀，是会变的！"她有点摸不着头脑，这是在说谁呢？莫非是说俺家国安？变了？谁变了？她带着疑问推开了门。

　　教师们见有人进来，立马停止了议论。

　　乌兰好奇地问："说什么秘密？大热天还关着门。"

　　"没说什么，有人睡觉，开着门过堂风怕受风。"

　　教师们你看看我，我看看你，遮掩着议论的话题。

　　"我好像听你们在说俺家国安，国安咋了？"

　　教师们不知咋回答才好，还是小白老师脑袋转得快，慌忙回答："夸你家国安呢！模范丈夫，大伙都羡慕你，说你好有福气！"这话圆了大家尴尬的场面，教师们随后附和着："是呀，你真有福！"

乌兰听大家说这些，心里多少有点美滋滋的。但王老师那句话，让她产生了不祥的感觉，她还是附和着说："他有啥好，说不定哪天就变坏了呢。"

教师们心里都在说："你说着了！"但还是违心地说："不会的！不会的！"

乌兰走出教师们的办公室，不知为什么产生了一种疑问，她们为啥平白无故地议论自己的丈夫张国安？难道真是因为他好，还是有别的事情瞒着自己？

乌兰想不出张国安会有什么事不需要她知道的。

第十三章

王一穷与马玉珍山洞私会回到家，惊魂未定，再也不敢去那个神秘的山洞，山洞里看到了什么，他想起来都觉得后背有股冷气，有一个枪口……他在之后的几天里都忐忑不安……

五天后的下午，一辆公安局草绿色的吉普车停在了王一穷居住的村口，带走王一穷，也带走了马玉珍。这件事像风一样瞬间刮遍了整个村庄，村民们不管是老的、少的，三五成群地在街头巷尾、田间地头，无边无际地猜测着。

"这两个娃，做了啥子坏事了？"

"不晓得，惊动了公安，有啥子好事？"

"公安不会乱带人嚓！肯定摊大事啰！"

"啥子大事？流氓？小偷？还是……"

"那都不叫大事，是不是与老蒋反攻大陆有关？"有人提出了政治生活中的那件人人知晓的大事。

"难不成是与特……"一个老农民不太情愿地把他俩与国民党特务挂钩，但说了一个"特"字便又咽了回去。

"太可怕了！"

"特务？不可能！不可能！王一穷是咱们看着长大的穷家娃儿。再说了，解放那阵他才多大？"

"马玉珍可不好说，谁晓得新中国成立前是不是……"

"也不可能，几岁小孩，不可能……"

"人心隔肚皮，谁晓得是不是敌人的阴谋……"

"一穷这娃咋个看上这女娃子嘞？她是个灾星，远离还来不及，他却非要娶她！鬼迷心窍了……"

"……"

人们的议论在村子的上空传播着，传着传着，便成了有头有尾的八卦故事，像真事一样："马玉珍是个国民党反共救国军的特务，从小就受过军统的特殊训练，骑马、打枪样样精通，为了潜伏得更深，非要嫁给王一穷，王一穷啥子人？贫农，做了贫农家的媳妇，也就把身上的'黑'洗成了'红'……"

还有一个版本："王一穷这小子早就对马玉珍垂涎三尺，青春火旺，把人家女娃子给弄了……让人家女娃子告发了……犯了流氓罪……"

各式各样的流言蜚语都讲得有声有色。

就在人们议论纷纷、不断丰富着剧情之时，县公安局会议室里坐满了公安干警，舞台正中央悬挂着"破获敌特大案奖励大会"的横幅。会场严肃庄重，鸦雀无声，王一穷和马玉珍竟坐在广大公安干警中间。

台上有位胡须浓重、一身正气，人称邵局长的中年男子，正在向与会的公安干警介绍破获国民党敌特的全过程。

邵局长说："这次收获不得了哇！抓获了国民党反共救国军潜伏人员五人，这五个人中最大的领头者，是曾在中美合作所枪杀过许多革命同志的刽子手翁一凡，原名杨少林，中校军衔。新中国成立后潜伏在乡下，还当上了生产队队长，表现蛮积极，假的！实质是老蒋反攻大陆的内应，真实身份是潜伏小组组长。抓捕他时正在接受电报，由此缴获电台一部。这成绩的获得，我们还要感谢你们中间坐着的两位小同志，王一穷、马玉珍……"

大家不约而同地把目光投射到了惊恐的王一穷、马玉珍身上……

王一穷听到翁一凡的名字，吓得出了一身汗：乖乖，原来生产队长是个国民党特务，太不可思议了！

在那个隐蔽的山洞里，王一穷和马玉珍在手电筒的微光中对视着，一种青春的激情在涌动，王一穷真想一下子抱住马玉珍，但马玉珍羞红的脸让他止住了自己的盲动……两个人相互注视着，坐在一块大石头上，肩并着肩。王一穷试探着去摸马玉珍的手，试探着去搂马玉珍的肩。马玉珍似乎也在等待，等待着王一穷的大胆突破，当两个人的手交叉着握在一起时，两个人的心已经澎湃到按捺不住了，在那份内心的骚动促使下，在不推不搡中，王一穷猛然疯狂地吻了马玉珍，第一次释放了男人的野性。吻了女人，还是自己心中的女人，兴奋中有点忐忑，但那种久盼雨露的感觉太过瘾了，他不住地央求着："嫁给我，嫁给我，做我的婆娘！"

马玉珍也是头一回被一个男孩子狂情地吻，春心起了波浪，去掉了所有罩在女孩子身上的那份羞涩，低声说："抱抱我！"

王一穷放开了胆子，用那双粗糙的手、宽厚的肩膀接受了马玉珍的请求。女人的香味让他心荡神迷，恨不得再进一步……但他还是控制住了那种粗暴的行为，只是紧紧地抱住马玉珍，不愿松手……

不知过了几分钟，还是几十分钟，马玉珍发现了什么，她捅捅王一穷："你看那是啥子？"

"啥子也没得，这洞里还能有啥子。只有你，我只看你……"王一穷没有心思去注意以外的事情，此时马玉珍正走向他心里，越走越深，扎到了骨子里，拔不出来……

大队的那一纸证明，难以挡住他对马玉珍的向往。他日不思食，夜不能寐，眼前总是飘浮着马玉珍那倩丽可爱的模样。今天是个好日子，避开了村里的耳目，在这个神秘的山洞里，他要释放对玉珍的思念，要享受与玉珍的亲近。此时，什么都不在他眼里，他的眼里只有玉珍那柔软的嘴唇，那发香的柔发，那发热的脸颊。他像喝多了酒，真的醉了。

"你快看噻，好像是个箱子。"马玉珍推开王一穷。王一穷在昏暗中借助电筒的光柱朝玉珍指的方向望去。哇，真有一个箱子。他走到箱子旁用手摸了摸还是皮箱，脑海中立马涌现了五个字"有钱人家的！"他拎了一下箱子，蛮重的，莫非捡到宝贝了？

"很沉吗？能是啥子？"

"咱要发财了，金银财宝！"

"谁家能把那贵重东西藏到这里？"

"那还用说吗，像你们大户人家呗。怕被分噻！"

"净胡扯，打开看看！"

箱子被打开，一个草绿色的方形铁盒子放在皮箱内，旁边还有一个戴在耳朵上的耳幔。王一穷不知道这是个啥东西，想去打开那个铁盒子，被马玉珍制止："别动！这东西我见过……"

"是啥子？"

"电台！对头，是电台！"

"啥子电台？"王一穷一头雾水。

"我见过，是用来发电报的电台。特务的！"此时马玉珍猛然想起了四川即将解放那阵子，住在她家后院的那伙国民党军人用的就是这东西。

王一穷一听说"特务"二字，心里一惊，生产队的大喇叭里经常讲老蒋要反攻大陆，有隐藏的特务做内应，难道真有这事？他有点疑惑。在他看来，解放了，天下太平，哪来的特务，就是有个把特务也不会在他们这个穷乡僻壤的地方隐藏。而今天由于约会意外地发现让他有点慌神，不知道如何处置，得离开！马上离开！马玉珍本来出身不好，再与这"特务"沾上边，那可真是豆腐掉到灰堆里，咋个也洗不白了！

马玉珍反倒很镇静，她果断地说："报案，得马上报案！"

"啥个报案？"

"去县公安局！"马玉珍认识到了事情的重大，于是两人分工。王一穷留下来看守，马玉珍去县城报案。

马玉珍离开山洞时，嘱咐王一穷："躲到洞外面的树丛中，不要暴露自己，有人来取箱子，千万别阻挡，特务都有枪，别死个不明白。但要记住那人的长相。"

马玉珍在公路上截了一辆马车，直奔县公安局。

马玉珍把看到的情况向这位邵局长一五一十地讲述后，邵局对她说："你提供的线索很重要，谢谢你！"

邵局长带着几个公安干警，驱车来到了山脚下，太阳已经从山头上溜走了，天已经有点暗，王一穷从树丛中走出来，领着公安人员进了山洞。

一位公安人员检查了那只箱子，发出了这样的肯定：
"邵局长，真的是一部电台，还是美国造的……"确认这
的确是一部敌特电台后，邵局长拍着王一穷的肩头诙谐地
说："你们的幽会立了大功了，但回村后莫对任何人讲啰，
包括你们的家人。"

王一穷、马玉珍点点头，离开了那个让他一辈子都难
忘的山洞。

公安干警在那个山洞周围布控，蹲守整整四天。在
第四天，果真有一男子来到山洞发报，当场被抓获。由
此抓获了潜伏在重庆乡下原国民党、中美合作所的潜伏
人员五人。

邵局长讲完这个过程后，很兴奋地说："今年是建国
十周年，在国庆的前夕破此大案，是我们局向国庆节献上
的大礼！"

会场上响起了一片掌声。

"在这个过程中，我要特别表彰两个人，他们就是坐
在你们中间的村民王一穷和马玉珍。"

公安干警们再一次把目光集中到了王一穷、马玉珍的
身上，王一穷觉得浑身不自在。

"这两个小同志，觉悟蛮高哇！警惕性也高！发现线
索，立马报案，你们知道他们是怎样发现线索的吗？"

下面的公安干警们莫名其妙。

"告诉你们，就是一次山洞的约会，浪漫吧！心细，发现了痕迹才有了我们今天的破案！"

全场都笑了，又是一片掌声，掌声和笑声弄得马玉珍很不好意思。

邵局长宣布："经局党委讨论决定：给所有参加破案的同志记二等功，同时奖给王一穷、马玉珍布票二十尺、粮票二十斤、现金伍拾元……"乖乖，这么优厚的奖励，场内又是一片掌声……

这时王一穷站了起来："首长，俺不要这些。"

邵局长纳闷："那你要啥子？"

"俺要一张证明！"

"啥子证明？"

"结婚证明！"

"哈哈。"全场都笑了，谁都没想到王一穷会提出这样的要求。

"很简单，到生产队开个证明，再到公社办个结婚登记，领个证啰。"邵局长以为王一穷不知道要求结婚的程序。

"俺晓得！可生产队不给俺开……"

"男大当婚，女大当嫁，理所应当，又实行自由恋爱，为啥子不给你们开？"

"说我俩不是一个阶级，走不到一条道上。"

"那你说说看，咋就不是一个阶级？"

王一穷指了指马玉珍："她家是地主，我家是贫农，说一个是剥削阶级，一个是被剥削阶级，走不到一条路噻……队里不给开证明啰！"

"哦，原来是这样。"邵局长沉思了一会，笑了两声："青年人嘛，出身无法选择，道路可以选择。咱们中央领导好多都出生在地主、大资产阶级家，但他们背叛了原来的阶级，参加了革命，成了革命领袖。马玉珍同志虽出身地主之家，可觉悟高，就凭这次事件证明了她和你和我们走的是一条道。这事你就把心放在肚子里吧。"

王一穷拒收了奖品，只求一纸证明，有了这一证明会受用一辈子。

王一穷拉着马玉珍一次又一次向全体公安干警，向台上的各位领导鞠躬致谢！

当王一穷再次拿着申请来到生产队时，负责盖章签字的不再是那位翁一凡，换了村里的生产队副队长，他笑着说："你小子真有门道，捅到天上去啦，连县公安局局长都来电话替你说话。"

王一穷的脸笑开了花。当天下午，他领到了那张带有国徽的结婚证书。

王一穷如愿以偿，举行了简单的婚礼，虽然公社批准，但亲朋好友不看好这门婚姻。没有人来祝贺，就连爹妈的脸上都看不出娶儿媳的喜悦，只有王一穷像打了吗啡一样兴奋……

　　两个月后，马玉珍告诉王一穷："我怀孕了，要给你生娃了。"

　　王一穷高兴地对着苍天说："我王一穷也要有后了！谢啦，山洞！"

第十四章

自从影影绰绰地听到教师们的议论，乌兰开始注意自己的丈夫，她发现国安从省城开会回来后，夜间值班的次数增多了。在机关，夜间值班是常事，并没有什么可以怀疑的，只是值班由一月一次渐渐地变成了一周一次，甚至到了三四天就要有一次。

乌兰曾问张国安："怎么你们单位总要你值班？"

张国安微笑着，带着一点不耐烦回答道："可不是嘛，单位的老人多，不是这个有病了，就是那个家里有事，排班的秩序就乱了。"

"那也不能总让你一个人值吧？"

"唉，我不是年轻嘛，又到这个单位不久，还没站稳脚跟，领导让值，能推托吗？体谅我一下！"

"那我去找你们领导，干嘛柿子捡软的捏呀。"

"别！别！可别叫同志们笑话，老夫老妻的还黏着呀。"

"什么黏着，我是心疼你。"

　　"好啦，我知道了！你也辛苦，晚上一个人寂寞就看看咱俩的照片。"张国安说得入情入理，让乌兰无话可说。

　　翠翠正上初二，忙着准备中考，她下决心奔着全市最好的重点高中使劲，每天放学吃完饭，就钻进自己的房间，埋头做着数理化的习题，早走晚归很少见到爸爸的面。就连从不问家事的翠翠也过问起父亲值班的事。

　　"爸，你们单位就你一个人吗？老值班！老妈多孤独呀！"

　　"有你陪着就行啦！好宝贝，我一定跟领导说说少值班，陪着女儿备考。"

　　"这还差不多。"

　　这一天张国安匆匆吃过晚饭，又去值班了，乌兰内心不知为啥突然感到很不安。她有些焦虑，说不上为啥坐立不安，茫然地拿起电话拨通了司法局值班室。

　　"喂！哪位，您找谁？"一位瓮声瓮气的男人接了电话。

　　"是司法局吗？张国安在吗？"

　　"是司法局值班室，您要找的张国安早已下班回家了，如果没有急事，明天上班后您再来电话，好吗？"那个男人礼貌地回答了她。

　　"好的。"乌兰若有所思地放下了电话。

从接电话的男人那里，乌兰确认张国安没有值班，那他上哪了呢？难道他去了……乌兰不敢想下去，但有一个规律引起了她的警觉，自从张国安经常值班，那位她家的常客，那位天上掉下的"郑妹妹"就不再光顾他们的家了，难道他真的去了她那儿……乌兰无依据地猜测着，但王老师的那句"人呀，是可以变的。"又钻进了她的耳孔里，难道自己信赖的男人真的变了？不能呀，张国安不是那样的人，这种心理上的矛盾折磨着她。

早上六点钟，张国安值班回到家中，一进屋就嚷嚷："值班这活不能干，领导都是夜猫子，一会儿一个电话，一会儿一个通知，一会儿一个指示。昨天晚上一对夫妻吵架也跑到司法局要求解决，这都哪跟哪呀！"

张国安说得有鼻子有眼，跟真事一样。乌兰并没有任何反应，只是淡淡地说："真的吗？"

"那还有假，你不信？"

"我敢不信吗？"乌兰心想，"你就编吧。"但她还是很冷静，没有揭穿他的谎言。她必须有真凭实据，不能因为一个电话就证实他的不忠，那会冤死人的。

三天后张国安又要值班，乌兰像往常一样把他送到门口，嘱咐道："没事早点睡。"

张国安笑了笑，吻了乌兰的额头："会的，放心吧。"一切都和往常一样温馨，张国安骑着那辆自行车上班去了。

　　乌兰望着张国安的背影，心里一阵慌乱和不安，冥冥之中似乎有人对她说："咋不跟着看看。"她没有犹豫，对翠翠说："妈有点事出去办，你困了先睡吧，我把门在外面锁上。"

　　乌兰也骑上了自行车，尾随着张国安，她要弄清丈夫是不是真的值班。走着走着，她发现张国安拐了一个大弯，钻进了小胡同，七转八转来到了一个小区。乌兰借着微弱的路灯光，发现了那栋极为熟悉的小楼——郑婉茹的住处！她停下车，看着丈夫把自行车停靠在那小楼的隐蔽处，便匆匆上楼。乌兰也放下自行车尾随着，蹑手蹑脚地跟了进去。三楼，从那个熟悉的小门里伸出一只手，一把把张国安拉了进去，随后不一会儿，那小屋的灯熄灭了……

　　乌兰傻了！呆呆地站在那，脑袋一片空白，腿一软坐在了楼梯上。此时她只觉得犹如万箭穿心，心痛得鲜血直流，不知过了多长时间，她才蹒跚地离开了那座小楼。她心目中的男神真的变了，变得她不认识了。原来他的值班值到郑婉茹这儿了。

　　这情景使她那颗滚烫的心冷不防被扔到了冰窖里！她的心脏炸裂了，裂出了一道深深的缝隙，那缝隙里流淌出浓浓的鲜血。她痛极了，如五雷轰顶，她真的崩溃了！这块掩盖丑事的幕布没有拉开之前，她是一个幸福的女人，丈夫有体面的工作，孩子的学习优秀，她自己的工作顺心，没有愁事。现在这块遮羞的幕布被她拉开之后，赤裸裸的现实无情地夺走了她的幸福。她恨，恨那个勾引丈夫的女人，也恨自己为什么这么急匆匆地揭开这丑陋的面纱，"我真的是引狼入室了"她问自己。她恨自己的眼睛怎么就没看清狼的本性！自己岂不是"东郭先生"，把"狼"当成了闺密，当成了"妹妹"太愚不可及，竟怜悯一直想夺走她幸福的"狼"！她后悔莫及，她恨自己，更恨那女人，恨得咬牙切齿！

　　她不管不顾地在黑蒙蒙的大街上奔跑，夜渐渐深了，街上陷入平静，稀疏的人群也一个个消失在夜色笼罩的夜幕下，只有乌兰没有目的地奔跑，去哪里不知道，她觉得天要塌下来，地要陷下去，一切都不复存在了。她一边跑一边问自己该怎么办，那对着蓝天，对着大地，跪在绿草青青的草地上发誓的一幕好像就在昨天，什么山崩地裂、江河倒流永远会牵着你的手。现在山照样耸立，水照样东流，怎么又会去牵别的女人的手？难道男人的誓言真的不可信，那只是讨好女人的一种伎俩？她想哭，哭不出来，她想喊，又不知冲谁喊。她对着天空的星星说："谁能告诉我，我该怎么办？"

　　她没有目的地走着、跑着，泪洒长街仍无助，没有人能回答她。在她极度无助之时，冥冥之中她似乎听到了阿爸阿妈的声音，那声音是那么亲切："孩子不必过于悲伤，冷静下来好好想想，你是否还恋着他？你心里是否还有他？你对他的婚外情是否能容忍？如果你还爱着他，他依然在你心里，那就宽容他吧！哪个男人还没有点艳遇。如果你对他的移情别恋接受不了，心里过不去这个坎，那就毫不犹豫地转身，离开他！只有这两条路，别无选择！"

这声音在她耳畔陪着她在大街上奔走，越来越清晰，越来越明确。真该好好问问自己的心灵，到底应该选择什么：离婚？在她的字典里，从来没有这个词。不离，就要接受他与别的女人上床这个事实，就要原谅他。这在心灵上有点痛，这苦果真的难以吞下！但为了这个家，为了女儿，她必须忍痛吞下这枚苦果。她又安慰自己，一生中谁还没有糊涂的时候？只要他回头，承认自己错了，她还是要原谅他，得饶人处且饶人，也许是一种大度。她想着，哭着，走着，这无章无序、无正无反、无对无错的思绪像魔鬼一样伴随着她，直到清晨她才意识到自己在马路上走了一夜。她决定和张国安摊牌，做一次心灵的挽救。

这天晚上，在他们那间卧室里，张国安嬉皮笑脸地逗着乌兰："你看我总值班，让媳妇独守空房，真不该呀！"

乌兰没有任何回应，始终拉着脸沉默着，不管张国安如何逗她，她都没有一丝笑容，只想哭，她忍着……

"你咋啦，生气啦？谁惹的？不就是我值班次数多了，至于吗？"张国安一边说，一边想去拥抱乌兰哄她高兴。

乌兰推开张国安伸出的手，严肃地问："你上哪儿值班了？"

"看你这话问的，当然是单位呀！我还能上哪儿？"张国安有点警觉，收起笑脸。

乌兰不淡不咸地说："值班很累吧？"

"那是当然，哪有在家舒服，在家有老婆陪着。"

乌兰瞅着张国安，鼓足了勇气带着讽刺地甩了一句："不对吧！值班值到郑婉茹那儿了吧？她陪着比在家舒服吧？"

这句话让张国安内心一惊，他明白了，媳妇知道了！瞒天过海恐怕不行了，他立马收敛了笑容，很不自然，但还要狡辩。他不能承认，他摸不清媳妇究竟知道多少，还是在这儿诈他。

"你听谁说的，瞎造谣。"

"我亲眼看见的！"乌兰气愤地提高了嗓门。

"好哇，你跟踪我，那就实话实说，我去她那儿了。"张国安知道掩盖不了，理直气壮地承认了事实。

"你们多长时间了？"乌兰问。

"大半年了！你不问我正想找时间告诉你，她怀孕了，怀了我的孩子。"张国安全盘托出。

"啊？"乌兰惊讶得几乎站不住了，这消息打得她措手不及。

"我对不起你，对不起翠翠，咱们离婚吧！"

这句话像闷棍一样冷不防砸到了乌兰的头上，她懵了。原本想好的主意全被打乱了，她只想让丈夫离开那个女人，挽救自己的婚姻。然而还没等她劝说，他却首先提出了离婚，平时沉稳的乌兰暴怒了："你说什么？离婚？我压根没想过！我只想劝你回头是岸，我不追究！"

"晚了，我陷得太深了！她怀了我的孩子，让她打掉，她说什么也不干，说这孩子是我们爱情的结晶，坚持留下来，你说我咋办？她一个单身女人怀了孕，还怎么见人？怎么上班？我想成全她，咱们俩离了，我和她结婚，让她名正言顺地把孩子生下来，我再和她离婚，回到咱们这个家，陪着你过咱们的日子。"

"不！不！我不离！你成全她，谁来成全我？成全我们这个家？"乌兰发疯似的哭喊着。

"小点声！别让孩子听见，我这也是没有办法呀！你还记得我给你的银行卡吗？那五万元钱就是郑婉茹感谢我帮她办案馈赠的。如果我不同意和她结婚，她翻脸不认人，告发我玩弄女人，还受贿，我就彻底完了！什么前程都没有了，弄不好还要坐牢。这个女人啥事都能干出来！你想想，权衡一下哪多哪少？这是我不得已想出的权宜之计，你就帮帮我吧。"张国安不再强硬，开始求助于乌兰。

乌兰听到可能坐牢，止住了哭声。她突然明白原来她花的那五万元也是这个女人给的，这真的不是小事，受贿对干部来说是最有杀伤力的，是死穴。事已至此，埋怨有何用？事情发展到这一步，她必须放下心里的痛、心里的恨，伸出手救救她一直爱着的人。她领教了郑婉茹这个女人的阴损。如果她倒打一耙，国安真的坐了牢，那么这个家可真的要散了。她虽然受到了极大的伤害，但骨子里还是爱国安的。她不能见死不救，她那善良的心开始替丈夫着想。也许张国安的权宜之计不失是一个最好的拯救办法。她很矛盾，内心是极不情愿接受这个结果的。她只想让他回头，来过自己的日子，现在该怎么办？她内心在问苍天。

"乌兰，我爱你，爱这个家！只是一不小心跌入了泥潭，拔都拔不出来！一失足成千古恨，我恨我自己，为了这个家，为了我们的翠翠，看在我俩多年夫妻的份上，你就帮帮我吧！等她生完了孩子，我马上和她离。再回到咱们这个家，过咱们的日子。"张国安发现乌兰的动摇和犹豫，便可怜兮兮地求助乌兰帮他度过这道坎，帮他演好这出戏！

乌兰在他的恳求下点了头，离婚的理由是"感情不和"。

第十五章

　　乌兰与张国安离婚了，这婚离得悄无声息，无人知晓，就连翠翠也一无所知。

　　离婚的程序极其简单，在民政局的大厅里，工作人员接过了他俩事先写好的离婚协议书，协议书的条款如下：

　　一、房产一处及房屋内的一切归女方所有。

　　二、现金存款十三万元归女方所有。

　　三、女儿翠翠由乌兰其其格抚养，十八岁前，男方每月付给女方孩子抚养费一千元。

　　四、张国安（男方）净身出户，只带自己的衣物。

　　申请处写着两个人的名字，工作人员看完这份离婚协议，带着惋惜的口吻问道："什么理由离婚？"

　　"感情不和！"乌兰抢先回答。

　　"离婚不是儿戏，想好啦！"工作人员再一次提醒，生怕当事人是一时冲动。

　　乌兰沉默了一会回答说："想好了！"

　　"孩子多大啦？"

"十四岁。"

"孩子同意吗？想没想过孩子的感受？"

"总吵架，孩子也同意。再说离不离是我俩的事，与孩子无关。"

"你也是这个意思？"工作人员直接问张国安。

"离吧，她要离就离吧，我满足她。"张国安大言不惭地把离婚的原因归结于乌兰。

工作人员似乎听出了这话的内涵，不便多问，收缴了结婚证书，又让二人在离婚协议的申请人处按了各自的手印，便在写着两人名字的离婚证上加盖了公章。这十八年的婚姻就在这一瞬间结束了。

乌兰听了张国安的那番离婚理由很委屈，她为他着想，完全是帮他解脱当前的困境，违心地编了上面那些话。"感情不和"是离婚的最好理由，谁都不失面子。

离婚后，有半个月的时间，张国安仍然住在家里，也许是心灵深处的忏悔，也许是良心上的谴责，或许更是对这个生活了十八年的家多少有点留恋……在家的这半个月，张国安不再去值班，下班后按时按点地守候在乌兰身边。每天下班他便在家里四处查看屋内的各种设施：电源、电线、水龙头、上下水道、炉台炉罩、排烟罩、门上的锁、窗上的拉钩……凡是他认为容易发生故障的地方，他都认认真真地检查一遍，修复、加固……他怕他不在了，这些地方出了问题，女人家是难搞定的，他在替乌兰着想。

　　每到深夜，张国安好像还债似的加倍疼爱乌兰，常常搂着乌兰回忆两个人初恋时那些不同寻常的细节，情到深处也会跟着乌兰掉几滴眼泪，大有生死离别的味道。他一再向乌兰表示："我舍不得这个家，因一时的错铸成了现在这个状况，属实无奈，你能理解我帮我，我更舍不得你，等着我过了这个坎，我一定会回来，跟你过咱们的日子。"

　　这句话让乌兰信以为真，支撑着她盼星星盼月亮地度过每一天。

　　乌兰在这半个月里也很忙，她很要面子，怕郑婉茹蔑视她。她要张国安风风光光地走出这个家。下班后她忙着为张国安购置嫁妆，里三套直到背心短裤，中三套衬衣衬裤，外三套不同颜色的西装，连脚上的鞋袜都是崭新的，整整装满了两大皮箱。她像嫁女儿一样把自己的爱人嫁出去，嫁给那个郑婉茹，她要显示自己的大度和为人妻的善良。

　　半个月后张国安提着装满新衣服的皮箱走了，临出门时，他与乌兰一起找到正在学习的翠翠，口吻一致地告诉孩子："爸爸要到南方参加业务培训，需要一年半载，想爸爸了打个电话。"

　　翠翠很不高兴，但还是点头理解，在与父亲的拥抱中埋怨道："爸爸，你又要出门，啥时候能回来陪着我和妈妈？

早点回来！"

在孩子的央求面前张国安有点心酸，但仍然面带笑容，眼睛里含着泪花，亲吻了孩子的柔发。

乌兰早已是泪流满面，一个劲地用面巾擦去了那涌流的泪水。她不知道孩子知道了真相心情会怎么样，瞒吧！能瞒多久瞒多久……

半年后一个星期天的下午，乌兰在去医院看望生病同事的路上，猛然间发现了张国安和郑婉茹手牵着手，说着笑着迎面走来。她驻足细看郑婉茹仍然是那么时髦，身材还是那么苗条，纤细的身材丝毫没有孕妇的模样，按时间掐算她应该是怀孕八个月的待产孕妇，可那挺拔的腰肢告诉乌兰怀孕之说是子虚乌有。此时的郑婉茹脸上洋溢着幸福的微笑。

乌兰傻了，呆呆地愣到那儿，一瞬间她好像从云里雾里走了出来，潜意识告诉她：上当了！上当了！骗局！骗局！郑婉茹压根就没有怀孕，张国安的怀孕之说完全是为了达到离婚的目的，他亵渎了她那纯真的感情。

当乌兰醒过神来，已是怒不可遏，猛扑上去，举手打了郑婉茹一个耳光："你个小妖精，破坏别人的家庭。"

郑婉茹与张国安只顾着说话，对迎面走来的乌兰根本没有防备，也没有意识到乌兰挡住了他们的去路。郑婉茹还冷不防地挨了一记耳光，她捂着脸愤愤地说："你是谁呀，敢打人！我要报警！”

“怎么打人啊？”张国安不满地看着乌兰。

“我不认识你，你凭什么打我！”郑婉茹带着一种受欺负的委屈诉说着。

“你不认识我？扒了皮我都认识你！凭什么打你，你不清楚吗？破坏人家家庭！”乌兰说着又一次抬起手，却被一只大手挡了回去，那只手是她极为熟悉的手，张国安的手。

“这是干吗呀，打人犯法的！”

此时，路上的人们纷纷围了上来，不知道为什么一个女人打另一个女人，路人们不断打听着：

“咋啦？怎么打起来啦？”

“谁破坏了人家家庭？”

“不知道！”

“打‘小三’，活该！”

“现在的女人不要脸的有的是！”

郑婉茹听到人们的议论装着很无辜的样子，指着乌兰大声说：“这女人我不认识，大概是精神病！谁是小三？我们是领了证的正当夫妻。”她指着张国安，接着又说，“她是哪根葱呀，还打人，泼妇……”

人越围越多！

此时，张国安不知道该怎么劝解，这边是他最亲最宠爱的女人，那边是他曾经爱过，况且为他育有一女的女人……但他清醒地知道这样闹下去传到他的单位，影响会很坏，对他的升迁很不利。他竭尽全力拉着郑婉茹："不要说了，快走吧！跟一个精神病患者较什么劲！"

乌兰在张国安眼里也成了精神有问题的人，乌兰被气得脸已发白，手已哆嗦，腿脚发软，瘫坐在马路边的牙子上，放声地哭了。昔日疼爱她的张国安哪里去了，今天竟和郑婉茹一样侮辱她有精神病，她的委屈无从说起。

围观的人们纷纷议论着：

"怪可怜的。"

"是不是真的有精神病？"

"看这样不像！"

"那小三是不是走的那个女的？"

"人家是两口子！"

"也许是拆散了别人的家庭啊！"

"不好说，现在啥鸟都有！"

……

人们七嘴八舌，你一句我一句，一位老伯对乌兰说："姑娘，你指的'小三'莫不是那个女的？"

乌兰点点头："她抢走了我的丈夫……呜呜……"

人们回头看着消失在人群中的张国安和郑婉茹："打得好！"

一位戴眼镜的女人挤进人群，看见坐在马路牙子上哭泣的乌兰，急忙上前扶起她："乌兰你这是咋了？哪儿不舒服？"

乌兰看见是自己单位的王老师，只是摇头，泪水挂满了脸颊。

"走吧，我扶你回家。"乌兰伏在王老师肩上呜呜地哭起来。乌兰不能说，更不能把张国安骗她的鬼主意说出来。她心里很痛，很无奈。她恨自己，怎么就没有看清这个圈套？而自己也是这个圈套的推动者、执行者。她做梦都没想到自己被套了进去。咋就这么傻？这么相信他的鬼话？她越想越憋气，不知道这气冲谁发。她在心里骂自己：你是个大傻帽！天底下有你这么傻的吗？竟去可怜那个女人！是自己亲手把自己心爱的人赠送给人家的，还里三新外三新……一种耻辱，莫大的耻辱！

这耻辱像一根无形的绳索紧紧地勒着她的脖子。她想到了死，一死了之，觉得自己太愚太笨，笨到连个圈套都识别不了，还替人家着想，亲手毁了这个家。她无颜面对自己的女儿，也无颜面对自己的同事们。只想死，死了什么都没有了，没有心痛，没有后悔，没有自责，没有怨恨……

几天内，乌兰都在死神面前徘徊，各种各样的死法在大脑里过了一遍，可是每每她要下决心实施时，翠翠那张可爱的笑脸，那种乞求的目光就会浮现在她眼前。现实告诉她，不能死，起码现在不能死，翠翠正面临着中考，家已经被自己亲手毁了，不能再毁了孩子！自己走了孩子怎么办？为了女儿她必须好好活着。况且在她的灵魂深处依然相信那句"我舍不得你们，我还会回来和你过咱们的日子！"是张国安真实的想法。现在看来这句话已十分渺茫，但她依然相信！

乌兰带着遗憾，带着悔恨，带着自责，过着每一天，盼着每一天，直到躺在了急救室里，还是念念不忘那句不可能兑现的许诺。

她又一次昏迷在重病监护室里……

第十六章

司法局的大厅里，一个女孩在叫板。

女孩十四五岁，一身白蓝相间的校服显示着她是一名初中在校生。女孩幼稚的娃娃脸上一双杏眼喷着火似的，她大喊："张国安，你出来！"这声音惊动了所有在司法局内办公的工作人员，他们放下手中的工作纷纷走出办公室，看个究竟。

门口的保安正在死乞白赖地拉着小女孩，企图把她赶出去，不让她在这神圣的地方胡闹。

女孩极力抗拒着，说什么也不走。

张国安被点名走出办公室，看见是一脸怒气的女儿翠翠，他急忙上前阻止了保安，拉住女孩："翠翠，你这是干什么？"

"你说我干什么？你凭啥不要我妈妈？我妈妈哪点对不起你？"

这突如其来的责问让张国安很尴尬，当着众人的面他无法回答，一个劲地拉着翠翠："到我办公室，别在这瞎说。"

"我瞎说？这是什么？"翠翠拿出了一本离婚证，执意要在大厅里弄个是非曲直。这让张国安十分难看，他强压着心中的火，使劲拽着翠翠："到办公室，我告诉你！"

翠翠本来是个很温顺的孩子，可今天她任起性来，越劝越来劲："你不说我也知道，为了那个骚女人、狐狸精，竟瞒着我和我妈离婚！"

张国安听了这话脸都气白了，再也压不住心中的那股火气，这是啥地方竟敢如此放肆，他决不允许女儿在这儿作下去，他伸手朝翠翠的脸打了一巴掌。

翠翠的脸立马起了五个手指印，眼睛冒着金花，迸出了泪水。这一巴掌打得够狠！翠翠没有哭出声，捂着脸，含着泪，狠狠地瞪着张国安："你打我，你不是我爸！我也不是你的女儿！"说着把手中的那本离婚证摔在地上，掉头跑了出去。

张国安待在那儿，他不清楚怎么会出手那么重，女儿是他的心头宝贝，从小到大他何曾打过女儿一巴掌，今天是咋啦？他悔之晚矣。

翠翠本来是个娴静的孩子，平时从未见她发过脾气，在家里她只知道在父母跟前撒撒娇，在学校即使遇到委屈的事也不和同学争执，只是默默地听着那些不实之词，不反驳、不解释。就是这样一个内敛的女孩，一旦真的触怒了她，她就像变了一个人似的，把独生子女的任性发挥到极致，任性到难以控制，她会不管场合地发泄！父母不声不响地离异，真的触动了她那发怒的神经，她瞒着母亲一反常态地闯入了司法局大闹一场。

目睹了这场父女之战的工作人员惊呆了，没有人议论，没有人阻拦，谁也不说啥，可谁都在暗自猜想："离婚了？有外遇了吧！移情别恋……"这成了大家不说的共识。

张国安把气撒到了保安身上："咋搞的？怎么随便让她到办公之处胡闹！"

保安很委屈："她说是您的女儿，我正要给您打电话，拿起电话还没来得及拨号，她就跑了进去，您让我怎么拦？"

张国安离家大半年了，翠翠很想念爸爸，她常问妈妈："爸爸啥时候能回来？很想他！"

乌兰告诉翠翠："他在南方学习，很忙，路又很远，不能回来，等着吧，等他学完了就会回来了。"

乌兰用谎言掩盖着离婚的事实，她怕大人的离婚给女儿不成熟的心灵带来阴影，影响她的情绪，耽误她的学习，毕竟临近中考了。

翠翠也曾打电话给爸爸，张国安告诉她："我也想你啦，宝贝，等你考上重点高中爸就回来了。"她掐着指头盼着。

一次找户口本时，翠翠意外地发现了那本写着父母名字的离婚证，翠翠愣住了，原来爸爸不回家是因为他们离婚了！这突如其来的打击几乎击倒了她，她不能容忍一个好好的家庭就这样无缘无故地散了。她不明白一向恩爱有加的父母怎么会走到这一步？这事实触怒了她，她拿着离婚证很不客气地质问妈妈："这是怎么回事，你们怎么会这样？"

正在做饭的乌兰停下手中的活计，看着愤怒的女儿，很无奈。她该怎么对女儿说，她不能让父亲高大的形象在女儿心目中轰然倒塌。乌兰一时找不到掩盖的理由，沉默不语。

翠翠急了，催促着："你快说呀，妈，到底咋回事？"

"大人间的事，你小孩子家不懂。"

"我怎么不懂，我已经长大了，都快十五岁了，为啥还把我当小孩子？我还是不是这个家的一员？凭啥瞒着我？"

"莫管大人的事，管好你自己，好好学习，这辈子你才是妈的希望。"

翠翠看出妈妈是在搪塞自己，根本不想让自己知道离婚的真相。十五岁的翠翠心灵是脆弱的，她理解不了大人为什么过得好好的却要分离，在她那不成熟的心灵里父亲是座山，伟岸高大；父亲是英雄，随时随地地保护着她；父亲是她的骄傲！现在父亲突然不明不白地离开了这个家，她将失去父亲的疼爱，她难以接受。她要以自己的能力去挽回散了的家，她要让爸爸重新回到妈妈的身边，她需要完整家庭的温暖，需要父母共同的呵护。别人家的父母都是在争吵中、打架中实在过不下去，才不得不分开，而自己的爸爸妈妈从未红过脸、斗过嘴，却离婚了，这叫她百思不得其解。

翠翠不能忘记爸爸曾多次当着她的面拥抱妈妈，亲吻妈妈。她还清楚地记得小的时候，她曾坐在爸爸的怀里，爸爸抱着她，一手搂着妈妈的肩头，用他那带着胡茬的嘴巴亲吻她，胡茬扎得她疼疼的、痒痒的，她撒娇地说："爸爸真坏，扎疼我了！"爸爸笑着问："疼吗？我再扎扎你妈妈，她不嫌疼。"于是爸爸吻了妈妈，然后很兴奋地对她说："你看妈妈都不说疼……"这场面印在了她的心灵深处。可现在咋就不声不响地分开了，她心中充满了疑虑。

翠翠开始恨爸爸，也恨妈妈，恨他们不把自己当成家庭里的一员，竟然不征求自己的意见，把好端端一个家拆了，成天喊着"宝贝"，可这"宝"到哪里了？既然生了她为何不尊重她？她陷入了痛苦之中……她想既然散了就散到底，她想到离家出走……

有一天，当翠翠得知父母的离婚是因为常到她家来的那个女人，她转而恨那女人，也恨爸爸，爸爸在她心目中的高大形象塌方了，变成了一个不靠谱、喜新厌旧、好女色的男人。她开始同情妈妈，妈妈太可怜了！她不能再离开妈妈。

翠翠成天想着怎样对付那个女人，怎样才能把爸爸拉回来，她这个年龄不会明白，感情一旦转移，是拉不回来的。

张国安的一巴掌打跑了女儿对他的爱，翠翠决心不再搭理爸爸，但当她冷静下来，她发现自己并不恨爸爸，她把一切恨都集中到了郑婉茹的身上。

翠翠的房间里，画板上出现了一张女人的素描像，披肩发，戴眼镜，薄薄的嘴唇，谄媚的笑脸，明眼人一看便可认出这女人是郑婉茹。

翠翠从小就爱画画，教她画画的老师不止一次地夸她画人物画得很逼真，很有神韵。她开始学画画时，刚满五岁，每逢节假日爸爸就会帮她背着画板，妈妈会拉着她的手送她、接她，一家三口说着笑着其乐融融。现在这场景不会再有了，都是因为那个叫郑婉茹的女人拆散了她们的家！这种恨让她来了灵感，她躲在屋里拿起画笔一顿勾勒，不到一刻钟，郑婉茹便在她的笔下跃然纸上。

翠翠把这张画像贴在墙上，然后拿出一根织毛衣的钢针对着画像上那张媚脸猛劲地戳，嘴里叨咕着："戳死你！戳死你！让你当小三！让你当小三！"心中仇恨满满。

翠翠在家庭剧变中无心学习，成绩一度断崖式下滑，急坏了班主任，也急坏了乌兰。

乌兰不知道怎样才能帮助女儿越过心灵上的这道坎。她第一次在女儿面前掉了泪："翠儿，你是妈的希望，妈这辈子就靠你啦。要中考啦，能不能给妈个惊喜？让妈看到一点亮光。"就在乌兰面对翠翠的消沉无计可施时，琪琪从美国归来探望老父亲。

琪琪是翠翠崇拜的偶像，琪琪姑姑在她心目中就是一个榜样，她很羡慕琪琪姑姑的优秀，她曾多次下决心要考上重点大学，要考研、考博……

当琪琪得知乌兰的婚变对翠翠的影响时，也为翠翠捏了一把汗，关键时刻父母出这种事，孩子确实接受不了。

每天放学后琪琪都会来乌兰家和翠翠聊天，捎带着帮她复习课程。琪琪给翠翠讲述清华园内火热的学习气氛、美国的生活，还有美国大学里高端实验室的研究科目。她把父亲曾经讲给她的那句激励她奋进的话，讲给了翠翠，"人的一生能为社会做一两件有意义的事情，就是光辉的一生！"她说，"老一代是这样，我们这一代是这样，你们这一代更应该是这样！"

翠翠很信服琪琪姑姑的话，她向往着自己也能像姑姑那样在科技战线上拼搏。

琪琪了解翠翠的理想并鼓励她："一切都要靠自己的努力，你很优秀，会胜于姑姑的！但现在必须在中考中冲到前面！"

翠翠点着头："我知道，可我就是控制不住自己去想父母的事，想我们这个家咋就一下子变成这样？"

琪琪很理解翠翠的心理，一个家庭的幸福对孩子的成长有多重要，在离异家庭生活的孩子，心理上多多少少都会留下阴影，留下扭曲的心理。这对于未成年的孩子是多么残酷。

琪琪疏导翠翠："一个人一生都是自由的，对于'爱情'也是一样，有爱的权利，也有不爱的理由，谁都不能勉强谁，只要爱过就够了。"她告诉翠翠，"父母的婚变，孩子是阻挡不了的，安心学习才是硬道理。你可怜你的母亲，只有你学习好，母亲才会充满希望，生活才会有奔头。"

翠翠很委屈，她怎么也理解不了大人们的这种行为，仇恨填满了那小小的心脏，她忘记了自己是正在备考的中学生。她当着琪琪姑姑的面痛哭一场，震天动地的哭声释放着一个未成年孩子内心的痛！

她的哭使琪琪情不自禁地跟着流泪，是呀，正需要父母呵护的孩子怎么能承受这么大的心灵创伤！她拍着翠翠的肩膀："哭吧，孩子，痛痛快快哭一场，也许会好些。"

翠翠哭够了，心情敞亮了许多，她也觉得自己这样下去不但会伤了妈妈的心，也会葬送了自己的未来。

琪琪的劝导与陪伴渐渐地打开了翠翠的心结，她的思维在转变。父母的离异既然阻挡不了，随大人们去吧！只要他们快乐就好。

翠翠屋内墙上的那张画像被撕了下去，她不再纠结父母的事情，她想开了，自己的命运要自己掌握，她要用实力给妈妈一个美好的未来。她比以前更加努力，没过多长时间，成绩又直线上升。

翠翠大闹司法局，引起了上级主管部门的重视，随后张国安被调查；张国安被约谈；张国安受到党内警告处分；张国安被免职……

理由很简单，他作为国家机关工作人员，收取了当事人的贿金。至此，张国安的仕途之路戛然而止。

张国安伤至心灵，他不怨翠翠，翠翠幼稚、天真，根本不懂得仕途的险恶。他从心里认为翠翠的所为纯粹是乌兰其其格的唆使，他对乌兰的那点亏欠、那点内疚、那点挂念荡然无存。他恨乌兰，再也不想见到她。

张国安进司法局后顺风顺水，很快由科员、科长升迁成副处长，眼看着要由副转正，可这一切都成了黄粱一梦。他无脸面再待在这个代表着国家利益和权力神圣不可侵犯的地方。他怀念"H"厂那沸腾的车间，想念那些与他朝夕相处、坦诚直率的工人师傅们，更怀念人生路上他曾当过引以为豪的军工人。但他不能回去，他无颜再见江东父老，更怕他的故事成为"活宝"尹师傅的八卦内容，他决定辞职。

辞了职的张国安带着他的妻子郑婉茹，离开了他"爱"过的冰城。

第十七章

　　飞机经停在大连机场，周铁心走下飞机，在候机室里等候第二次登机。飞机上的那段回忆既甜又苦，自从向静茹走后，他内心充满了孤独，一个人独处时，常常回到青春年少时代，让这些回忆填充自己。

　　候机室里，对面坐着一对青年男女，女的脚穿红色的高跟鞋，穿着粉色纱裙，若隐若现。男的脚蹬一双锃亮的黑皮鞋，身穿银灰色的西装裤，还有那件白底带着红格的半袖衫……这服饰告诉他，这对男女是一对新婚的夫妻。新娘把头靠在新郎的肩头，眯着双眼，新郎的目光一直在新娘那擦着粉抹着红的脸膛上扫视欣赏，不时用手捋着新娘乌黑的长发，还目无旁人地轻轻亲吻新娘的额头，新娘似睡非睡地享受这种爱。

　　这对充满爱意的情侣使周铁心又看到了那张遗失的结婚照，在那张照片上靠在他肩头微笑的姑娘却不是向静茹，而是那位深藏他心底一辈子的红衣女郎，叶林娜。

　　叶林娜怎么闯入他的生活，那细节已经模糊了……

一九五一年夏天，即将毕业的周铁心收到了第一封也是唯一一封来自朝鲜战场的信。

铁心哥:

入朝近半年了，没有一字给你，实在是太忙了。

战争的残酷超出了我的预期，我们医疗队在敌人飞机的狂轰乱炸中，在敌人铺天盖地的炮火中，每天都面对着死亡，我快要崩溃了。

我们的战士用鲜血染红了朝鲜大地，也染红了我的心。他们爬冰卧雪，用生命践行着"保家卫国"的使命，他们是这个世界上最可爱的人。

战友们的英勇、无所畏惧的精神感染了我，也感染着我的队友。我们无数次流下了感动和惋惜的泪水！我战胜了最初的恐惧，面对牺牲我尽最大能力去挽救战友们那鲜活的生命！

铁心哥，战争无情地告诉我"国弱必受欺"。你是学机械的，何时能为我们的战士设计生产出我们自己的远程火炮和战斗机？这是全体入朝战士们的殷切期盼！

如果有一天，我倒在朝鲜大地上，请收起你的悲哀！记住我的爱！

你的茹！

1951 年 5 月 20 日

　　毕业了，周铁心作为新中国成立后的第一批大学毕业生，怀揣着未婚妻的企盼和梦想，来到了地处祖国最北部的重镇冰城参加"H"厂的建设。

　　H厂是当时国家一级保密单位。走进工厂的那一刻，呈现在周铁心面前的是热火朝天的建设场面，到处是工地，空地上堆满了各种建设用的材料，还有那一包包没有拆装的设备……厂区树上的大喇叭里播放着志愿军进行曲，间或还有播音员清脆的口号声："苦点算什么，累点算什么，再苦再累比不过爬雪山过草地！同志们！鼓足干劲建设我们社会主义新国家！"同周铁心一起报到入厂的还有几位来自全国其他大专院校的毕业生。

　　一位身着蓝色中山装的年轻人把他们领到位于厂中心的三层小黄楼里。小黄楼是日伪时期留下的，现在成了建设中的工厂临时办公中心。

　　在一个简陋的小会议室里，一位身着洗得发白的军服、被称为于书记的人接待了他们。于书记头发已经花白，微黑的脸庞上堆满了喜出望外的笑容。他操着一口山西口音对这些来自全国各地的大学生们说："欢迎呀！你们是我（额）厂的宝贝蛋儿！当我接到通知说要分配来一批大学生，我（额）就盼呀盼！今儿真的把你们盼来了！我（额）高兴，特别高兴！"他显得挺激动，停顿下来打量着这群头脑里装满学问的年轻人。

"你们是喝墨水长大的娃，知道这个工厂是干啥的吗？"

对这位于书记提出的问题，大学生们不约而同地摇着头。

"告诉你们，制造大 —— 炮 ——"他把大炮两个字说得特别重。

"没听说过吧？在我们共产党的历史上还从来没有生产制造过大炮。新媳妇上轿 —— 头一回！抗战那阵子，在山西大山里的兵工厂，造啥？土地雷、手榴弹，顶尖是汉阳造大盖枪，那就了不起了！咱啥也没有哇！那时缴获一门日本鬼子的小钢炮，就高兴得不得了，像得了宝贝似的摸了又摸。现在不同了，我们站起来了！别看美国人仗着有大炮、飞机在朝鲜战场耀武扬威，咱们中国人不怕，党中央指示我们要尽快研制出我们自己的火炮，巩固新中国的国防。"说到这，他扫视着聚精会神听他讲话的学子们，"你们就是新中国造炮的开拓者！光荣吧，光荣！我（额）羡慕死个你们！"

于书记讲到这，那位穿蓝色中山服的年轻人打断了他的讲话："于书记，对不起，打断一会，咱们要建的支部数，市委组织部催我们马上报上去，你得盖章。"

"你们看，来事了。"于是他从绣着红五星的挎包中掏出一枚印章，放在嘴里哈了哈，在青年人递过来的那张纸上盖了一下，又看了看："还清楚。"又掏出钢笔签上名字交给了年轻人。

"你们别笑我（额），这就办公了。现在条件差，我（额）还没有办公室，这小黄楼的办公室是留给你们这些宝贝蛋的。人叫我背包书记，哈……哈……"于书记自嘲自讽地爽朗地笑了起来。

"要造出我们的火炮谈何容易，我们是四无，无经验、无图纸、无数据、无任何资料。巧妇难做无米之炊！东北话'咋整哩'……"说到这，他停顿了一下，似乎进入了绝境。

同学们开始骚动，低低地议论着。周铁心也在想，啥数据都没有咋造大炮？

于书记又别开生面地哈哈大笑："有办法，活人不能让尿憋死，找苏联老大哥呀！老大哥伸手啦，咱们的刘厂长已经带人去满洲里接苏联重型火炮资料啦。"说到刘厂长，他显得有点激动，介绍说："他可是我们党内的老军工！是吴运铎的徒弟，吴运铎你们可能都知道，那是咱们军工战线上的一面旗帜！把一切献给党就是吴老的精神，没有条件创造条件也要造我们自己的武器就是吴老的决心。我们造大炮，也得发扬吴运铎的精神，你们说是不是？"

"是！"

　　"那你们的任务是啥哩？不是搬砖弄瓦，也不是建厂房、弄机床，你们这些念过大书的人任务很重哩！是决定我们能不能如期造出我们自己的大炮的关键！所以你们是咱厂的宝贝蛋儿呀！讲了半天干啥？就是要你们这些秀才集中精力把老大哥那边过来的图纸照葫芦画瓢地画下来，再在这个葫芦上打个眼、画个花什么的，造出我们中国自己的大炮。你们有信心吗？"

　　"有！"学生们齐声地回答了于书记。

　　到这个时候，周铁心才知道他要从事的工作是为共和国设计制造出第一门 122 型榴弹炮。他激动地掏出向静茹的照片，傻傻地对着照片说："被你说中了，我真要为你们设计大炮啦，祝贺我吧！"

　　这天夜里，在那极其简陋的临时宿舍里，周铁心在日记中写下了："条件很艰苦！事业很神圣！责任很重大！"

　　当那满是俄文标识的图纸、数据摆在周铁心办公桌上时，他和他的同事们犯愁了，此刻他们这些来自各高校的学子们才清楚翻译工作有多重，没有中文标注的图纸、数据，再聪明的工人也难以实施。有人开始发牢骚了：

　　"这咋弄！它认识俺，可俺不认识它！"

　　"咱们中间谁学过俄语？"没有回答，只有摇头。

　　"早知道是这个样子，在学校学俄语嗦。"

　　"一肚子英语就是派不上用场。"

"好汉无用武之地！小俄语难倒了英语汉啊……"

就在大家无从下手之际，办公室的门开了，还是那位穿蓝色中山装的青年人。他领着一位身着红色风衣，围着一条红纱巾，脚蹬一双红皮鞋的姑娘走了进来。

周铁心眼前一亮，脑海中竟闪出"红色女郎"四个字。

红色女郎粉里透着红的瓜子脸上镶嵌着一对黑乎乎、圆嘟嘟的大眼睛，高耸的鼻梁下的小嘴唇上涂着一层淡淡的口红，有一种外国女人的气质。

穿蓝色中山装的年轻人指着红色女郎介绍说："她是跟随苏联专家的翻译，精通俄语……"还没等青年人介绍完，那姑娘便开口自我介绍："我叫叶林娜，今年二十二岁，留苏五年，莫斯科大学毕业，学的是国际关系专业。现任苏联专家的中文翻译，兼任你们的资料翻译。今后我们是同事了。"

一片掌声响起，可算是来了懂俄文的人。

红色女郎说着便主动跟同志们一一握手，那双纤细柔软的小手握住每一位同事手的时候，有人久握不放，有人忐忑不安，只有周铁心连手都不愿伸。

叶林娜那自来熟的高傲和毫无掩饰的爽快，竟是给周铁心的第一印象。这印象太差了，不就是留学苏联几年吗？有啥值得骄傲的，他打心眼里不喜欢她、排斥她。他觉得红色女郎太张扬，没有厚度，失去了女人的娇媚。

"握个手吧！咱们是同事了！"叶林娜向周铁心伸出的手久久地停留在空中。

周铁心瞥了她一眼，在众目睽睽之下懒洋洋地不情愿地伸出了手。

"您贵姓？"圆嘟嘟的大眼睛试探性地盯着他。

"免贵姓周。"

"尊名呀？"

"周铁心。"他心不在焉地回答着，心在想：审讯人啊，还是查户口的，真是讨厌！

"铁心，好，铁了心了，那我就叫你'铁子'！不好听，叫你老铁吧！"

"哈哈……"引来满屋子的笑声。

"老铁"在东北话里是啥意思，你懂吗？傻不傻！周铁心心里耻笑着，有一种说不出口的酸味。

周铁心到老也没弄清楚，那时为啥对叶林娜那么反感，是她的开朗大方，还是她的张扬，他真不喜欢这样的女人。

没有想到共和国的首门大炮的资料翻译工作是在红衣女郎的指导下完成的。她成了翻译组的不是组长的组长，行使着没有任命的指挥权力。有人不服，可又说不出口，因不懂俄文。有人谄媚，对她毕恭毕敬另有所图，只有周铁心一门心思地跟她学俄语，虽然心里称她为红衣女郎，当面还是叫她叶老师。

没想到车站一别竟成了我们的永别！"他说着放声痛哭，一个大男人竟哭成了一个泪人。他用这种方式释放着那份不舍的情，那份藏在心底的爱。

就在周铁心痛苦不止时，一条带着香味的手帕递过来，他赶忙擦干脸上的泪水，看到红衣女郎站在他的身旁。他不好意思地说："出丑了！让你看见了！"他把那张一身戎装、头戴军帽、两眼含笑的照片递给她："我的未婚妻，向静茹，在朝鲜战场牺牲了！今天才知道，我很后悔没能和她一起赴战场……"

红衣女郎神情庄重地说："她是英雄，是我们这代人的女英雄！是我学习的榜样！"她看周铁心沉浸在无限悲痛中，也不知道说什么才能安慰他。她默默地陪着他在这无人看见的地方坐了很久。

从这天以后，周铁心一门心思地把所有的精力都集中到工作中。翻译工作进行到最后，同志们都松了口气，盼望着放松放松，而他反而给自己加码，不分昼夜地审阅着每一张图纸、每一个数据，生怕出了差错。他要把对静茹的思念和悲痛消解到繁忙的工作中去，只有工作才是他解除痛苦的一剂良药。

在这期间，叶林娜异常关心他。见他忘记了吃饭，便悄悄地从食堂打回最好吃的饭菜放到他的眼前，再倒一杯热水放到他的桌子上。开始周铁心并不在意，但渐渐地有了一种感觉，那颗抗拒反感的心似乎淡了下来，也产生了一丝丝有人关心的温暖，失落的感情有了一点寄托。

有个同事悄悄地对他说："红衣女郎对你有点意思。"

"别瞎扯！那么高傲，看得上在座的谁呀？"

"那可不一定！"

"肯定的！那位苏联专家伊万诺夫才是她的意中人。"

伊万诺夫是来工厂的苏联火炮专家，叶林娜是他的翻译。每当星期六晚上，在刚刚落成的办公大楼的会议厅里会为这位专家举行舞会。周铁心和他的同事们常常看到叶林娜和伊万诺夫默契地跳着俄罗斯舞蹈，那飘然旋转的红裙，还有伊万诺夫的款款深情给他们留下了极为深刻的印象，特别是每到舞曲结束，伊万诺夫把嘴唇贴在叶林娜手背一吻，更让周铁心不能忘怀。

一次偶然的机会，他碰见了伊万诺夫手捧一束红色的玫瑰花来到他们办公室，当着他们的面把花献给了叶林娜。叶林娜很有礼貌地微笑着接过了那束花，放在鼻子前闻了闻，很客气地对伊万诺夫说："谢谢你！"

伊万诺夫离开了，叶林娜悄悄地把那束美丽的玫瑰花扔进了垃圾箱，这举动让周铁心很惊讶。

"为什么？人家伊万诺夫对你那么好！"周铁心不解地问。

"伊万诺夫是个好人，有才华，有风度，但我不想把我的归宿寄托在一个外国人身上。"

"那你要寄托在什么样人的身上？"周铁心漫不经心地问了一句。

"像你一样的中国男人。"这话让周铁心一惊，这分明是在向他挑明她对自己的爱慕。

周铁心弄不清楚是从什么时候开始，他对叶林娜有了一定的好感，是她那负责的工作态度，极强的工作能力，还是她那大方热情感染了他。说不上喜欢，但也不再反感，特别是对她那洒着香水、淡妆艳抹的气息也开始接受，这大概就是日久生情吧。

钟声敲过了十二下，连着工作十几个小时的同事们都纷纷离开了小黄楼，办公室里只剩下了周铁心和叶林娜。

"该休息了，我送你回宿舍吧。"周铁心还是第一次主动提出去送叶林娜。

"好呀，今天太阳从西边出来了，等我把这部分单词翻译完了再走。"叶林娜就是有这么个劲，一件事没有做完是不会放手的。

笔在纸上移动，周铁心只好陪着她查阅这几份资料，两个人沉默着专注地干着自己的事。

突然叶林娜问周铁心："老铁，喜欢我吗？"

太直率了，这突如其来的追问让周铁心无法回答，说喜欢，心里还真没有像见到向静茹时那么心动；说不喜欢，那会伤了红衣女郎的心。

他搪塞地回答："你看呢？"

"我早就知道你有一位巾帼英雄的女朋友，但我从见到你的那一刻，心灵告诉我，我喜欢你！你就是我寻找的意中人。现在你的那位心上人光荣地牺牲了，那份爱陨落了，是不是我就有机会了？所以我要告诉你，我爱你！非你不嫁。"

问题严重了，这种炽热的表白，这种毫不掩饰的袒露，着实让周铁心吃了一惊，有点惶惶然不知所措。他真没有想到这位姑娘看似傲不可及的心还能这样痴心地爱着他，他受宠若惊。

"我知道你心里一直放不下那位巾帼英雄，我想随着时间的推移，你会从初恋中走出来，我等着。"

叶林娜的表白和决心搅动了周铁心的那颗铁了的心，犹如被千度的高温所融化。他只觉得他的心脏加快了跳动，他的血液掀起了波涛，汹涌澎湃。他低下头，不敢去看叶林娜那双火辣辣的眼睛，他感觉到了那双眼正满含灼热地望着他，一种青春的冲动在体内蠕动，他想回避，他想躲，可又能躲到哪里去？是他主动提出要送叶林娜回宿舍的，哪能言而无信？他什么也不说，沉默在感情的绞动中。

叶林娜写完最后一个字母，放下手中的笔，走到他跟前，深情地望着他，用一种祈求的柔声对他说："能吻我一下吗？”

周铁心像触了电一样杵在那里，在他爱情的哲学里，甭管他多爱一个女人，即使确定了恋爱关系，他都不会贸然地去亲吻女人。他保持着自己独有的矜持与尊重，他要把那最圣洁的初吻留在花烛夜。

现在面对着一个深爱他的女人，又这样渴望他的亲吻，就像黑夜里的一堆火星猛然点燃了他心灵的火焰。他真的把控不住自己了，一种难以抑制的冲动让他冲破了自己设定的底线。他没有拒绝叶林娜。

两个人的柔唇在这宁静的夜晚贴在了一起，那么轻，那么柔，那么忘情……

叶林娜像喝醉了酒似的，疯狂地抱吻着周铁心，释放着久埋心底的欲念，她闭着双眼享受着爱人吻的愉悦……

周铁心是第一次这样热烈地吻一位女性，他清楚在中国吻一位异性意味着什么。虽然那嘴唇强烈地吸引着他，可他心里仍然有那么点不安和忐忑，有那么点悔意，可怜的静茹连这样的吻都没有享受过一次。他后悔在送别的车站上为啥没有叶林娜的勇气和静茹做个吻别。

事后，叶林娜告诉周铁心：“你的吻真甜。”

两个人从这次热吻开启了爱的大门。

当两人把相爱的消息公开以后，那位苏联专家伊万诺夫把一束百合加红玫瑰的鲜花送到他俩面前，用刚刚学会的几句中文磕磕巴巴地对周铁心说："周 —— 祝贺你 —— 叶是个好姑娘！美丽 —— 善良，祝福 —— 你！"

周铁心客气地回答："谢谢！"

两个人约定等共和国第一门122榴弹炮研制成功之后便举行婚礼。

一切都在顺利地进行着，在周铁心和他的同事们的努力下结束了资料、图纸数据的翻译工作，紧接着展开对每一张图纸的研究与绘制，对每一个数据的计算与核对，一张张清晰带有中文标识的图纸在他们的手下完成，每一张图纸都牵涉到这第一次能否按时保质地完成。在伊万诺夫的帮助下，122型榴弹炮的图纸、数据、流程全部审核完毕。

同事们松了一大口气，如释重负。在伊万诺夫的倡导下，厂里举行了别开生面的庆功会，会议大厅里响起了优美动人的圆舞曲，还有叶林娜那清脆的《莫斯科郊外的晚上》的歌声，人们陶醉在这欢乐中。

此时周铁心想起了什么，悄悄退出了会场，来到保密室，对正在用拳头大的铁锁，锁那带有铁栅栏保密室大门的小张说："你要下班吗？能否等我一下？"

小张回过头不解地问："周工你有事吗？"

"我想把01号图纸借出来再核对一次，可以吗？"

小张沉思了一会，又把那已锁上的门打开："当然可以。"

图纸是产品的生命，周铁心和他的同事们每天下班要把画好的和没画好的图纸交到保密室，又在第二天上班再把图纸借出来。送图纸借图纸都必须在保密室的登记簿上登记签字，这是必须的保密程序，谁也不能违背。

军人出身的小张严格履行这一保密制度，他把登记簿递给周铁心说："周工，不着急，我等你。"

周铁心拿到图纸对小张笑了笑："谢你啦！这么晚了还让你陪着，真不好意思。"

周铁心拿着图纸回到了工作室，01 号是关于火炮助推器的图纸。周铁心把它铺展在图板上，仔仔细细地复核着每一个数据、每一笔画线、每一个标识。他很清楚 01 号是产品的灵魂，是产品的心脏、核心，是关键的关键，一定要万无一失。

叶林娜在与伊万诺夫跳完华尔兹舞曲后，发现周铁心离场了，她琢磨着："他是不是不愿看到我与伊万跳舞？小心眼！"

叶林娜退出热闹的会场，看见周铁心办公室还亮着灯，三步并作两步走进那铺着图纸的工作间。

周铁心专注地审阅图纸，对于叶林娜的到来竟没有察觉，依然把苏联的图纸与他们自己画的图纸一一对照，对照着图纸上的每一个数据……

"老铁，人家都在跳舞，你咋回来啦？是不是看我跟伊万跳舞生气啦？"

这句话把周铁心从专注的神态中叫醒。

"你说什么？"他莫名其妙地问。

"我说你小心眼，看我和伊万跳舞不高兴了。"

"小瞧我啦！我在你心目中就是这样呀？我是怕这图纸哪一笔画得不准确会误大事的。明天图纸就要发到工人们手中，他们就要按我们画的图生产，不认真出了错，就会造成极大的浪费，那是要犯罪的。"

"你呀，真是个铁人，就知道图纸、图纸，也不知道爱惜自己。"叶林娜带着一种心疼埋怨着。

图纸下线了，周铁心和他的同事们下到了各个车间，与工人面对面地解决生产中遇到的问题。

苏联专家伊万诺夫特别认真，不辞辛苦地一个车间一个车间地指导，叶林娜作为他的翻译也跟着他走遍了每一个车间，每一个生产角落。

在全厂职工的努力下，一门 122 型榴弹炮在装配车间完成了最后一道工序，刷上了草绿色的炮衣。

第一门重型火炮带着大红花，被拉到距离冰城三百里外的靶场上。靶场坐落在一望无际荒无人烟的大草原上，全体参加研制的科技人员，包括那位苏联专家伊万诺夫都亲临现场观看试打。

当那门火炮竖立在炮位上静待发射的一瞬间，周铁心激动了。他跑到炮位上想要在接到指令后按下发射按钮，一位老工人冲过来把他推到一边："这不是你干的活，你是咱厂的宝贝，我来！"

当发射命令下达后，那位老工人镇定地按下了发射器，一枚炮弹带着一股风，呼啸着飞了出去，命中目标。

人们欢腾了，叶林娜不顾周围的人，竟拥抱起周铁心亲吻！那位苏联专家伊万诺夫也跑过来凑个热闹，拥抱起叶林娜。

第一门重型火炮试验成功，中国有了自己研制的火炮，开启了新中国军工事业的先河。消息传入中南海，毛主席亲自发来了嘉奖信，整个"H"厂一片欢腾，礼花在空中飞舞，鞭炮在空中鸣响，全厂的职工家属在这喜庆的日子里搬进了新落成的家属宿舍楼。

叶林娜与周铁心定下了举行婚礼的日子，两个人来到了这座城市唯一的照相馆，照了一张结婚照，照片上周铁心一手搂着叶林娜的肩头，一只手紧握叶林娜的手；叶林娜含着幸福的微笑，将头靠在周铁心的肩上，掩盖不住的亲密和幸福流露在两个人满是笑容的脸上。在新落成的家属楼中，他们分得了一处四十平方米、一室一厅的房子。这房子虽然很小，但比起临时宿舍要好很多，两个人很满足，商议着怎样收拾新房，购置结婚用品。

就在全场欢庆122型榴弹炮下线成批生产之际，从全国各地涌来了一批熟练工人和一批刚刚从战场上下来的转业官兵。在这些人群中，一个极其熟悉的面孔进入了周铁心的视野。

"彭世清！老包！"他迎上去拽住彭世清。

彭世清吃惊地望着周铁心："铁疙瘩，怎么是你？你怎么在这儿？"

"毕业分配到这儿，你不是上战场了吗？怎么回来了？"

"停战了。从朝鲜回国后转业了，被调到这儿组建职工医院。"

"哦，是这样，那咱俩又能在一个厂工作了。"

"缘分呀！啥叫缘分？这就叫缘分！"

两位老同学见面分外亲，周铁心很兴奋地说："上次见面时送君出征，匆匆忙忙，这次咱们可要好好叙叙旧！"

"那是当然，在朝鲜待了三年，惊心动魄！天天面对的都是流血、死亡……战争就是那么血腥，希望永远别再打仗！但别人也别欺负咱，欺负咱那还得打，你不犯我我不犯人，你若犯我，我必犯人！"彭世清感叹着。

周铁心很想打听向静茹是如何牺牲的，但他怕勾起内心那根痛的神经，于是调侃地说："惊心动魄也没有改变你，脸还是那么黑，眼还是那么小……"

"哈哈……"两个人都笑了。

在两个老同学亲密交谈中，红衣女郎叶林娜走了过来，她满含深情地招呼："老铁，这位是谁呀？"

周铁心忙拉住叶林娜向彭世清介绍说："我的未婚妻，你来得正好，下星期天我们邀请你参加我们的婚礼。"

彭世清愣住了，没有祝贺，只有沉思，半晌说了句："你小子，艳福不浅，又有未婚妻了！"

"是的，自从静茹牺牲后，是叶林娜帮我摆脱了失去爱人的痛苦，她也是我的同事。咱们厂的首门大炮成功生产，她也立下了汗马功劳。"

彭世清吃惊地望着他，似乎有话要说，但碍于叶林娜的面子，不知道该怎么说，吞吞吐吐淡淡地说了一句："静茹知道了，会有多伤心……"

这话戳到了周铁心的痛处，他沉默不语。

叶林娜看出彭世清有话要说，只好推托说："我还有事，你们聊。晚上请你们两个老同学一起吃饭，庆祝你们重逢！"

"好吧。"周铁心答道。

彭世清看到叶林娜走远了，拉着周铁心的胳膊："我说铁疙瘩，你可真是个铁疙瘩，还实心的！你真认为静茹牺牲了？"

"是呀，我俩分别时有约的！"他把那支金笔从上衣兜里拔出来："这是我送给她的分别信物，可又转回到了我这儿，还有一张带血的纸条，写着'永别了，我的爱'。"

"你呀，真是个铁疙瘩，那是她怕连累你，她没有牺牲，只是残废了。在救护伤员时，她受了重伤，两条腿膝盖下截肢了，还是我给她做的手术。"

"我的天！怎么会这样？"

"在朝鲜战场上受伤、牺牲都是常事，从我们入朝那天起，我和她，还有那些入朝的战友们都有这个准备！"

"那她人现在在哪儿？"

"沈阳荣军疗养院。我曾表示愿照顾她一辈子，可她拒绝了我，她说这辈子心里只有你！"

周铁心几乎是在无比惊愕中听完了老同学的讲述，向静茹飘逸的深情、军人的秀美，还有那对深情的眼睛、会笑的酒窝重新浮现在他的面前，他的心乱了……

手机铃声打断了他那乱了的心，惊醒了一段难以取舍的回忆。电话是大儿子周建国打来的："老爸，到哪啦？"

"还在大连机场。"

"晚点啦咋的？"

"因天空起了大雾，飞机推迟起飞。"

"那我就不能接你了。我有一个重要的会议要开，我是主持者，不能迟到。我让司机小王代我在机场接你，把你送回冰城。"

“我不认识他。”

“他会举着写着你名字的牌子。”

“好吧，你去忙你的吧。”

电话被挂断了，一阵盲音。周铁心想：我还没有糊涂到找不到家，不接我，我就回不去啦？笑话！年已八旬的他总觉得自己还是年富力强，心里还揣着青春年少时的梦，揣着他的白衣仙子和红衣女郎。

第十八章

当乌兰识破张国安和郑婉茹假怀孕的圈套后，人几乎要崩溃了，她开始整夜整夜地睡不着觉，在夜深人静时，她常呆呆地凝视着那张床头柜上的结婚照，内心充满了爱与恨。照片上的张国安那憨厚的微笑使她留恋，使她激动，她深深地爱着他。但那天张国安与郑婉茹的举动，让她恨得咬牙切齿，她一想起那一幕就知道，她掐指头盼他回归已成了泡影。潜意识告诉她，他不会回来了，她不愿接受这最后的结局。此时她拿起相框，取出相片，她要把它撕成两半，但就在她撕毁的那瞬间，似乎又有一个声音对她说："相信他！他会回来的！"于是那双手停止了，又把那照片装回相框内，并用纸巾擦拭着相框的玻璃，把它放回原处。她在极其矛盾中度过每一天。

每天上班，乌兰都拼命地工作，不让自己闲下来，因为一闲下来，张国安与那女人的傲慢就会出现在她面前。她一遍又一遍地告诉自己不去想，她沉默，沉默得不愿和任何人说话。

学校的教师们听说乌兰离婚已经半年了，反应是那么强烈，女教师们并不太惊讶，她们说："这是预料中的事，只是没想到离婚离得这么悄无声息。"

男教师们可就大吃一惊了，刚刚还是丈夫们的楷模，一转眼怎么就突然离了婚？太不可思议！这消息传到了周铁心老校长耳朵里，周铁心为之一惊：这么大的事，怎么不能跟我们这些老人们言语一声！什么事达到非离不可的程度？

他把乌兰找到办公室，问："为什么？什么原因？"

乌兰看着老校长，委屈得心里有点失控，禁不住落下了泪水："感情不和。"

"笑话！你俩还能感情不和，谁能信？谁不知道你俩是一对恩爱夫妻？"

乌兰不作声，只是默默地流泪。

老校长有点发怒了："纯粹是借口！是不是他背后有了别的女人？要是因为这个我找他，好好地教训教训这小子！"

乌兰摇摇头："老校长，没必要了，我也有责任，是我要离的，我引狼入室了。"

老校长无话可说，他同情乌兰，更了解乌兰的身世，叹道："怎么是这个命！"

老校长沉默了一会儿便安慰乌兰："也罢！看在翠翠

的份上，就是一个人也要好好活着。人间何处无芳草，随着时间推移，把他忘掉，等翠翠上了大学再走一步。"

乌兰点着头，但心里仍然在说："我就是忘不掉他。"

在学校无论谁问起这事，乌兰都不会把自己上当、钻进人家编好的圈套说出来，她太傻了！傻到家啦！她恨自己，是自己葬送了自己的婚姻，亲手毁掉了心中那份深情。

最难熬的是夜晚，黑色的夜幕像一块大石，挡住了她的去路，看不到尽头，也看不到方向，她在人生的路上迷茫。她不能入睡，靠着一遍遍的回忆强迫自己入睡，那些回忆里的她与现在的她形成了鲜明的对照，回忆里充满着欢乐，充满着幸福，也充满着苦涩……

十八岁那年，与阿妈高娃相依为命的她，高中毕业就被"H"军工厂招为学徒工。她心疼阿妈，那个把她抚养长大的蒙古族妈妈。自从阿爸为救小羊离开她娘俩后，阿妈不再放牧，结束了牧民生活。旗领导分配给她娘俩一套红色砖瓦的平房，房子不太大，可娘俩住着挺温馨的。

阿妈为了她上学，业余时间推起了冰棒车，不管春夏秋冬，也不管刮风下雪，走街串巷地卖冰棒、卖冰糖葫芦，很辛苦，乌兰看在眼里，疼在心上。她要找工作，替阿妈分担肩上的生活重担。于是在机会来的时候，她背着阿妈报名参加招工，她被录取了。

高娃听说后埋怨她为啥不完成学业，在阿妈的心里生活再难也要让乌兰读大学，可现在她却要去工作，高娃很生气，但当高娃听说"H"军工厂是全国负有盛名的大企业，生产国之重器，不是哪个人随便就能进去时，也为乌兰能到这个厂里工作而高兴。

她对乌兰说："你进这样的工厂，你阿爸在天之灵听说了会很高兴的。为你祝福，孩子！"

乌兰进了"H"厂，和她一起入厂的一百多人，年龄都在十七八岁。他们都是从四面八方经过严格政审才被录取的。办了入厂手续后，经过半个月厂规厂纪的教育被分配到了各个车间、各个工种。工种不同，学徒的时间也不同，简易工种一年半载就出徒了，但技术含量高的工种，需要三年才能出徒。乌兰学的是车工，是技术工种。

乌兰被分配到了六车间，六车间是个小件车间，专门生产火炮上用的螺钉、螺帽。别小看这螺钉、螺帽，它关乎着火炮的质量，关乎着使用火炮战士们的生命安全。

六车间的主任是位个头不高、面目严肃、眼睛硕大的中年男子，乍一看给人一种高深莫测、威严不可侵犯的感觉。当乌兰站在他面前时，他上下打量这位姑娘，又看了看厂部劳资处签发的调令，自言自语地说："蒙古族啊……"然后对身边的劳资员说："王师傅，这位姑娘叫啥来着……"大眼睛主任注视着乌兰反问道。

"乌兰其其格。"乌兰胆怯地回答。

"对！对！调令上写着，乌兰其其格……这眼睛，眼大漏神啊！"主任自我调侃着。然后接着说："这名字挺咬嘴的，就叫你乌兰吧。咱车间没有这样的名字。"

乌兰其其格从这天起便被简称为乌兰，车间的师傅们叫惯了，对于她的名字"其其格"都予以了忽略。

主任转身对王师傅嘱咐道："送乌兰姑娘到三班一六机床，让张国安带这个徒弟。"

"让她跟国安学徒？"劳资员王师傅有点不解。

"咋的！不行啊？"

"行！咋不行，你说了算，你是一把手，我只是想……"

"想什么想！怕他带不好啊？别忘了，他可是带过兵的人啊……"主任用大眼睛狠狠地瞪了王师傅一下。

"我是想，国安是把好手，技术精、手法快。他从未带过徒弟，他带了徒弟会不会影响咱车间的生产进度？"

"不会的！你呀，就是咸吃萝卜淡操心啊！我都放心，你咋还能提出这个问题啊？正因为他未带过徒弟，让他带一带，今后这带徒弟的任务有的是啊。"大眼睛主任扫视着王师傅和乌兰。

乌兰跟着劳资员王师傅来到了一台正在转动的机床旁，一位师傅正弯着腰，全神贯注地摇着车床的摇把，加工着一个个工件。

"张国安，你停一下，给你分配一个徒弟。"

"啥？徒弟？别开玩笑了！我哪能带徒弟？"张国安一边说，眼睛仍在飞速转动的工件上。

"已经来了。"

"让我带徒弟，大姑娘上轿头一回。"张国安调侃着，仍然在操作，"徒弟？男的，女的？"

"你转过身来就知道了。"

张国安把一个螺丝的扣挑完后，停下了机床。转身的那一刹那，乌兰才明白她要跟的师傅竟然是一个小伙，二十几岁，长方形的脸上还略带一点稚气，一对含情的眼睛镶嵌在高高的鼻梁上方。微黑的胡荐，显示着男人的阳刚，嘴角上带着甜甜的微笑。

"哦，女孩呀！"张国安不经意地溜出了口，口气里带着一种蔑视。

"我来介绍。"王师傅指着乌兰对张国安说，"她叫乌兰，啥了……"王师傅看着手上的调令接着说，"乌兰其其格，今后是你的徒弟，好生带人家。"

乌兰很有礼貌地向张国安鞠了一躬："就叫我乌兰吧。"

这时张国安才回过味来，不是开玩笑，感情真的要带徒弟了。他赶忙捡起一块抹布擦擦手上的油污，伸出手说："认识一下，张国安，叫我张师傅也行，叫名字也可。"

乌兰握了一下张国安的手，便认下了张国安这个师傅。

刚开始，张国安对这个女徒弟还很拘谨，不知道该从哪教起，毕竟是个女孩，他必须持重。他还从来没有和女孩打过交道。

乌兰也很谨慎，不知道自己该干些啥，傻呆呆地站在师父的身旁，看着张国安的手，那只手麻利地转动着车床轨道上的方形刀架和磨得发亮的摇把，在他的操纵下车刀在飞旋的工件上像削泥似的，把那坚硬的合金棒一个个切下来，铁屑打成卷像长龙一样冒着烟滚动着掉在机床的下方。

乌兰很好奇，试图用手去摸，张国安一把抓住她的手："可不能摸，会把你的手烧煳的，傻丫头。"张国安极其严肃地阻止了乌兰的盲动。他第一次主动抓住女孩子的手，柔柔的、软软的。

乌兰上班三天了，每天除了给师傅打洗手水、扫扫地、擦擦工作台，就一直站着看师傅干活。

张国安一直忙于生产，在他的意识里完成生产任务是第一位的，教徒弟嘛，等任务完成了再说。

第四天一上班，张国安开始给乌兰上课，第一课就讲安全生产。他要求乌兰进车间就必须把那长发塞进工作帽中，这是必须遵守的一条基本规定。他告诉乌兰："长发很危险，不小心会绞进高速旋转着的卡盘里，就会出人命。"

在他的一再强调下，乌兰狠狠心把留了多年的长发割舍掉，在剪发的那一瞬，她眼里浸满了泪水，她的长发是阿爸生前最喜欢抚摸的，那上面留着父亲爱的痕迹。今天为了安全，她必须按照师傅的要求把它剪掉。她很不情愿，也很心疼。她把剪下的长发拢好，小心翼翼地用红布包好。她心里告诉自己：这包里包的不仅是剪下的头发，也是父亲对女儿的爱。

剪完头发后的一天，师傅便给乌兰讲解机床构造和作用，什么卡盘卡工件，刀架必须有车刀，怎样进刀，怎样退刀，电的开关，摇把的使用，还有认识一些量具、量尺、卡尺……最后落到了如何看图纸，乌兰认真地听，认真地记……

第三课便是实际操作，张国安让乌兰站在踏板上学着开动机床，乌兰胆怯，心有点慌，手有点抖，不知道该摸哪、不该摸哪。

张国安便站在她的身后，手把着她的手教她按电钮、开车停车，教她怎样把磨好的刀上在刀架上，怎样摇动摇把，怎样把待加工的材料卡到卡盘上……

张国安站在乌兰背后，高大的身躯包裹了乌兰，第一次这么近距离地贴近一个女孩子，张国安心里有点忐忑。

乌兰在师傅手把手地教授下，感到有一种力量，这力量使她胆子开始变大……

在张国安的精心教授下，乌兰很快学会了使用一六机床，在师傅的照看下，渐渐地能加工一些极简单的工件，她进步很快。

张国安见徒弟这么机灵，悟性又强，很是高兴，不久便让她独立操作，张国安只是站在旁边指导。

"咔——咔——"一阵怪声震动了全车间，一场事故即将发生：乌兰在挑螺丝扣时，竟忘了及时退刀，快速推进的刀架撞到了飞速旋转的卡盘上，乌兰慌了，竟不知该咋办。就在这一刹那，张国安一个箭步冲到机床开关前，按下了停车的按钮，高速运转的卡盘停了下来，免除了一场大事故。

乌兰脸都吓白了，手也抖了起来。

张国安那张带笑的嘴角变了形，愤怒地、毫不讲情面地、劈头盖脸地训斥乌兰："咋搞的！干活不能走神！净想啥啦？一个零件废了，那是浪费，一台机床废了那就是大损失，不懂吗？干活就要有干活的样！一边待着去！"

乌兰真有点委屈，她没有走神，也没有想别的，只是不知道是咋的了，心慌意乱，手也不听使唤，竟忘了及时退刀。她眼含热泪，低着头，站到一边，惊魂的一幕使她感谢师傅，也在心里骂自己："咋这么笨！给师傅丢脸！"也许真有第六感应，这一天她真的是心神不宁。就在这天晚上，她接到了来自呼伦贝尔草原的长途电话。

"喂！乌兰其其格吗？我是你家邻居郝妈妈，你在听吗？"

"是我，郝妈妈，有事吗？"

"你阿妈高娃住院了，她病了，很重！正在旗人民医院抢救！"

这句话吓坏了乌兰，她没有迟疑，跟师傅请了假，坐上当夜的火车往家赶。

在火车上她想起了在离家前就已经发现阿妈高娃每天夜晚都会咳个不停，有时还大口大口地喘气。她曾劝阿妈到医院去做个检查，可阿妈执意不肯去，并一再安慰她："没事的，我的乖乖女，就是白天凉着啦，暖和暖和、歇歇就好啦。"

十七八岁的乌兰不懂得人会得病，得了病就会死亡，况且阿妈的身体一向很好，一时的不舒服会慢慢好起来。可现在竟然住了院，还在抢救，这让她焦急万分，她的心在催："火车呀，你能不能快点……"

乌兰坐了一夜的火车终于到家了，温馨的小院子里空荡荡的，没有阿妈的身影。以往只要她从外面回来，阿妈总是笑哈哈地站在大门口迎接她，冬天会不住地问她："冷没冷？饿没饿？赶快进屋！"夏天阿妈会拿着一瓶水、一条毛巾，一边给她擦着脸上的汗，一边把水递给她，催她喝"解解渴！"而现在只有停放在院子里的那辆阿妈常推的冰棒车默默地迎接着她。她放下背包，急匆匆赶往旗人民医院，郝大妈和一些邻居坐在重症监护室门前，见乌兰回来了，都站起来围上去："丫头，你可回来了！你妈在抢救！"

乌兰不顾人们的阻拦要冲进监护室，被一个从监护室内出来的护士拦住："你是谁？"

"我阿妈咋样了？"

"你是乌兰其其格吧？"

乌兰点点头。

"她病得很重！一直在念叨你的名字，在等你！进去吧！"

"阿姨，我阿妈是什么病？"

"肺气肿引起的肺细胞大面积死亡，导致心肺衰竭。"

"能治好吗？阿姨，求你救救我阿妈吧！"

"很难说，这要看上天的意愿了。"

乌兰强忍着内心的苦痛，平抚了一下情绪，扑进了那间多少亡人曾经待过的地方。她扑到阿妈的床前，只见阿妈嘴角上罩着氧气罩，手上脚上扎满了输液针，不同颜色的药水一滴一滴地滴进妈妈的血管里。

乌兰轻声地喊着："阿妈，我回来了，你的乖乖宝回来了……"乌兰的脸上挂满了泪水。

高娃似乎听到了女儿的喊声，微微睁开双眼，眼角流出一行泪珠。她示意护士把氧气罩摘下来，她有话要对女儿说。护士无奈，轻轻地拿下罩在她面部的那个救命的罩子，留下两条通气管插在高娃的鼻孔中。

高娃大喘着气，用手拉住乌兰的手，很吃力、很吃力地对乌兰说："乖乖女，阿妈要去找你阿爸了……阿妈必须告诉……你……一个秘密……"高娃停顿了一会，歇了歇，又断断续续地一个字一个字地说："你……不……是……我们的……亲生……女儿……"

听了这句话，乌兰顿时懵了，觉得太不可思议："阿妈，你是不是糊涂了？我是你从小到大都挂在嘴上的'乖乖宝'，怎么能不是你亲生的女儿？"她转过身问护士："我阿妈是不是在说胡话？"

护士听到这句话也很吃惊，摇摇头不置可否。

高娃在半昏迷半清醒中大喘着气，又断断续续地告诉乌兰："这是咱家……最大的……秘密……和你阿……爸约定……等你成家了……再告诉你……你阿爸走了……我也要去了……不说……就来……不及了……"高娃说得上气不接下气，她示意乌兰从她枕头底下取出一个用红绸布包着的东西。乌兰取出后打开一看，是一把极其精致的"百岁锁"，银质的锁上印制着龙凤呈祥的花纹，锁的背后刻着"60.8.13"。这把锁乌兰并不陌生，她记得小时候曾经戴过，只是后来长大了，阿妈便把它收了起来。那上面的日期就是她的生日。

高娃极其吃力地告诉乌兰："它是……你……父母留……给你的……信物……去找……"

高娃话还没有说完就昏了过去，护士赶紧把那充满氧气的罩子重新戴在高娃的脸上。

乌兰看着那把锁，说什么也不相信："阿妈呀，不是的，我是你的亲生女儿，是你唯一的亲人……你就是我的亲阿妈！我就是您的乖乖宝！这把锁是阿爸阿妈给女儿的，和别人没关系！"乌兰趴在妈妈的身上哭诉着。

高娃眼角流出了一行泪水，再也没有醒来。

乌兰在阿妈的床边号啕大哭，呼喊着："妈妈呀，你不能走，你走了让女儿咋办……"

护士告诉她："你阿妈一直在等你，那种等女儿的心支撑着她熬到今天，否则她早就不行了……"

护士们拔下了插在高娃身上的各种管子，摘下那个曾经延续高娃生命的氧气罩。一床白色的被单盖在了高娃那带泪的遗体上。

高娃走了，去找她亲爱的丈夫宋北方，留下了孤苦伶仃的乌兰。乌兰悲痛到了极点，她伏在高娃的遗体上捶胸顿足："阿妈呀，你快睁眼看看你的乖乖宝！你是我的好阿妈呀！女儿不能没有你……"

肝肠欲断的乌兰死死地拽着护士，不让她把高娃遗体抬走："别动她！阿妈睡了，她太累了……"

　　乌兰很无助、很孤独，只知道不停地流泪，一个劲地哭泣，似乎要把体内所有的泪水全部流出来。

　　居民委员会的大叔大妈们帮助乌兰把阿妈安葬在丈夫宋北方的身边。乌兰跪在阿爸阿妈的坟前，长跪不起："阿爸、阿妈，你们就是我的亲生父母，不管你们说的是真是假，我都不相信！我就知道我是你们唯一的亲生女儿，我是在你们的怀里长大的……"

　　乌兰心里充满了失落，充满了爱，充满了恨！常说妈妈在，就有家，现在在毫无防备下，妈妈走了，家就在一夜间没了，她真的成了孤儿！她脑海里猛然又响起了阿爸牺牲后第七天那个离奇的梦，在梦里阿爸那么认真地告诉她："你不是我们的亲生女儿！"这和阿妈的临终遗言怎么这么吻合，难道这梦是真的？她开始怀疑自己的身世，但她清楚地知道是阿爸阿妈把她培养大，她是阿爸阿妈心里的宝贝，在阿爸阿妈的怀抱里她无比幸福，她心里深深地爱他们、感恩他们！她也恨，恨那未曾见过面的所谓生身父母，他们竟把她一个鲜活的生命丢弃，这是什么父母，这世上还有这样狠心的父母吗？她不相信。如果阿爸阿妈说的是真的，她为自己悲哀，一降生就被人抛弃：既然不想要我，为什么又要生我，恨！发自内心的恨！今生不会去找他们！她心里只有阿爸和阿妈。

　　乌兰在邻居们的帮助下处理完阿妈的丧事，变卖了所有的家居，并把旗里分给她家的那套小房交回旗里。旗党委书记，那位德高望重的老领导把乌兰叫到办公室，很郑重地对她说："孩子，节哀！你应该知道了，你不是草原上的孩子，真的不是你阿爸阿妈亲生的女儿！你是国家孤儿！"

　　乌兰听到"国家孤儿"这个从未听说过的词，惊呆了。

　　"那我究竟是谁家的孩子？我从哪儿来？"

　　"不知道，我只能告诉你，你出生在祖国最艰难的年代，一九六〇年，大饥饿席卷全国，有的地方还死了人。国家把一些弃婴送到了我们内蒙古，由我们蒙古族的兄弟姐妹来抚养，因为草原有牛、有羊，这些不幸的孩子由羊奶、牛奶养大，你就是其中一个。"

　　"那我的亲生父母是谁？他们在哪里？"

　　"真的不知道！那把银锁是你父母留给你的唯一信物，拿着它说不定有一天你会找到他们。"老书记语重心长地说。

　　乌兰听罢，默默流泪，原来自己的身世这么不幸。

　　书记大叔又很亲切地说："不管怎样，你是在草原长大的，到啥时候你都是我们草原的女儿。你阿爸阿妈不在了，我的家就是你的家！逢年过节回家来，你就是我的女儿……"

老书记的深情使乌兰热泪盈眶，她顿时又有了一种有家的感觉："老书记说得对，草原就是我的家！我永远是草原的女儿！"乌兰向老书记诉说着内心的认可，鞠躬感谢。

第十九章

　　乌兰回厂的第二天，戴着重孝出现在车间，师傅们互相询问着："乌兰家谁没了？"

　　"不知道，没听说。"

　　"看她在右胳膊上戴的孝，八成是妈没了……"

　　也有几个好奇心很重的师傅围着乌兰关切地问："看样子是你妈出事了？"

　　乌兰点点头。

　　"啥病呀？"

　　"肺气肿。"

　　"现在肺病还能死人吗？不是医院误诊了吧？"

　　乌兰摇摇头。

　　另一位女师傅插嘴说："别让乌兰吃后悔药了，人死不能复活，丫头别太难过……"

　　师傅们关切地安慰着乌兰。师傅们的询问让乌兰越发伤心，竟不自主地流下了眼泪。此时她的师傅张国安对围着乌兰的工友们发着命令："干活了！干活了！不

220

要再问啦！"

　　师傅们离去了，剩下张国安面对满脸泪痕的乌兰，他递给她一条毛巾让她把泪水擦干，并柔和地劝慰："你很难过，我很理解！但这是车间，控制自己，节哀吧！"他这么一说，乌兰哭得更厉害了，眼泪像泉水往外涌。她拿着毛巾一个劲地擦，可怎么也擦不净……

　　张国安很无奈，便对乌兰说："我去给你请个假休息几天，等你心情平静下来再上班。"说着他要去车间办公室。

　　乌兰拉住张国安："师傅，不用了！上班还能分散对阿爸阿妈的思念，我真的接受不了他们都离开了我……"

　　"那好吧！你就努力干活，但注意安全！"

　　阿妈走了，乌兰总觉得她仍然在自己身边，白天跟随她去上班，夜晚陪着她入眠。乌兰一闭上眼，就能看见阿妈给她穿上崭新的蒙古袍，瞅着她微笑，赞叹道："我的女儿是仙女下到草原，感谢上天……"

　　乌兰常常在睡梦里回到童年，童年的她不知啥叫愁啥叫忧，阿爸常常抱着她亲吻，硬硬的胡茬扎得她痒痒的，她会嚷着："坏阿爸，坏阿爸……"此时阿爸阿妈会笑个不停，小小的蒙古包里充满了歌声、笑声，好一个温馨幸福的家呀！

　　蒙古包里手把肉的香、奶油茶的甜、阿爸洪钟般的笑声、阿妈清脆的歌声深深地刻进了她的骨子里，印在了她的心灵中，成了她永远的记忆。

有一次她放学回家，碰上了阿妈刚刚放下冰棒车，她第一次看见阿妈那冻红的脸，脸上的霜花，眉毛上的冰花，还有那双戴着棉手套的手是那样冰冷……

乌兰放下书包，一个劲地替阿妈搓手："阿妈，天这么冷，咱不卖了。"

"傻孩子，你看妈妈这一天的收入够咱娘俩一个星期的生活。"高娃一边说，一边从那件围裙式的衣兜里掏出一堆零钱，"闺女，快帮妈妈数一数。"

乌兰把阿妈掏出的五分的、一毛的、两毛的，还有无数个一分两分的钢镚一一摞起来。

高娃看着乌兰在数钱，说："妈妈再卖几年冰棒攒点钱，供你上大学，再多攒点给你准备嫁妆，好把你风风光光地嫁出去，到那时阿妈就完成任务了。"阿妈说着咯咯地笑了。

"我不嫁，我永远陪着阿妈，做您的小棉袄。"

娘俩的这一幕，自从阿妈走后，越来越清晰地浮现在乌兰的面前，永远抹不去。

乌兰不能静，她一旦静下来，眼前全是阿爸阿妈的面容。她在阿爸肩上傻笑，她在阿妈怀里撒娇，阿爸带她在马背上狂跑，阿妈领着她在草原上跳舞唱歌……一幕幕占领了她的大脑。

　　乌兰虽然每天照常上下班，但她那勉强微笑的脸让张国安看出了她的哀伤、她的失落、她内心的痛苦。是呀，一个刚刚走向社会的女孩，突然没了疼她爱她的父母，没有了至亲至爱的亲人，心灵的创伤就会像这旋转的工件，拨了一层又一层，她会很疼，这痛不是一时半会儿就能忘掉的。

　　张国安意识到作为师傅，他有责任帮助她走出失去亲人的阴影。

　　张国安除了工作上照顾乌兰，业余时间也开始关注这个失去亲人的徒弟。在那个连看电影都一票难求的岁月，他托人、找关系、付重金去购买两张电影票，业余时间拉着乌兰出入在电影院里，《地道战》《南征北战》《英雄儿女》《智取威虎山》……当《小花》刚刚上演时，人们争着抢着排着长队淘得一张电影票。张国安为了让乌兰能尽早看到这部影片，竟然不顾一天工作的劳累，在早上三点钟就站在电影院售票口排队。当坐在影院座位上的乌兰听到《妹妹找哥泪花流》的歌曲时，她激动地流下了眼泪："妹妹可以千难万险去找哥哥，可我乌兰上哪去找我的生父生母？我有哥哥吗？"她内心拷问着自己。也许是歌曲的深情，也许是触动了她内心的苦痛，她竟不顾周围的观众抽泣起来。

　　张国安不知道乌兰为啥如此激动，悄悄地带着一点训斥："哎，哎，电影院，注意影响！"他掏出手帕递给乌兰，替她擦去眼泪，这动作平常细微，但乌兰感觉到了一种温暖、一种安慰，她止住了哭泣："没事！真的没事！"

电影散场后，张国安问乌兰："看电影咋还看哭了呢？没出息！"

"小花的命运虽然惨，但还有个哥哥找，可我呢？连个哥都没有！"

张国安拍拍她的肩头调侃地说："你不用找，哥哥就在你身边，今后你就把我，把车间里比你大的小青年都当成哥哥！比小花有福气……"

"那不一样！"

"咋不一样？"

"没有血缘关系！"

"咋没有血缘关系，都是中华儿女，都是炎黄子孙！"两个人说着逗着离开了电影院。

除了看电影，张国安每天早上都会约上乌兰到厂子旁边的小花园里跑步、打羽毛球，然后再到食堂吃早餐，或者到旁边的小饭店买上两根油条、两杯豆浆或者两碗豆腐脑，面对面吃着。早餐虽然简单，但两个人吃得都很香。

张国安动了很多脑筋，他利用自己是党支部青年委员的身份，组织车间团支部的全体团员星期天去郊游，这事迎合了青年人的心意，他们骑着自行车浩浩荡荡地来到郊区嫩水边的草地上，在阳光下跳集体舞，吃野餐，朗诵革命诗词，唱当时的流行歌曲，做各种游戏，如文字接龙、击鼓传花……组织这些活动，张国安的目的只有一个，增强乌兰的集体感，减少她对已去世亲人的思念，让她在这个火热的集体里不孤单，有一种家的感觉。

在张国安的精心安排下，乌兰渐渐地从失去亲人的痛苦中走出来，车间里上百号的师傅们、师兄师弟们都是自己的家人，车间就是自己的家。她有了归属感，渐渐地也活跃起来，脸上重现了诱人的笑容。

在一次闲聊中乌兰向张国安敞开了藏在心里的秘密，她告诉张国安："阿爸阿妈不是我亲生父母，我还有爸妈。"

这话一出口着实让张国安吃了一惊，他用诧异的眼神注视着乌兰："你说什么？你还有爸妈？"

"是的，我不是蒙古族人，但是蒙古族的爸妈把我养大。"

"那你的父母呢？我说的是亲生父母！"

"不知道，也许还有兄弟姐妹，可我不知道他们在什么地方。"

张国安似乎明白了，原来乌兰是个弃儿，她的身世让他太意外了，他不知道乌兰的身世背后还有多少不为人知的秘密。他更加同情和怜悯这个女孩，他在心里叹息着："可怜的小妹妹！"

"他们为什么抛弃你？"

"不知道，一切都是未知数。我曾为我是草原的女儿而自豪，为有一个英雄的阿爸、善良的阿妈而骄傲，直到阿妈去世前我才知道我是他们的养女……"

"那你怎么办？还去找亲生父母吗？"

"不，不了！他们既然不要我，我何必再去找没趣呢？再说啦，也没处去找……"乌兰停顿了一下，她感到很无奈，语气中充满了一种怨恨。然后她又深情地说："我是国家把我送到大草原的！草原的爸妈养育了我，他们就是我的亲爸亲妈！"

乌兰把自己的秘密和想法毫无保留地告诉了张国安，张国安很有感触，同是天涯沦落人，一种同命相连的感觉使他更加心疼眼前的小妹妹。

张国安自小没了母亲，是父亲和哥哥把他拉扯大的。十六岁那年他考入了技工学校，毕业后参加了工作，成了一名车工，二十岁他服兵役成了中国人民解放军的一员，在部队他入了党，当了班长，带了两年兵，然后转业又回到了他工作过的军工厂。在他服兵役期间，父亲因多年劳累重病卧床，是哥哥为父亲送终的，那时他在部队执行任务，当他赶回家时，父亲已不会说话，只是瞪着大眼睛看着他，眼角涌出一滴泪水，父亲走了。从未哭过的他，趴在父亲身上哭出声来。

父亲离世，哥哥结了婚。当张国安再回到家时，嫂子成了这个家的女主人。

嫂子怪癖，容不得人，也许是家里的房子太小，有一个小叔子在家碍事，打扰了哥嫂的二人生活，嫂子对他横挑鼻子竖挑眼，无奈之下，他搬进了职工单身宿舍，除了过年过节礼节性地回家看看哥哥，平时极少再走进他长大的地方。

张国安听了乌兰的身世，觉得两人都是无家可归的人，他很理解乌兰盼亲人的心情，他安慰乌兰："你是我的徒弟，更是我的亲妹妹。从今以后你不再孤单了，我就是你的亲哥哥，有啥难事跟哥说。"

这以后，张国安真的把乌兰当作亲妹妹来照顾和保护。

渐渐地乌兰发现自己越来越依赖张国安，越来越离不开这个"师傅"、这个"哥哥"，遇到了困难她会主动跟这个"哥"说，受了欺负她会跟"哥"诉苦，有了好事第一个报喜的还是这个"哥"……总之她的喜怒哀乐无一不对这个"哥"诉说，这个"哥"成了精神支柱，成了她生活中的主导。

她还发现自己在蜕变，一种奇怪的情绪包围着她。她变得特别喜欢看师傅的每一个动作，开机床、按电钮、摇摇把、麻利地加工每一个零件，甚至连师傅走路时挺拔的身段，都让她心里有一种甜味。即使师傅发了脾气，严肃的面容，说一两句脏话，她都有一种惬意的享受。她太喜欢了！她的眼睛常常离不开师傅，她更希望师傅站在她面前看着她，吩咐她干这干那，那是一种幸福。师傅只要有片刻离开她的视线，她那颗青春的心就好像被人偷去了，空落落的没有着落，她不知道这种感觉叫什么，是一种什么感情，她只想须臾都不离开师傅。

每到夜晚，乌兰躺在床上，钻进暖融融的被窝里，她都会想一遍一天来师傅的每一个动作，每一个眼神，每一次笑，每一次怒，这样她心里才安宁，才能在那说不清道不明的享受中入睡。

自从张国安听了乌兰的身世，从心底疼她，他真的把她当作亲妹妹，关心她的身体，关心她的冷暖，甚至连乌兰的每一次生理期他都会悄悄地买来镇痛药放到乌兰的背包里。天大冷时他发现乌兰没有厚衣服，便会悄无声息地跑到商场，不惜高价为乌兰买一套女孩子喜欢的新式羽绒服送给乌兰。天热了，他会买来一台小风扇送到乌兰的寝室，安放在她的床头，使乌兰在炎热的夏天能舒服地入睡……他时时地把她放在心上，他常常问自己这是为什么？为什么会这样疼爱一个女孩？他的理智也曾不止一次地提醒他，她只是自己的妹妹、徒弟，不能有非分之想，更不能超越雷池一步……

然而一切感情的发生都不是哪个人能掌控得了的，日久生情是自然规律，人间的感情就是这么怪，情为何物，来时让人不知不觉，生死相许，这才会有老夫娶少女为妻、老妇嫁给小伙为媳，何况一对正值风华正茂的孤男寡女……

　　他们相爱了，那爱、那情像草原上的小草在他们各自的心田里悄悄地、偷偷地生根发芽，谁也没有向谁表露，谁也没有说得那么直白，可两个人的心里都清清楚楚，直到那个夜班下班时的那一幕被发现，这层纸才被戳穿，他俩真的把师徒关系变成了恋人关系。

　　一个初夏的夜班，时钟走过了凌晨一点，到了下班时间，轰鸣的车间瞬时安静了下来，忙碌了大半夜的师徒们纷纷脱掉工作服，在清凉的洗手盆里洗去手上的油污，三五成群地说着笑着逗着，匆匆忙忙离开车间，离开厂区，回到各自温暖的家……

　　喧嚣的车间沉寂下来，值班的老王师傅借着手电筒微弱的光，巡视着车间的每一个角落，这是值班者的惯例，在确认一切都安全了，方能回到值班室眯上一觉。

　　王师傅一个机床一个机床地检查着，猛然间他发现张国安师徒的一六车床依然亮着灯，他摇摇头嘟囔着："这小子，想啥了，忙着走，灯都没关。"他一个箭步走上脚踏板，"咔嚓"一下关掉了车床的车灯。就在他关灯的一刹那，灯光里映出了四只脚，那四只脚是从张国安硕大的工具箱里伸出来的。王师傅用手电筒照了照那工具箱的门，门没有上锁，他轻轻地打开那虚掩着的门，一幅从未见过的画面让他大为吃惊，工具箱内坐着两个人，乌兰和她的师傅张国安。此时的乌兰靠在张国安的肩头睡着了，张国安一只手搂着乌兰的腰，歪着头贴在乌兰那细腻的脸庞上也进入了梦乡，师徒二人对王师傅的到来没有一点感觉。

王师傅对眼前这一幕明白了大半，他又好气又好笑道："哎，哎，别睡了！下班了！"他很生气地叫醒了睡梦中的两个人。

乌兰睁开眼，揉了揉惺忪的睡眼，看到王师傅那生气发怒的脸，不好意思地低下头，推开张国安那只搂着她的手，站起身来去洗手换衣……

张国安在王师傅的吆喝下醒过来，不好意思地看着王师傅："活早干完了，有点困……"他语无伦次地给王师傅解释着，毕竟上班时间，打瞌睡是不应该发生的，况且还搂着徒弟，太难堪了。

王师傅说："太不像话！谈情说爱也不挑个时间、地点。"

第二天，"工具箱里的热恋"在车间里悄悄地传播着。

月末了，一个季度结束了，生产总结大会将在车间会议室里召开，这是个惯例。全车间的师徒们说着、笑着、打着、闹着，陆陆续续来到了会议室。开会前那位号称"活宝"的尹师傅又开始了他的讲演。

"活宝"本名尹玉林，因为他经常给大伙讲一些荤段子，逗大伙乐，有人给他起外号"活宝"。

活宝，人长得有点对不起社会，个子不高，一副似猴非猴的小脸，一双眯眯眼，一说话小嘴一翘一翘的，年过四十了还孤身一人，就因为那长相，吓跑了许多姑娘。虽然他没有一副帅气的外貌，可口齿特别伶俐，讲个故事、说个笑话还是车间的一把手。

他消息灵通，不知从哪搜集来的工厂、社会上的一些八卦之事，经他一讲还真挺吸引人的。每逢车间职工大会召开之前，工人们总要他讲上一段近期的逸闻趣事：甭管是真是假，说得有滋有味，逗得大伙哈哈大笑。

有人逗他："尹师傅，你不是当工人的料，你应该去曲艺团，白瞎你这口才了。"

也有人说："你要是上台，不用开口就会吓跑了一批观众。"人们常常拿他开涮。

这不，车间大会还没开，活宝又打开了话匣子，他向工友们提问："你们知道八车间那位工会主席吗？"

"知道！不就是号称'神仙'的那位吗？"

"咋啦？"有人直接追问了一句。

"咋了？可出大事了！"活宝小眼一眨吧，小嘴一翘，故弄玄虚地拉着长音说着，吸引了工友们的注意。

"出啥事了？快说！"

"我说了你们不允许笑……"活宝每次讲故事都会给你一个悬念，实际上他很希望大家都笑。大家笑了，他真的开心啦。

"别啰唆！那'神仙'咋了？"有人等不及了。

"咳！咳！"活宝咳了两下，清清嗓子，插着腰，学着"神仙"讲话的样子，"工友们，同志们！"他停顿了一下，"计划生育是当今国策，是头等大事！车间让我抓计划生育工作，我下去一摸，可不得了，有的女职工……这都和我有关……"

"和他有关？莫非他……"头脑反应快的人说了一句，人们才醒过味来。

"神仙还真神，怎么到处撒种呀！还要生无数个小神仙不成？"

"哈哈……"与会的工友们大笑。

活宝没有笑，接着很严肃地说："你们猜！"这话一出口，神仙自己也觉得不对劲，便急忙改口："不！不！是与我有关的都……"这下子可炸了锅，开始还懵着的女工们可不干了，集体起来把神仙按在地上，扒他裤子，打他屁股。活宝又停顿了一下，卖了一个关子，看大家的反应。

"快往下说。"

活宝看工友们焦急的样子很开心，眨吧眨吧小眼睛扫视了一下工友们，接着说下文："神仙作揖求饶'我错了！我错了！是与我思想工作没做好有关'……"

"咋的，这讲话还带省略的？大喘气呀！"

"哈 —— 哈 ——"工友都笑了。

正说着，猛然有人说："大眼贼来了。"热闹非凡的会议室立马安静下来。

车间主任姓汪，由于长着一双硕大的眼睛，职工们背后悄悄叫他"大眼贼"，也有的叫他"大眼瞪"，总之他的这双眼睛成了他的身份密码，成了他的主任的代号。

大眼睛主任走进会议室摆着手，招呼道："静一静，别闹了，现在要开会啦。"

职工们安静下来，关于八车间有无此事，没有人再去关心它，人们只不过是说说、笑笑、闹闹，挺开心的，就得了。

大眼睛主任咳了两声便开始讲话了："同志们，啊！今天这个车间大会有两个议题跟大伙说啊，一是上半年已过去了啊，总结前季度生产任务完成情况啊；二是布置下季度生产任务，啊！"主任讲话有个特点，每一句后面总爱带上一个"啊"字，这已成了他讲话的习惯，职工们也就耳熟于心，没有人在意这个"啊"字说明啥，但也有好奇的小青年，每次听主任讲话，悄悄地数着他能讲多少个"啊"。

主任讲完两项议题，用大眼睛扫视了在座的所有职工，随口问了一句："今天有没有没到会的啊？"

"都到了，除了三名病号外！"劳资员回答道。

"那我可就言归正传了啊！上季度在全车间师傅们的努力下啊，超额完成了生产任务啊。我们车间受到了厂部的表扬啊，我脸上很有光啊！坐在厂部会议室开会啊，我那个心美的啊，没法说啊！"大眼睛主任停了停，脸上洋溢着一种自豪，"这些成绩啊，都是在座各位师傅们的功劳啊！在这里我感谢大家，表扬大家啊！"大眼睛主任说完了，给全体职工行鞠躬礼。

"光口头表扬算啥？来点实惠的！"有人插了一嘴。

"有人说来点实惠的，咱就来点实惠的啊！告诉大家，厂部财务处按照厂部的嘉奖令为我们车间拨发了奖金啊！开天辟地啊，叫作大姑娘上轿头一回啊！虽然不多，但是那个意思啊！再说咱们车间的师傅们个个觉悟都很高啊，完成任务也不是为了奖金啊！你们说是不是啊？"

"是。"几个小青年有气无力地回答。

"虽然奖金不多，除了请假的、病休的、有特殊情况的，人人有份啊！"

一片掌声。

大眼睛主任又摆摆手，示意大伙静下来，然后脸一板，没有了笑容，让所有的员工们摸不着头脑。

"三班一六车床张国安师徒，任务完成得超好啊！废品率为零啊！本应重奖啊，但是……啊！"主任话锋一转，极其严肃地宣布，"但是本季度取消张国安季度奖金三十元啊！同时取消本季度先进生产者称号啊！"

"嘘！这是那阵风啊？不公吧！"有人小声打抱不平。

"为啥呀？张师傅可是我们的榜样呀！"有人向大眼睛主任提出疑问。

"你们问为啥啊？他自己明白，不像话！竟敢在车间搂搂抱抱，搞上师徒恋啊！作为徒弟违反厂规啊，作为师傅不合伦理犯忌啊！鉴于上述原因，车间党支部会议决定，取消张国安先进生产者荣誉称号，罚本季度奖金三十元啊！"

有人悄声问那小青年："多少个'啊'啦？"

"一百三十多个啦，他说话就这样，习惯了。"

"噢，因为这事，多大点事呀，三十元没了，可惜！"

"可不是嘛！忍忍就过去了，人家出徒了，还管得着吗？"

"真是的，男大当婚，女大当嫁，快三十岁的人啦，找个媳妇也管……"

"还管啥呀！男欢女爱，正常，敢情他大眼贼结婚了，饱汉子不知饿汉子饥……"

"三十岁的光棍男，憋着呢！好不容易来个女徒弟，能放手吗？"

"两个人在车间都敢连搂带抱，那背后是不是已经睡了呀……"

……

人们你一嘴我一嘴地小声议论着，说啥的都有，一点小事放大成了男女作风问题。

张国安一声没吭，他很冷静地望着大眼贼，对车间的决定他不在乎，奖不奖励无所谓！对先进荣誉的丢失，他有点不爽，但一想到有了乌兰，什么荣誉不荣誉，都可丢到脑后的！相反他很感谢车间主任，是他当着全车间员工的面，撕下了蒙在两人之间的那张纸，说出了两个人心中都有，但两个人谁都没有说出口的情结。

他对乌兰一直以大哥哥与小妹妹相处，内心深处不时地涌现出一种疼爱，特别是夜晚，夜深人静时，有一种莫名的思念，这种思念常常搅得他难以入眠。他清楚，乌兰已经悄悄地走进了他心里，他知道自己动心了，但他一直恪守着师傅的尊严，从未表露出来。而今天主任以这种方式解开了他的心扉，替他把隐藏在心里的话间接地告诉了乌兰。他很痛快，更是高兴。

乌兰则不然，她听到人们的议论、主任的批评很是委屈，感到对不起师傅。她低着头，眼泪含在眼窝里，一声不吭，不断地摆弄着自己的手指头。她默默地埋怨自己：

咋就忘了厂里的规定，离出徒还有近一年时间，咋就不知不觉跌入到"男女关系"的坑里！对自己怎么批评、怎么评价她还没有去想，她只是觉得师傅因为自己被取消了先进称号，很对不起师傅，对不起心中的哥哥，对不起灵魂深处爱着的人……

会议还在继续着，主任开始布置下季度生产任务，他强调说："三季度是关键啊！我们现在生产的产品啊，是我厂最新研制的高性能、大口径远程自行火炮啊！是要在建国三十周年阅兵式上亮相天安门的啊！光荣吧？光荣啊！这个任务是必须完成的啊！再大的困难都要完成啊！别看我们车间生产的都是螺钉啊、螺帽啊，别看它小，没有它炮就打不响啊。那就是一堆零件啊，你们说是不是啊！"

"是！"这一声是震天动地。

"那咱们要加班加点超额啊、高质量啊，提前完成任务啊！能做到吗？啊！"

"能！那是必须的！""活宝"代表大家大声地回答。

"那好啊！我们提出一个口号啊，'铆足干劲加油干，完成任务把礼献'！"这回少有的没有带"啊"字。

一阵掌声，师傅们个个摩拳擦掌。

车间大会后，乌兰被调换了师傅，成了车间唯一一位五十多岁钟师傅的门徒，而钟师傅的徒弟成了张国安的新徒弟。不仅如此，张国安与乌兰的班次都变成了一个上白班，另一个一定是上夜班，两个人一周都难得见上一面，这是大眼睛主任的"良苦用心"。

乌兰见不着张国安，心里有些失落，也有点魂不守舍。钟师傅看在眼里，安慰她："搞对象不丑！男大要娶，女大要嫁，国安已三十岁的人啦，找个对象，成个家，顺理成章，大伙也盼着！别看大眼瞪讲得凶，心里不知道咋乐呢！他这个人在规矩面前是丝毫不差，别往心里去，该咋着还咋着，就是别明目张胆，给他上眼药……"

乌兰点点头，在钟师傅的暗示下，乌兰有了自己的主意，为了看到张国安，凡上白班下班时总要磨蹭一会找个借口晚点走，碰上上夜班的张国安，两个人会递个眼神，微微一笑，不说话，这笑容成了两个人心灵上的默恋。

第二十章

当飞机再次起飞时，周铁心突然有些焦虑和不安，一种不祥钻进了他的心里：乌兰随时都有危险，能否再见她最后一面，他都没有确切的答案。他第一次见到乌兰，还是他告别车间那天，匆匆一面，没有留下什么印象。

真正认识她还是那次学校招聘教师和工作人员的会上，一位二十八九岁的少妇站在他面前："乌兰其其格，来自六车间，二十八岁已婚……"

周铁心看着这位自报家门的少妇，有点面熟，特别是那个名字，他似乎觉得在哪听说过。他疑惑地看着这位蒙古族的少妇自语道："在哪见过你？"

"在我们车间，就是你去车间告别那天。"

"对！对！我想起来了！"周铁心想了想，看乌兰填写的申请表又说，"你的学历当老师肯定不行，你想干啥工作？"

"后勤，学校总要有人为教职工服务吧？我喜欢为他人服务！"

周铁心想：是呀，后勤是需要人，不止一个人，最少也要三个人，于是他在她的名下画了一个勾。

几天后，乌兰到学校报道，调入了后勤处。

要说与乌兰深交还是女儿琪琪，琪琪曾对他说："你们学校后勤处的乌兰其其格和我挺投缘，我认她干姐姐了，你就把她当作又一个女儿吧！"其实周铁心从乌兰调入那天就查看了她的档案，从乌兰档案的简单记载中发现她是个孤儿，是由蒙古族的兄弟抚养长大的汉族孩子。他的内心产生了一种怜悯，特别是听说她的养父母也先后过世，这个世界上已无亲人，他更加同情她，默默地把她当作自己的第二个女儿。

当周铁心知道乌兰和张国安是夫妻时，兴奋得不知说啥才好，他对乌兰说："有眼力，找了好丈夫。"

周铁心对张国安的赞誉还要从他初次接触说起。

在那个动荡的年代，周铁心被审查的日子里，一天下午，一位身着草绿色军装的年轻人，长方形的脸庞显示着一种独有的军人气质，不用猜他是一位复转军人，他那锐利的目光审视着周铁心，并向他宣布："周总，我是你专案组的组长张国安，刚刚复员回厂……"

张国安一声"周总"，让周铁心大吃一惊，这已是他久别的称呼。自从他因和同事在吃饭的饭桌上无意地说了句"这外行真不能领导内行"，便被戴上了一顶压了他十几年的右派帽子，使他离开了火炮设计总工程师的职位，下放到车间劳动改造。从此后没有人敢这么称呼他，车间的工人们都叫他"老周"或"周师傅"。工人们的称呼让他觉得更亲切更舒服。在他的哲学里，当工人也好，当工程师也罢，都是为了一个目标：生产更多先进的重型火炮。那是为国家，他不在乎叫他什么。

今天，这个大胆的年轻人还是这么叫他久违的职称，他心里真有点受宠若惊。从他出事以后，他好像是从山峰跌入到了谷底，就连他的老同学彭世清见着他都要退避三舍，装着不认识，只有他的爱人向静菇陪伴着他，安慰着他："我相信你，你是被冤枉的，是非总有一天会弄清的！"

小伙直言对他说："周总，你是我们厂生产出重型火炮的功臣，全厂职工都不会忘记，说你反党反社会主义，我不相信！其实全厂的工人师傅也不相信！你虽然出生在资产阶级家庭，但你母亲是下人，被压迫的对象，她含冤而死。你在那个家里是被歧视的，因为你聪明，你父亲才让你上了大学。他要带你去台湾，你拒绝了他，和那个家庭划清了界限，这些档案中是记得清清楚楚的。"然后张国安一转话题："人无完人，你要实事求是、有一说一，不要随便给自己戴莫须有的帽子，不要瞎编故事，要相信组织！"

周铁心没想到张国安这个年轻人这样耿直、坦诚，对他如此了解，不愧是在部队受过教育的。他说出了自己内心深处的委屈，因此他对这个年轻人刮目相看，就是这次初识的正直，让他记住了张国安的名字。

几年后周铁心恢复了名誉，重返了技术岗位。但工作已不是设计火炮，而是要他组建一所职工高等学校，教学生们设计火炮，为周边几个兵工厂培养技术人才，解决当时技术人才严重缺失的局面。那位刚刚恢复工作的老于书记找他谈了话："部里批准我们建一所职工院校，就叫'兵器工业职工大学'，经组织上研究部里批准，由你牵头，你有意见吗？"

周铁心沉思着没有立即回答，他的意愿是重新回到研制火炮的岗位，这是他盼望已久的事。他不知道自己怎么就迷上了大炮，即使在失意之时也没放下对先进火炮的研究与思考，他订阅了各种关于现代武器装备的刊物，关注着西方国家装甲武器的发展信息。他对火炮的自动化程度和射程的提高都有自己的想法，盼望着有一天能把这些想法付诸实践。

现在机会来了，组织上却让他去教书育人，办职工教育，这对他来说想都没想过。能否办好他心里没底。

"教育这事，没干过。"

于书记笑了："没干过才干，什么事都不是学会再干，边学边干吗？凭你的技术、实践经验加上在军工战线上的影响力，组织上觉得干这件事非你莫属！"

周铁心思索着：是呀，教育是基础，是百年树人的不朽的伟业。这件事办好了功在当代，利在千秋！但他没有把握，怕自己干不好。

"我能行吗？"

"行！准行！这点事难不倒你。"

"既然组织上信任我，那我就试试。"

"不是'试试'，是一定能干好。"

周铁心接下了这项任务。

学校建成后，招收的第一批学员中就有张国安。但让他没有想到，张国安毕业后被调到市政府机关，倒在了女人的石榴裙下。他抛弃了乌兰，乌兰受到了极大的伤害，可怜的女孩子。周铁心很是同情乌兰，但又一想，人生就是这样，感情这东西难以诉说，谁对谁错难找正确答案。

他也伤过一个女人，当他得知向静茹的消息时，他是在怎样的困境中选择。

彭世清告知了静茹的情况，他的内心掀起了汹涌的巨浪，巨浪的波涛把他从这边推向那边，又从那边推向这边，他不知道自己究竟要到哪边。

向静茹，他的初恋，他心中的爱；她为了国家奉献了鲜血，奉献了两条能行走的腿；她需要他，需要他的呵护、他的爱。他满腔的热情似乎都是为她而存在，在他的心底永远珍藏着扎着两条小辫、穿着白裙、穿着军装、冲着他微笑的姑娘，他舍弃不了她，他应该去看她，去接她，陪在她身边，陪她一辈子……

另一边，红衣女郎正深情地望着他。她那么爱他，非他周铁心不嫁，她的深情深深地感动着他。他把初吻给了她，还和她照了那张亲密的结婚照，几乎全厂的人都知道他周铁心要娶叶林娜为妻。可现在他要毁约，她会心痛，会受到极大的伤害，他真的不知道自己到底该怎么办。他徜徉在痛苦的选择中。

叶林娜陶醉在即将踏入婚姻殿堂的喜悦中，她像幸福的小鸟，每天工作之余忙着到附近的百货商店购置结婚用品。她喜欢红色，又很倾心于淡淡的蓝色，淡蓝色的窗帘、红蓝相间的格子床单、鸳鸯戏水的红色缎子被，还有枕头上铺着带有大红喜字的枕巾……屋内的墙粉刷得雪白，墙上挂着两个人带微笑的结婚照，简易的书架上摆满了书籍和资料，小小的写字台上工整地摆放着那本《叶氏俄汉技术用语对照词典》……一切都在她的规划中。她沉浸在对婚后幸福生活的向往中。

叶林娜化着淡妆的脸溢满着笑容，婚后她要好好照顾老铁，每天两个人一起去上班，一起工作，一起回家，一起下厨房……即使苏联专家撤走，她也会要求留下来，做些自己能做的工作。她要一直陪伴老铁，为他生儿育女，儿子要像老铁一样帅气，女儿要像自己一样美丽。她要当好妈妈，教育他们好好学习，像父亲那样为国效力，成为军工人……在这种憧憬中，她感到了做一个母亲的幸福与喜悦，掩盖不住地幻想，让她情不自禁地哼着喀秋莎小曲……

周铁心经过一番心灵的选择，还是拥抱了他的初恋，割舍了那份曾经让他激动的深情。他要失言了，兑现不了对叶林娜的许诺。当他坚定地做出最后的选择时，他约了叶林娜一起又一次来到那堆无人的料厂。当他把向静茹的情况告诉给叶林娜时，叶林娜显得很紧张，周铁心望着叶琳娜说出了很难说出口的一句话："对不起，她很需要我……"

叶林娜的眼睛里含满了泪水，人像钉在那似的呆呆地站在周铁心的对面，久久没有吱声，良久说了声："铁心哥，还能再吻我一下吗？"

周铁心此时的感情极其复杂，他说不清楚自己是怎么答应了叶林娜最后的要求，这一吻使他感觉到了叶林娜内心的呐喊，心灵的痛。当两个人嘴唇接触的那一刻，叶林娜含在眼里的泪水滚落下来，滴落在他的脸上，这最后的一吻，没有甜味，充满苦涩，一直苦到了两个人的心里。

此时周铁心有点埋怨："老包呀，为啥要告诉我静茹的消息？"但心灵告诉他静茹早已深入了他的内心，她需要他，尤其是现在她更需要他。他不能犹豫，只能快点把她接到身边。

当周铁心风风火火地来到荣军疗养院时，他被一个场景感动了：一群身着整洁军装、没了胳膊少了腿的勇士们，聚集在荣军疗养院的操场上，高声唱着最流行的歌曲："向前向前向前！我们的队伍向太阳……""雄赳赳，气昂昂，跨过鸭绿江……"他们的歌声铿锵有力，听不出一点惆怅，指挥唱歌的是一位背对着他坐轮椅的女战士，这些人的乐观深深地感染着他。

在向静茹的宿舍里，一位十七八岁的女服务员接待了他，服务员扎着两条小辫，一脸稚气地打量着他："同志，你找谁？"

"向静茹医生是住这吗？"

"是，您是她什么人？"服务员很客气。

"未婚夫，他的爱人……"

"没听向大姐说过她还有爱人。"服务员惊讶地打量着周铁心。

"今天我告诉你，小同志，我就是，周铁心。"

"向大姐在指挥唱歌，完了就去卫生所帮医生给这些荣誉军人们看病开药……"

"那我就等她！"

"那好吧。"服务员又沉思了一会："要不这样，你就在这等，我去把她推回来。"

服务员走了，屋里只剩下周铁心。他打量着这间既简单又整洁的宿舍，一张木制的床上铺着一床白色的床单，一双军用棉被叠得四四方方，一件军用皮大衣挂在衣架上，一张小桌上摆放着一堆医学书，在显眼的地方，一本《钢铁是怎样炼成的》静静地躺在书桌上，在翻开的页码中，那段激励一代中国人的名言被红笔画上了重点号："人生最宝贵的是生命，生命属于人只有一次。一个人的生命应该这样度过：当他回首往事的时候不因虚度年华而悔恨，也不因碌碌无为而羞愧。这样在他临死的时候就能够说：'我的整个生命和全部精力都献给世界上最壮丽的事业——为人类的解放而斗争。'"

保尔·柯察金已经成了向静茹的楷模。

一刻钟的时间，服务员只身返回，无奈地对周铁心说："真不好意思，向大姐说她不认识你。"

"怎么会呢？你没告诉她我的名字，周铁心，铁疙瘩！"

"咯咯，"服务员天真地笑了，"说了，她说她从来没有认识过什么铁心、钢心！真的，我也没有听她提起过你！"

周铁心从内衣的口袋里掏出那张让他魂牵梦绕的黑白照片，递给服务员："你看看，这是她送给我的，你总该相信了吧？"

服务员端详着那张英姿飒爽的女战士的照片，不解的神情挂在了脸上，自言自语："是向姐姐，怎么回事？"
服务员满脸问号地望着周铁心，沉思片刻对周铁心说："周
同志，要不这样，我领你去当面看看她。"

周铁心跟随着服务员来到了疗养院医务室，一股消毒
水的味道直扑鼻孔，屋里干净得一尘不染，到处充满了白
色，雪白的墙上挂着人体结构图，白色的药柜里摆放着各
种各样的药，白色的拉帘隔开了隐秘的就诊室，穿着白大
褂的医护人员出出进进地忙碌着……

向静茹坐在轮椅上背对着门，戴着听诊器为一个战友
量血压……

周铁心一进门，看到了坐轮椅的后背，想起了那位坐
在轮椅上指挥唱歌的人。等她处理完病人，周铁心走到她
的对面，他又看到了那双圆嘟嘟的眼、那脸庞上的酒窝，
却看不到那种羞涩、那种飘逸，还有那难以忘怀的微笑。
她满脸满眼都充满了庄重，就连那对酒窝也变得异常严肃
认真，她极冷淡地问："是你找我？有事吗？还是看病？"
一幅冷漠，宛如陌生人。

周铁心诧异地望着已失去温度的向静茹："你咋不认
得我了，我是周铁心，四年前联谊会上，在你宿舍里曾跪
着向你求婚的周铁心，这照片还是你送给我的……"周铁
心提示着那些难忘的记忆。

向静茹好像没听懂，不屑一顾，只是眼角聚集了明亮

的泪珠："你认错人了，你要找的人牺牲了。"

向静茹的冷漠让周铁心心痛，他不明白战争可以夺取人的肉体，难道也能摧毁人的记忆？

"不！静茹，你的心我明白，你怕成为我的累赘，我愿意受连累，那是我的福分。你曾对彭世清说过你心里只有我，那我告诉你，我心里也只有你……今天我是请假千里迢迢来接你，我要陪着你，推着你，一直推到生命的尽头……"

不管周铁心怎样表白自己的感情，向静茹都像一尊雕像，一言不发，只是眼角处那明亮的泪珠，不由自主地滚落下来，向静茹铁了心要留在疗养院。周铁心无奈地找到疗养院的领导和那些与她共赴生死的战友们来劝说，向静茹仍然不为所动。是战争让昔日柔弱的女孩变成了今天的铁石心肠！

周铁心说："你不跟我走可以，我辞去工作，来这里陪着你，要让你和其他女人一样享受到家庭的幸福……"周铁心蹲下来用他那画图纸的手轻轻地抚摸着向静茹那双残废了的腿："我什么都可以不要，但不能不要你……"

周铁心的言行惊呆了医务室所有的人，他们不约而同地鼓起了掌。

也许是周铁心的执着，也许是同志们的劝说，向静茹点头了。

向静茹的心似泡在了黄连水里，她那么爱着那位不顾同学耻笑跪地求婚的男孩，就是在朝鲜战场的坑道里，也不止一次地梦见战争结束后与周铁心的结合。可当她为救一个战友失去双腿那一刻，她坚定了今生不再麻烦别人，她要像保尔那样活着，为他人做一些力所能及的事。她在内心祈祷着周铁心找一个健康漂亮的伴侣。正因为如此，她拒绝了彭世清，也伤了许多向她表示爱慕的战友的心。今天她看到周铁心如此执着，她怕他真的为了自己辞去重要的工作，那会让她内疚一辈子。

向静茹舍不得离开疗养院，舍不得这些与她在战火中同生共死的战友。她早就做好了准备，在疗养院里为这些被战争致残的战友们服务：给他们看病，帮他们写信，织毛衣，读《钢铁是怎样炼成的》……

周铁心推着向静茹回到"H"厂家属宿舍，一个布置得干净利落的婚房呈现在他面前。窗户上已挂上了淡蓝色的窗帘，贴着一个鲜红的大"囍"字；床上铺着两床红蓝相间的缎子被；简易的书架上摆满了周铁心的书籍；厨房里的用具应有尽有，就连卫生间都装上了带座椅的坐便器……这是叶林娜的杰作，然而换了女主人。

房间里唯一少了那幅挂在床头的他与叶林娜的结婚照，小小的写字台上放着那本《叶氏俄汉技术用语对照词典》，在那词典上放着一封信：

周铁心同志:

新房已经布置好,原本为自己,现在我就把它作为礼物送给你和向姐姐,作为我送上的新婚祝福!

你的选择是对的,你是个真正有担当、有责任感、不忘初心的男子汉!你更让我刮目相看!尽管我失去了所爱,心是痛的,也曾想过不放下牵着的手,不让自己陷入痛苦之中,但我理解你的心情。向姐姐是你的初恋,初恋是难以割舍的,正像我对你一样。向姐姐是我们这一代女人的楷模,她是为了我们新中国失去双腿的,她应该得到所有人的尊重和爱戴,更应该得到她自己的爱情与幸福!我不能自私到让英雄流血又流泪!

做出这个决定,我的心很苦,忍痛割爱吧!但我不后悔!这一生能遇到你就足够了!感谢你给了我那一段美好的时光,它会陪伴我一生。

伊万诺夫要撤离了,我也要走了,这本词典留给你做个纪念吧,不要找我!

让我们吻别吧!来世再相见!

您曾经的好友

叶林娜

1954 年 11 月 5 日

信的最后一句是用俄文写的。

周铁心怀着极其复杂的心情看完了这封短信，并把它连同那本词典一同藏在了心里。

周铁心推着坐在轮椅上的向静茹在那新落成的大礼堂里举行了婚礼，贺喜的人们络绎不绝，书记、厂长，还有那些和他共同奋战的同志，都送上了祝福。

彭世清捧着一束鲜花，缓步走到向静茹面前，送上了老朋友、老同学、老战友的祝福！他深情地握住向静茹的手，久久不愿松开。他对周铁心说："铁疙瘩，好生待静茹，如果你欺负她，我可不饶你！"

周铁心一个劲地点头："哪敢啊！"

从此后在"H"厂，大家再也没有见到那位开朗、大方、翩翩起舞的红衣女郎。

婚后的向静茹把自己推进了职工医院，又成了彭世清的搭档。彭世清兴奋地拍着向静茹的肩膀："缘分！咱俩才真有缘分！"彭世清以自己的能力竭尽全力地照顾、关心、爱护着向静茹。在周铁心被审查的日子里，他曾试探着劝向静茹："离开他吧，别受到无辜的牵连，我会像他一样疼你，照顾你！"

向静茹微笑着看了看彭世清，坚定而又深情地回应："我很幸福，让你操心了。你对我好，我知道，但那只是生死与共的战友情。铁疙瘩是我的挚爱，我的心小，盛不下另一个人！"然后她又很自信地说："生活哪有那么平坦，遇难啦，夫妻要共担。我相信他，时间会证明。"

碰了壁的彭世清无言以对，只是称赞道："那是，那是！"他很失望地不断摇头。

当向静茹得知周铁心被平反了，并被委以重任时喜极而泣。这一天，滴酒不沾的她竟端起了酒杯，含着泪带着笑地对周铁心说："终于等到这一天啦，啥也别说啦，都在酒里。"

周铁心很兴奋，二十多年了，盼了二十年。他满眼泪花，举着酒杯："不敢想象没有你的陪伴，我会怎么走过来。苦了你啦，这杯酒我敬你。"说着将酒喝下。

夫妻二人碰着杯，含泪地笑，三杯过后向静茹竟止不住地痛哭起来，这哭声释放着一个女人二十年来的心酸与苦涩。

醉意朦胧的周铁心把妻子揽入怀中，擦拭着妻子脸上的泪水："你太不容易了，都是我不好，连累了你。"

向静茹依偎在丈夫的怀中破涕为笑，笑得很甜。泛着酒红的脸露出了少有的羞涩，喜悦填满了脸上的酒窝。她用拳头捶打着周铁心："差矣，差矣，不是你连累了我，而是我连累了你。有你在，苦、累都是我的福。"

两个人都醉了，相拥着睡去。

是由于激动还是减压后的不适应，向静茹在上班中突发心脏病，她躺在病床上打针输液。

彭世清寸步不离地看护着她，彭世清十分清楚她的病情，他要告知铁疙瘩，却被向静茹阻止："不要告诉他，他很忙，不要分他的心。我没啥，吃药打针就会好的，况且有你这个精通医术的老战友在身边，我怕啥。"

周铁心一门心思扑在职工大学的筹建中。他信心满满，又像当年研制 122 榴弹炮一样，没白天没黑夜地忙碌在工作岗位上。学校建成了，招收了第一批学员。在开学典礼上，他被告知妻子又一次突发心脏病躺在急救室抢救。当他火急火燎地赶往医院时，向静茹已是弥留之际。

向静茹突如其来的病情让周铁心不知所措，他拉住彭世清："怎么会这样？好好的，咋说病就病得这么严重？"

彭世清狠狠地瞪了他一眼，没有回答他，沉重地说："准备后事吧！"

周铁心傻了，一下子杵到那儿懵了，待到他清醒后才意识到这是生死离别。他趴在向静茹的胸前，握着那即将失去温度的手泣不成声："你咋这么傻，为啥不告诉我？就这么撇下我吗？"

隐隐约约中他听到了妻子极其微弱的声音："对不起，去……找叶……"

周铁心呜咽着点点头，已说不出话来。至此，他才真正意识到他的初恋、他的爱妻、他心中的女战士，这回是真的要与他永别了。

向静茹的离去使彭世清万分悲痛，背地里一个男人泪流满面，难舍心中的那份寄托。

向静茹去世的第七天，彭世清捧着九十九朵玫瑰来到向静茹的墓前，墓碑上向静茹飒爽英姿女军人的照片勾起了他对战友的回忆：一起扛着抢过了鸭绿江，一起在炮火中抢救战友，一起在简陋的战地医院为受伤的战士做手术，一起为战士输血，一起从炸弹爆炸中逃生，多少个日日夜夜一起战斗……她为一个战士躺在血泊中，他为她做截肢手术，她忍着剧痛不吭一声……一幕一幕像电影镜头一样浮现在他眼前。

彭世情深情地说："静茹你是勇敢的女性，也是世界上最美的女人，是藏在我心中永不凋零的玫瑰！"就在他倾诉心里话时，周铁心手捧一束百合花来到向静茹墓地，并将那束花摆放在妻子的墓碑前。两位老同学相望而泣，猛然间彭世清举起拳头朝周铁心狠狠地打去。

周铁心莫名其妙地挨了一顿打，他冲着彭世清嚷嚷："老包，你疯了，凭啥打我？"

彭世清说："好好想想吧！"说完扬长而去。

周铁心为这顿打想了很久，他似乎明白了那是一种情绪的发泄，静茹在自己的心中，也在彭世清的心中。

时至今日，年已八旬的周铁心一想起向静茹，就会想起那顿挨打，心里会说："老包，你打得好，我太粗心了！"

　　向静茹最后的遗言使周铁心常想起叶林娜，每到这时心里就有一种说不出的愧疚：我欠她太多了！在有生之年，如能再见她一面，如还能牵她的手，将是自己人生中最后的夙愿！叶林娜，你在哪？

第二十一章

躺在抢救病床上的乌兰好像又回到了冰冷的产床上，心里忐忑不安，她害怕、很紧张，她怀孕了，连她自己都不清楚是怎么怀的孕。

近两个月里，生理期悄然躲避，并且出现了一种特殊的现象：特想吃带酸味的东西，并且一闻到一种气味就有一种恶心要吐的感觉。她不知道自己得了什么病。她开始悄悄地查阅有关妇科的书籍，书上的文字告诉她，女人出现这种现象，十有八九是怀孕了，这还得了！她真的害怕了，心里直哆嗦，她不知道这是咋回事！难道是那一次？偷吃了一次禁果，便会产生如此后果？这是她最想不到的、最不可思议的一件事情，难道男女之间有了肉体接触就会……她不敢想，她怨自己为什么没有控制自己，只是因为长时间没能见到他而产生的后果吗？她后悔，她在脑海里回忆着那让她终生难忘的第一次。

七月流火，热浪扑面，连吹来的风都带着火焰山的热气，人们想尽办法到阴凉的地方纳凉，缓解高温给人们带来的烦躁。

星期天一大早，乌兰接到了一张纸条：

　　　火车站旁大树下见
　　　　　　安

难得一起休息的日子，乌兰很兴奋，这是张国安的相约。她急急忙忙稍作打扮，穿了一件她最喜欢穿的格子布制成的连衣裙，乘公交车赶往火车站。

火车站人来人往，匆匆忙忙，熙熙攘攘。

车站旁那棵榆树下的张国安，一改平日的装束，脱掉了那身充满兵味的军装，换上了一身崭新的服饰：奶白色的西裤，白色的的确良半袖衫，身材挺拔，精神焕发，一副墨镜遮挡了那炯炯有神的目光——这身打扮就是熟人也难立马认出他就是张国安！

张国安推着一辆二八式飞鸽自行车，车把上挂着一个军用旅行袋。他目不转睛地扫视着从公交车上下来的每一个人。

乌兰下车了，直奔那棵榆树走去，张国安迎上前，真想一下子拉住她，但他不能。尽管他换了一身行头，但还是怕碰上熟人，特别怕碰上本车间的师傅们。他怕再引起闲言碎语，于是他招招手，然后转身离开了那棵大树。

　　乌兰虽然看到有人向她招手，可没有认出那位戴墨镜、推自行车的人就是张国安。她站在树下寻觅着，当她再一次看见那个推车的人向她招手时，她才醒过味来——那身着讲究、戴墨镜的人竟是她盼望的人。

　　乌兰一路小跑去追赶张国安，气喘吁吁地问："咱这是上哪呀？"

　　"跟我走，带你去个好玩的地方，那里没有人，只有你和我，况且很凉快，上车吧！"

　　乌兰坐在了那辆自行车后座上，张国安也一迈脚上了自行车："坐好，走喽！"

　　一辆承载着两个有情人的自行车在通往郊区的大道上奔驰，很快出了城，张国安嘱咐道："我要加速了，坐好了，别把你甩下去！"

　　乌兰自从坐上车的后座上就想从背后搂住张国安的腰，但碍于少女心理的那种羞涩而不敢去触碰。车子在郊外的大道上飞奔着，乌兰真有点胆怯了，竟下意识地不自觉地搂住了张国安的腰。她试探着轻轻地把耳朵贴在张国安那奋力骑车的后背上，倾听着从他心脏里发出的有节奏的咚咚声。她的脸顿时一阵发热，内心涌现了一种难以诉说的兴奋。她开始更紧地搂着那奋力骑车的腰肢，慢慢地把整个侧脸全部贴在了他的后背上，一种热流、一种多天的企盼，一下子全部倾注在这辆飞鸽自行车上。她陶醉了！

温热的微风吹拂着骑车和坐车的人，乌兰充分享受着这份大自然赋予她的惬意。

张国安感觉到了乌兰那激动的心，一再嘱咐道："快下公路了，一定要抱紧我。"他心里涌现了一种说不出的情愫，暖暖的、热热的，但他还是全神贯注地驾驶着那辆二八自行车……

车子下了公路，在一条羊肠小道上奔驰，有点颠簸，乌兰更紧地搂着张国安："咱这是去哪呀？"

"到了你就知道了！坐在后面有些颠，要不咱们下来走走……"张国安征求着乌兰的意见。

"没有，不咋颠，挺好的！你很累吧？"乌兰柔声柔气地关怀着张国安，她不希望过早地到达目的地，她希望永远坐在这辆车后，享受着一种从未有过的心灵上的满足……

车在江边的一片平坦的草地上停了下来，张国安一脚蹬着地，一手把着手闸，很兴奋地告诉乌兰："到了，下车吧。"

乌兰从后座上跳下车，她环视着周边的环境：瓦蓝瓦蓝的天空飘浮着星星点点的白云；夏天毒热的阳光穿过那不断移动的云朵，直射在空旷的田野上；一条咆哮的江水，一浪跟着一浪翻滚着从这片原野里穿过，清澈见底的江水滋润着两岸上的土地，田野里的玉米已经抽穗了、灌浆了，挂满了果实，玉米叶子在风的吹拂下发出了沙沙的响声；江边一片平坦的绿草地，就像上天镶嵌在岸边的绒毯，几棵老榆树枝繁叶茂，遮挡着火辣辣的太阳光……一处世外桃源。

乌兰不解地问："这就是你说的地方？"

"是呀！你看有江水的流动，有小草的欢迎，有老榆树的遮阳，还有凉风的陪同，在这里无人干扰我们，只有你只有我度过我们俩的一天，不是很爽吗？你不愿意吗？"

"愿意，只要有你我就愿意！"

两个人边说边取下车把上的军用旅行袋，掏出一块发黄的油布，铺在了毛茸茸的草地上。张国安还像变魔术一样从那不大的旅行包里拿出了哈尔滨红肠、干豆腐卷、面包、苹果、香蕉、啤酒等吃的喝的。

"你想得真周到！"乌兰感叹不已。

"习惯了！在部队经常到野外生存训练，野外生存训练什么都没有，无水喝，无食物吃，要在无边无际的大森林里待上七天，那滋味吃嘛嘛香！"

"没吃没喝，人不饿昏了？"

"想法子，人到啥时说啥话，为了活着什么都吃！"

"你们都吃什么呀？"

"树上的野果子、地上的野菜、森林里经常窜来窜去的野耗子，碰上野鸡、野鸭、野兔那就是改善生活，全班战士围在一起，吃的那个香！"

乌兰佩服得五体投地："小时候，阿爸在草原上打过一只又肥又大的野兔子，肉挺香！"

"是吧！今天咱俩就在这有树、有水、有草、有野花的美景里来一顿野餐！"

一切在张国安的安排下准备好了，他拉过乌兰那双细腻的小手，仔仔细细地端详着乌兰："你今天真美！"

"我哪天不美？"乌兰反问道。

"天天都美！美得我都心醉！"

张国安两只大手抱住乌兰的肩头，两只充满欣赏、充满深情的眼睛盯着乌兰那已发红的脸。

乌兰不好意思地低下头："咋的，没见过？"

张国安没有回答，两只手捧起乌兰已经开始发热的脸，深情地、柔柔地说："我好想你，太多天没有见到你啦。"

这句话说到了乌兰的心里，她没有正面回答，只是在笑。

张国安在端详了那含羞的脸后，便一把把乌兰搂在怀中。

乌兰第一次被男人贴身搂着还不适应，她本能地反抗着、挣扎着。

张国安哪能放手，反而越搂越紧，并迅速把带胡须的脸颊贴在乌兰耳边："让我亲亲，可以吗？"

　　张国安第一次提出这个要求，乌兰很无语，她顿时觉得那颗心都要跳出来，是答应是拒绝，很难做出决定。她没有正面回答他直率的请求。

　　张国安似乎看到了乌兰的内心，便不等乌兰同意就毫不犹豫地把已经滚烫的嘴唇贴到乌兰的嘴唇上，乌兰没有反抗，顺从地闭上眼，享受着异性的热吻……

　　激烈地热吻激起了少男少女那颗不安分的心，张国安搂着乌兰，心在颤动，手在抖动："这里无人，是你和我的空间，我爱你，疼你，做我的媳妇吧！"张国安一边说，一边把手插进那格子裙笼罩着的躯体里，光滑细腻的肌肤调动着他的激情。再一次疯狂地吻，似乎要把乌兰一口吞进肚子里，他用动作表达着企盼和心愿……

　　乌兰在张国安的调动下已失去了反抗能力，她很清楚那颗少女心早就有了归属，她等待着这种爱的倾诉，她在张国安怀里享受被爱的甜蜜……

　　张国安弯腰摘了一朵红色的喇叭花，插到乌兰的头上："嫁给我吧！做我的新娘！"

　　张国安又一次更加激烈疯狂地吻乌兰滚烫的柔唇，他的心狂野到要以暴力骑马挎枪，打天下……

　　乌兰此时也已经不知道自己的魂在哪、魄在哪，找不到哪是南、哪是北……

　　乌兰由被动变主动，不能自控，也搂住张国安的腰尽情地享受着他的热吻，释放着她对他的思念……两个人搂着、吻着、抱着滚落在那铺好的油布上……

江水哗哗地有节奏地由西向东奔流着，小草在微风中摇着头，树上的小鸟停止了欢叫，被榆树下这对把天当被、地当床的两个充满狂情融为一体的男女惊呆了！

在这有流水的乐声、有老树的遮阳、有小鸟的欢唱、有小草做伴的地方，乌兰把少女最珍贵的第一次毫不吝惜地交给了张国安，张国安也把自己的精华付给了乌兰，两个人释放了多日不见的思念。

完事后，两个人躺着晒太阳，太阳光透过树叶缝隙，暖暖地洒在两人的身上，张国安给乌兰擦着额头的汗珠："我没弄疼你吧？"

"你说呢？"乌兰反问着并用拳头打着张国安的胸脯，撒娇地说，"你真坏！"

"我是坏！大坏蛋！我不坏你能爱吗？"张国安说着把乌兰拉入怀中悄声地说，"要不再坏一次……"

"去，去你的……"

"哈……哈……"两个人调侃着笑出了眼泪。

止住了笑声的张国安很严肃地郑重宣布："从今天起，乌兰就是我的女人，我的宝贝！永远揣在心里！"

"能做到永远吗？"

"能，我对天发誓！"

于是张国安坐起，单腿跪在地上，对着蓝天白云发誓："苍天作证，大树作证，小草作证，江水作证，你们都听好了，我张国安一辈子都要把乌兰其其格放在心窝！即使江水倒流、天崩地裂、天地合一也不会放弃乌兰，永远不离不弃！"

这誓言让乌兰激动得流下了热泪，她也跪在地上对着苍天说道："阿爸，阿妈！你们听见了吗，我找到了自己的归宿，找了一个好男人，他会像你们一样爱护我！你们放心吧！"

中午时分，太阳从东向西转，两个人坐在那块油布上，开始了丰盛的野餐。张国安与乌兰戏水时抓到了一条小鱼，他们把它放到茶缸里，在两块石头搭成的炉灶上，点燃干草树枝，一会儿工夫一条鱼被煮熟了，没有调料，可乌兰吃得好香，以至于每逢吃鱼她都会想起茶缸里煮熟的鱼。

一次野外的浪漫，乌兰竟意外地怀孕了。

当张国安知道这个消息后很是惊喜，已经快三十岁的人了，他很盼望自己早点结婚，能有个自己的儿子。可现在儿子真的来了，他又很踌躇，很茫然，不是时候呀！乌兰还没出徒，没有转正，未婚先孕不但丢人，弄不好乌兰要失去工作，这是个大事！张国安衡量再三，为了乌兰，他还是下决心忍痛割爱，劝乌兰把这个早来的孩子做掉！

乌兰开始不同意，那是爱的结晶，但迫于无奈，点了头。

星期天一大早，张国安就陪同乌兰坐了两个小时的火车，来到嫩水县妇幼保健院，找到了老战友林桐的爱人李大夫。李大夫认识张国安，她很好奇地问："啥风把你吹到我这里？这里是妇科医院！"

"我来看看嫂子，不行吗？"

李大夫看看乌兰笑着问："这位姑娘是谁？"

张国安忙介绍说："她叫乌兰，是我媳妇，不！是未来的媳妇，还没领证。"

"你小子出了事？要不你不会平白无故地找我！"

张国安很不好意思地讲述了理由。

李大夫既理解又埋怨："是呀，快三十啦，该娶个老婆了，但也不能不听指挥就提前进攻吧？"

乌兰走进了洒满阳光的产房，躺在产床上，一股冷气吹来，她打了个寒战，紧张的心都提到了嗓子眼儿。

李医生很和蔼地安慰她："不要怕，一会儿就好啦！"

当那冰冷的流产器具伸入到乌兰的体内时，乌兰的心像被人强硬地摘掉似的，那个疼，不是一般的疼，是摘心摘肺的疼。乌兰有点后悔了，可来不及了，她流下了眼泪，头脑里翻腾着一个想法："我扼杀了一个小生命！"

事情完了，李大夫嘱咐她："你的子宫壁很薄，可不能再做第二次流产手术了，否则是要做病的，永远不会再怀孕了！"并告诉她，暂时不能要孩子，夫妻二人要控制自己，或者采取避孕措施……

乌兰没有吱声，只是含着泪一个劲地点头。

当乌兰走出产房时，张国安看着乌兰苍白的脸，心疼地抱住了乌兰："都怪我不好，让你受苦了！"

一年后，出了徒的乌兰与张国安在车间简陋的会议室里举行了别开生面的婚礼。

车间会议室的黑板上贴着一个硕大的"囍"字，房梁上拉起了五颜六色的彩带，桌上摆着花生、糖果、瓜子……没有婚纱，没有轿车，没有接亲的队伍，也没有送亲的人群，只有全车间的师傅们见证着这一时刻。

大眼睛主任做了证婚人。

一对新人身着一套崭新的工作服，站在了大红"囍"字的下面。

大眼睛主任穿着一身崭新的中山装，表情凝重地站在两位新人的旁边，向全车间的师傅们宣读了结婚证书，并且很抱歉地说："国安和乌兰喜结良缘啊，是咱们车间的大喜事啊！过去我曾当大伙的面批评过他两人啊，那是厂规所限啊，我必须那样做啊！希望两位新人别记恨我啊！在这儿当着大家伙的面啊，我向他们道个歉啊！对不住了啊！"

"啥？主任也会道歉，大姑娘上轿头一回！"

"哈哈，这是何苦啊，不管不就得了……"

……

下面叽叽喳喳地议论着，吃着糖、喝着水、嗑着瓜子……

"不必道歉，我感谢还来不及，多亏了您揭开了那层纸，我才有了今天的媳妇，哪能记恨……"张国安嬉笑着回应主任。

大眼睛主任接着说："咱们今天啊，来点洋的啊！我必须当着全车间师傅们的面啊，询问二位新人啊！"说完他改了腔调，学着牧师的样子："张国安，你愿娶乌兰姑娘为妻吗？啊！"

"愿意！"

"你能做到啊，今后人生路上无论遇到什么艰难困苦啊、坎坷挫折啊、生老病死啊都不离不弃吗？啊！"

"我能做到，必须的！"

会议室里的人们屏住呼吸，被主任这耳目一新的举动震撼了。

主任又很庄重地转向乌兰："乌兰姑娘啊，你愿意嫁给张国安为妻吗？啊！"

"我愿意！"

"你能做到从今以后啊，人生路上不管遇到什么艰难困苦啊、坎坷挫折啊、生老病死啊不离不弃吗？啊！"

"我能做到，一定的！"

会议室里响起了震耳的掌声！有人大声说："这叫狗

长犄角，挺洋性的……"

"这叫中西结合！是大眼，是咱主任一大发明！"这人刚要说"大眼贼"，"贼"字没有说出口便咽了回去。

"咯……咯……哈……哈……"笑声不停。

"还有个程序那，没完啊！"有人提醒大眼睛主任。

"对，对啊！静一静啊！下面一对新人互赠信物啊！"会议室里静了下来，张国安让乌兰伸出手来，从兜里掏出一块上海牌手表戴在乌兰的手腕上，乌兰把阿妈留给她的金戒指戴在张国安的手指上……

会议室沸腾了，大家将五颜六色的彩纸撒向了这对新人。

主任宣布："送入洞房啊！"

于是，女工友们簇拥着乌兰，男工友们簇拥着张国安，一路欢笑一路乐呵地把两个新人送入了单身宿舍布置好的新房里。几个年轻的工友逗着新郎新娘："有了执照了，今晚好好玩……"

人们散去了，室内只剩下乌兰和张国安。

病床上的乌兰，几乎什么也记不清了，脑细胞在一个一个地死亡，但是她那浪漫的草地上的第一次和这特别的婚礼一直陪着她，融进了她那即将死亡的脑细胞中。

快要离开这个世界了，她似乎才真正明白，什么誓言、什么保证、什么海枯石烂、什么天地合一也不离不弃……
统统都是一时的需要！统统都是谎言！人哪，是有思想的
动物，哪有一成不变的情感！不离不弃在哪里？临了想见
一面都难。张国安，你好狠的心，莫非你的心让狗吃了？
你不是标榜一言九鼎吗？怎么堕落成谎话连篇的骗子……

　　国安，妈妈，爸爸，你们怎么离乌兰这么远！

第二十二章

　　飞机停泊在祖国最北方的太平机场，周铁心谢过一路热情照顾他的乘务员，便下了飞机。

　　在机场的出口处，一位帅气的小伙举着"接周铁心伯伯"的牌子，在接机的人群中东张西望。

　　周铁心向那小伙招招手，小伙挤过人群，接过周铁心手中的拉杆箱，很有礼貌地说："周伯伯，您好！周副局长让我替他接您！"

　　"我知道了，他已打过电话。你贵姓？"

　　"我叫王勇，叫我小王好啦，我是局里的司机。"

　　出了机场，小王领着周铁心上了一辆崭新的黑色豪华轿车，车子行驶在机场通往冰城的高速公路上，舒适稳当。

　　"这车是建国买的？"

　　"你说周局吧？他才不会买这么贵的车呢！"

　　"这是啥牌子车，很贵吗？"

　　"奥迪，近百万哪！这是局里面为接待客户使用的公车。今天听说要接您，领导才批准开出来！"

　　周铁心听到这，心里有一种感动和感激，没有想到他这个退了休的糟老头还能引起他们领导如此重视。

　　周铁心说："周建国平时开啥车？"

　　小王说："人家都开上四轮轿车，他呀，还是两个轮的自行车！我们劝他该换个轮子啦，你猜他说啥？"

　　"说啥？"

　　"两个轮子好，锻炼身体，只有到下面农场去检查工作时才开局里面那台吉普车……"

　　说着迎面开过来一辆白色的轿车，小王立马停顿下来，眼疾手快地躲开那辆违反交通规则的逆行小车。小王停下车冲窗外生气地大喊："喂！会不会开车呀？找死吗！"

　　白色轿车也停了下来，司机从车窗口伸出脑袋："刚学，上错路口了！不好意思。"

　　"前面有下高速的路口，赶紧下去，太危险了！"小王提示着那个刚学会开车的司机。

　　车子又启动了，小王很感慨："这个人刚买车，车还没上牌子，就不知道咋嘚瑟了！这回可好，挨罚吧！至少五百元没了。"

　　周铁心伸出大拇指："你还挺机灵，否则咱俩就交代在这了。"

　　"周老伯，坐我的车，您就把心放到肚子里吧。"小王在周铁心的赞赏下自夸道。

车子恢复了正常速度，小王接着说："不知啥时候形成一种风气，每到年节，下面农场的干部排着队给局领导送面呀、米呀、肉呀、蛋呀、鱼呀，就连青菜都送上门，这么大农场局下面几十个农场什么没有，算个啥？周局硬是不收，不收不说，还把人家送的东西在局办公楼大厅里展出……弄得人家下不了台！"

"你们周局还有这事？"周铁心暗自高兴，像，像他妈妈！

"可不嘛，从此他家门清，没有人敢给他送礼，也得罪了其他领导，堵了人家的财路。这年头像周局这样的真不多，啥年头啦，还住着局里分给他的那套三室一厅的楼梯房！"

周铁心说："房子多大还不是住？没必要住得那么豪华！"

"您也这么说，我们周局也这么说，'咋睡都是一张床！别人咋样与我无关，我就记住毛主席制定的三大纪律八项注意，那不只是给咱军队里定的规矩，也是为咱领导干部立的规矩，我们局领导随便要下边东西，那下面的领导还不真的把农场当成是自己家的，要啥拿啥？这叫上行下效！'您看看周局这个人一套一套的。"

"他说得很对，共产党人的底线是不能以权谋私！"

"我们这个周局呀，不会媚上也不会欺下，对我们这些职工特别和气。眼瞅着那些没有啥本事的人一个个直线上升，周局待在副局位置一动不动，一待就是二十年，多亏他是个种田专家，否则早就被扒拉下来了。我们提醒他，他说啥……"

小王停顿了一下，学着周建国的语气："'没关系，大不了回到原农场照样种我的试验田，研究我的种子，只要能达到每年每亩地增产十公斤粮食就赢了！什么局长、科长、科员都一样，只是分工不同、服务的平台不同罢了！我不在乎职位高低！'"司机小王说着，车子已经开到了服务站。

"周伯伯，下车活动活动，吃点东西，方便方便。"

车子停了下来，一路上小王的讲述使周铁心了解了儿子周建国的为人，他很欣慰，儿子没有辜负他与妻子向静茹的期望。儿子是妻子带大的，儿子的成长过程中他在劳动改造，是妻子向静茹以自身的思想行为影响着儿子。儿子从小就不止一次对他说最敬佩的是妈妈，一个勇敢的女战士，他感谢妻子，是她给了他一个值得他骄傲的儿子。

汽车经过三个小时的行驶，在下午三点十五分到达了冰城。进入城区，周铁心倍感激动，这座城市有他流下的汗水，也有他曾流过的泪水；有他一生为之骄傲的成就，也有他走麦城的屈辱；还有就是那段刻骨铭心的爱情。这座城市让他愧疚，也让他依依不舍。即使在四季如春的南国，他的脑海里也常常涌现北国风光的美。漫长的冬季，漫天飞舞着雪花，雪花贴在脸上化成一滴清水，让人感到滋润。雪花把整个城市装扮成白色的童话世界，人们扛着铲、拿着扫把说着笑着扫着门前雪；孩子们堆雪人、打雪仗，弄得浑身是雪，玩得开心，乐而忘返；劳动湖的冰面上争夺着冰球，旋转着冰舞……每到春暖花开，一群群丹顶鹤在蓝天白云间嘎嘎地叫着，提醒着人们春天来了。还有那让他记了一辈子的小黄楼和那段还没开始就结束的爱情……

久别了的冰城，今天他又回来了，一种媳妇回娘家的感觉，让他兴奋。

周铁心让司机直接把他送到医院，卸下行李，谢过司机，便直奔重症监护室。

监护室门前站满了学校的老师和职工，他们看到老校长惊奇地围了上来。

"老校长，您可来了！"

"乌兰怎么样了？"

"医生说很难挺过今天！"

"张国安来了吗？"

"没有！"

"没去找他吗？"

"找了，他们单位的人说他三年前就辞职了。"

275

"为啥？"

"不知道，可能是工作不如意呗。"

"没去问问他家人？"

"连他哥家都去了，他哥嫂都不知道他去了哪里。"

"这么说失联了？"

"有人说他去了南方开工厂，也有人说他去了俄罗斯做买卖……"红宇校长向老校长汇报着，显得很无奈。

"这个王八蛋！都说一日夫妻百日恩，百日夫妻似海深。怎么这么绝情！没人味……"也许周铁心太气愤了，第一次在众人面前骂人了，这一情况彻底颠覆了他对张国安的印象。

周铁心被批准进入重症监护病房，贾医生望着走进来的老校长惋惜地说："看看吧！我们尽力了。"

周铁心走近乌兰的床边，床边上的呼吸机、心脏监控仪、插着的管子、吊着的瓶子，管子里的药液已经很难输进乌兰的血管里……乌兰紧闭着双眼，大口大口艰难地喘着气，那口气只往外吐，很少往里吸。往日那疼痛难忍的痛苦似乎已经悄悄退去，红润的脸庞已经变成蜡黄，健壮的乌兰已瘦骨嶙峋，秀美的头发已不见踪影，这样子让周铁心难以接受，昏花的老眼涌出了泪水。这是他一生中流的第三次泪水，为静茹他哭过两次，今天他又一次为乌兰流了泪。

老校长的到来，使已经失去知觉的乌兰有了点灵感，猛然大睁双眼，她的瞳孔已经扩散，但还是在寻找着老校长的方向。她努力用尽最后那点能量，瞅着老校长，想要说什么，要张嘴，可那嘴只是张开一条小缝，张不开了，说不出了……这场景让周铁心想起了向静茹，也是在这种场合，他趴在向静茹的嘴边，听出了静茹最后的三个字："去……找……叶……"

周铁心似乎明白了乌兰要说的话，安慰她说："放心吧！就把翠翠交给我，交给她琪琪姑姑！"这话刚一说完，乌兰的眼角流出了两行泪水，随即呼吸完全停止……

学校的教职工与乌兰做了最后的告别，医护人员把白色的床单盖在乌兰的脸上，一个生命就这样简简单单地走了，去了很远很远的地方……

当医务人员要抬走乌兰遗体时，翠翠趴在母亲的身上哭得撕心裂肺，周围的人为之啜泣，老师们挽起翠翠，翠翠倒在周铁心怀里哭喊着："我没有妈妈了！我不能没有妈妈呀！妈妈不能走！妈妈你回来！"翠翠的哭声荡气回肠。

三天后，学校全体教职工为乌兰举行了葬礼，原六车间的师傅们也送上了一个花圈。葬礼上，周铁心揭示了乌兰是个弃儿的身世，教师们唏嘘不已。周铁心对全院职工说："她没有亲人，养父母早已过世，我们学校的教职工就是她的亲人！每年清明节别忘了给她上坟！"他又很感叹地告诫："我不希望再发生让我这个白发人送黑发人的事！"

乌兰走了，在清理她的遗物时，发现在她的办公桌里摆放着三封信和一个录像碟，还有一个用红布包着的龙凤呈祥的百岁锁。

第一封信是写给老校长和琪琪的。

老校长、琪琪妹：

在你们看到这封信的时候，我已离开了这个世界！半年前医生已经判了我死刑。面对死亡，我不惧怕，人嘛，早晚都会有这一天，但我留恋，舍不得爱我的人们，更舍不得你们，我爱你们！

我是个孤儿，是蒙古族的阿爸阿妈含辛茹苦地把我养大，给了我幸福的童年；是阿妈推着冰棒车培养了我，恩深似海，无以报答，留下了终生的遗憾；又是党和国家把我培养成一名光荣的军工人，正当年富力强，却不能贡献热血，止步啦！心有不甘！

老校长视我为女儿，琪琪视我为姐妹，又一次给了我家的温暖，我真的舍不得离开你们。

要走了，总有些未了的事，委托给老校长和琪琪妹。

　　第一，翠翠是我唯一的女儿，是我心头的挂念。她才高中毕业，还没有步入社会，却也成了不是孤儿的孤儿。虽然她有父亲，可张国安不知去向，再无露面，想来想去还是把翠翠的今后托付给你们，帮我教育她走好人生的路。

　　第二，我名下那套房产帮翠翠卖掉，作为她上大学期间的费用，我想，够了！大学毕业后她就可以自立了！再找一个疼她、爱她的人，我也就放心了！

　　老院长、琪琪妹永别了。

乌兰跪拜
二〇〇八年七月

第二封信是写给翠翠的。

　　翠翠：

　　我的宝贝女儿，你看到这封信时，妈妈已经带着你高考的喜讯走了，不要埋怨妈妈走得太早，我多想陪伴着你，看着你大学毕业，看着你披上婚纱，抱上未来的小外孙，可是上天没有给我这个时间！妈妈不想这么早离开这个给了我无限温暖、也给了我痛苦的世界，留下你孤苦伶仃，妈真的舍不得你！平日里，妈很少表扬你，可是你的努力、你的刻苦、你的善良一直都在妈的心里，你优秀的表现，让妈打心眼里为你骄傲……

妈妈要去远方，莫哭泣，莫悲伤！在今后没有妈的日子里，不管遇到什么坎坷，都要学会坚强，勇往直前。没有过不去的火焰山！没了妈，你还有周爷爷、琪琪姑姑，他们会像我一样疼你爱你！努力完成好学业，报答所有爱过你的人，报效我们的国家！

女孩子要懂得感恩，要懂得自强、自立、自爱，即使有一天找到了你的挚爱，也不要把自己的命运寄托在男人的身上！要有自我，才不被动！

有机会见到你父亲，告诉他，我一直爱他等他！我不恨他，祝他幸福，希望你也不要恨你的父亲，是他给了你生命，给了你童年的幸福！

我们母女俩今生有缘，相依为命，你的陪伴给妈妈带来了无限的快乐，妈妈谢你啦！如有来世，我还做你的妈妈！我会把我全部的爱都给予你！

如有机会替我找到你的外公外婆，告诉他们我爱他们！

别了！我的宝贝女儿！

爱你的妈妈
二○○八年七月

第三封信是写给全院教职工的。

同志们：

乌兰谢谢你们的关怀与陪伴，乌兰要走了，在日常生活中乌兰如有失误的地方，有得罪的地方，请多多包涵和谅解，乌兰在这儿道歉了！我舍不得你们！

乌兰诀别

二〇〇八年七月

在三封信的信封上放着一个碟，碟的中央贴着一个标签——《献给从未谋面的父母及家人》。碟的旁边有一个用红布包裹着的布包，包里放着那枚龙凤呈祥的银锁。

在学校同志们的帮助下，周铁心处理完乌兰的后事已经是八月的下旬了。他带着翠翠乘火车回到了鹏城，当琪琪从出站口看到老爸和带着重孝的翠翠时，眼里噙满了泪水，她抱住翠翠："可怜的孩子，做我的女儿吧！"一句话没说完便泪流满面！

翠翠没有说话，只是点着头。

琪琪感激老爸："您辛苦啦！为我带回一个这么好的女儿！"

"好生待她，视如己出！"

"当然，还用老爸嘱咐吗？"

开学的那天，琪琪亲自开车把翠翠送到鹏城大学，帮她报道、安排食宿、交纳费用。一切办妥后她对翠翠说："星期六早点回家，爷爷会让阿姨给你做你最爱吃的东北菜。"

翠翠点点头，心里一阵热！

第二十三章

翠翠入学了，临走前双手捧着那枚母亲留给她的银锁，把它交给琪琪姑姑代为保管。

琪琪端详着锁上那龙那凤，活灵活现，有了一点灵性。她小心翼翼地把它摆放在书房那宽敞明亮的书橱中央，闪着光发着亮。

一切恢复了正常。

花园的早上依然那么熙熙攘攘、匆匆忙忙，上班的、练拳的、遛狗的、跳舞的……

周铁心推开窗户，久违的山水花草让他深深地吸了口气。面对着被云雾缭绕的山峰，他想起了自己曾答应与老王头一起去爬山的承诺，失信了，再见到老王头一定要道歉。

周铁心在花园的小道上悠闲地散着步，深深地呼吸着这充满负氧离子的空气，好些日子没有这样舒畅了！

"汪！汪！"一条小狗挡住了他的去路，那小狗瞪着圆溜溜的小眼睛瞅着他，好像认识他似的围着他一个劲地叫。他弯下腰："花花，你的主人呢？"他是不会叫它"琪琪"的。

一个戴墨镜、手持文明棍、身着半袖唐装，风度翩翩的老人笑着向他走来："周老呀，你到哪儿去了？小狗狗都想你啰！"

周铁心从浓重的四川话里认出了戴墨镜的人就是老王头，是呀，在这个花园里，哪个老人有这般派头？

"咋的，怕我去见……"后面的话周铁心没有说出口。

"那不能！你这个身体，没问题……"老王头意会到了周铁心没有说出口的那几个字。

"老弟，不会的！阎王爷还没批准啊！"

"哈哈……"两个人都笑了。

"你上哪里去了？好久啰！"

"回了趟老家！"

"跟娃儿旅游啦？"

"一个人去的，送一个人！"

"哎哟！啥子人还要你去送？"

"干女儿！"

"你好有福气！有亲女娃，还有干女娃！"王一穷的语气里含着一种妒忌。

"唉，现在没啦！只有亲女儿！"

"啥子事哟？"

"干女儿乌兰其其格已经走了！"

"怎么叫乌兰其其格？蒙古族人？"

"是的，说来话长。才四十八岁就走了！"

"太年轻了！啥子病？"

"肺癌！白发人送黑发人，痛心呀！"

"那是的，那是的！你说现在是咋个了，一得病就是啥子癌！我那个老太婆也是死于肝癌……临走时那个痛苦！唉，没法子说噻……"老王头说不下去了。

"王老弟，好好活着吧！"

"是的，你说过去吃不上、喝不上，啥子病也没得，现在想吃啥子就有啥子，可一得病都是这种要命的病。搞不懂噻！"

气氛有些沉重，两位老人陷入了离去亲人的惋惜之中，谁也不想再说下去。两个人默默地走在鸟语花香之中。

"算了！算了！不提这事了！"老王头停止了对马玉珍的回忆，接着说，"周大哥，我得上你家认个门，万一见不到你，好去找你噻！"

"好哇！我双手欢迎！"周铁心又沉思了一下，说，"要不这样，今天中午就到我家，咱兄弟俩喝两盅？尝尝我们家乡的北大仓酒，号称北方小茅台！"周铁心顺势向王一穷发出邀请，这邀请含着违约的歉意。

老王头不推不让欣然答应："好哇！改日再到我屋

里头喝五粮液！"

两位来自南北的古稀老人成了要好的朋友。

周铁心立马给做饭的薛阿姨打了电话，让她多做几个菜，有贵客上门。放下电话后，他好像又想起点什么，再一次拨通了薛阿姨的电话，嘱咐道："他是四川人，能做两个川菜吗？"

对方答道："行，我尽量吧！"

"尽量多放点辣椒！做宫保鸡丁、麻婆豆腐都行！"

"好的！"薛阿姨放下了电话。

周铁心对王一穷说："老弟呀，中午咱俩一醉方休。"

"要得！要得！"

两个人说得兴奋，小狗狗似乎明白了两个老人的心思，一个劲地围着他们俩转圈圈，时不时发出"汪汪"的欢叫声。

中午时分，王一穷把花花锁在家里，来到了周铁心家，餐桌上摆放着广东的汤、两个川菜、两个东北菜，小小的餐桌上融合了大半个中国味。

周铁心拿出了北大仓酒厂出品的珍妃酒，为王一穷倒满了一杯："你品品，这酒咋样？"

王一穷不客气地端起杯子喝了一口，吧嗒吧嗒嘴，品了品："真不错啰，真有茅台味嘛！酱香的啰！"

"对头！"周铁心学着王一穷的腔调，"好喝，你就多喝点！"

"要得！"说着两个老头又斟满了一杯，各自夹着自己爱吃的菜肴。

老王头赞不绝口："阿姨做的川菜，挺地道！你跟她说说，到我家来做饭，我多给工钱嘞。"他显示着自己的富有。

"怕不行，你不知道吧，你儿子是他儿子的大学同学，她面子上过不去！"

"那就算了，可惜了！"

两杯酒下肚，王一穷红着脸嬉笑着再一次夸耀："这个酒真的好喝，好酒哇！"

"好喝，我送你一瓶！"

"怪不好意思啰，连喝带拿！改日我送你一瓶五粮液。"

"那可是名酒，你舍得？"周铁心逗着王一穷。

"朋友嘛，有啥子舍得舍不得。"然后他极神秘地告诉周铁心，"不瞒你说，这样的酒在我哪儿都不叫酒！"

"啥酒才叫酒？"

"茅台嘞！"语气里充满着一种富人的霸气。

周铁心无语。

在这个移民城市里，一个来自四川的农民，一个来自东北的高级知识分子成了掏心掏肺的知己。

酒足饭饱，王一穷红着脸要参观周铁心的这套房，周铁心表示欢迎，他领着王一穷到各屋走一走。

王一穷发现这套三室两厅的房子全是白色的装修，不奢华却很整洁大气，显示着主人的高雅。推开一个房间，一股清新的香气扑鼻而来。

"好香哇！女娃子住的？"

"对头！女儿的卧室。"周铁心推开另一个房门介绍说，"这是我的卧室，进去看看？"

单人床上被子叠得整整齐齐，床边的桌子上摆放着一摞书和刊物，电脑旁边的书架上摆放着关于火炮研究的书籍，还有那本发了黄的《叶氏俄汉技术用语对照词典》……这一切告诉王一穷，周老头可不是一般的老头。

"你还真是个大知识分子嚓？"

"那还有假吗？哈哈！"周铁心开心地笑了两声，不加隐瞒地自我承认。

"对头！还是个大知识分子啰！"

当两个人走进另一个房间时，王一穷开了眼界：书房宽敞明亮，面积比两个卧室大，几个高大的书橱里挤满了各式各样的书籍。王一穷觉得自己一辈子都没有看到过有这么多书的人家！硕大的写字台上摆放着电脑、台灯、传真、打印机……

"这是我女儿学习和办公的地方……"

此刻，王一穷意识到自己真的是走进了一个书香之家，一个高级知识分子的家庭。

王一穷在一个书橱前驻足了，书橱里那把银锁让他心头一惊，这不是自己多年寻找的龙凤呈祥吗？但他不能肯定它就是自己要找的，因为像这样的百岁锁，民间不知有多少。不过这把锁真的太像他丢的那把锁了。

他问老周头："这把锁是你们家的吗？"

"怎么你认得它？"

王一穷没有回答，只是恳求地说："能拿出来让我看看哈？"

"当然可以！"周铁心小心翼翼地打开书橱，取出那枚银锁。

王一穷迫不及待地接过那把镶嵌着龙凤呈祥的银锁，仔仔细细地端详片刻。那龙那凤的每一条花纹都与他脑海里残存的花纹吻合！他又翻到背面，刀刻的"60.8.13"呈现在他面前。

"对头！对头！是她！是她！让我找得好苦呀！"他几乎惊叫起来，然后眼睛里溢满了泪水。

王一穷的惊呼让周铁心懵了，难道他是……不会吧，世间哪会有这么巧？周铁心试问着："你认得它？"

"这是我家的宝贝！"王一穷擦了一把眼角的泪水，"它怎么在你家？难道你的女儿不是你亲生的？"

"啥话，这是我干女儿的。"

"她在哪？"

"她就是我对你说的刚刚去世的乌兰！这把锁是她亲生父母留给她的，难道你是……"周铁心没有把自己猜想到的说出口。

"那是我的女娃呀！老天爷为啥子这么捉弄我？咋个才让我找到呀！找到了又没啦……"王一穷脸上的泪水顺着皱纹的沟壑往下流，泪洒衣襟，泣不成声。

周铁心明白了，这绅士般的老农民就是乌兰其其格的亲生父亲。

"咋回事，难道你就是……"

王一穷点点头，用衣袖擦拭了脸上的泪水，呜咽着说不出话来。四十八年了！四十八年，憋在心中的病压得他喘不过气，今天卸下了心病，却是空喜一场。他不知道是喜还是悲？

周铁心看到王一穷老泪纵横，不知道怎样安慰他，端来一杯茶水："别激动！喝点茶水，平复一下心情，讲给我听！"

王一穷也觉得自己失态了，坐在沙发上喝了一杯茶，静了静心，向周铁心讲述了埋在他心底四十八年的秘密。

一九六〇年的八月份，马玉珍辛苦地孕育了九个月的娃就要出生了，王一穷请来了公社卫生院的大夫。马玉珍经过阵阵的绞痛，产下一个男婴，可马玉珍的腹部还是一阵阵坠着疼痛，大夫认真检查发现她的腹中还有一个胎儿在蠕动。

"哇！双胞胎！"这句话让在场的护士大夫无比惊喜，再一次帮助马玉珍产下一个女娃。

"天呐！还是龙凤胎。"

这消息惊动了所有王家的人，王一穷更是乐得合不上嘴，他跪在菩萨面前又是磕头又是作揖："感谢上天赐我一双儿女，我是个儿女双全的父亲了！"他还到那个成全他与马玉珍姻缘的山洞烧香磕头，以感谢大山的恩赐。

高兴过后是无限的愁绪。那一年正值共和国历史上最困难的一年，大人们都是三分粮七分菜，甚至菜都是野生的，腹中无食，哪来的奶水。况且一下子增加了两张小嘴，成天要奶吃，哪个吃不到都要哭。

玉珍产后第三天才有了一点点奶水，两个孩子都张着小嘴找吃的，奶头一接近那四处找奶的小嘴就会被拼命地吸吮着，吸不着便哇哇大哭，一个哭另一个也跟着哭，哭累了停一会再去吸，还是吸不够，接着再哭……这个哭那个也哭，没有消停的时候，愁煞了人！夫妻二人不知如何是好，咋个办哩？这么少的奶水，咋个供两个娃儿？会饿死娃儿哩！

七天后，两个孩子的哭声越来越小，耗尽了所有吃奶的劲，奄奄一息，夫妻二人也被两个小孩搞得精疲力竭。这可不行，只能放弃一个，也许能救活另一个！要放弃一个的想法涌进了王一穷的脑子里，但他没敢对妻子说……

王一穷的表嫂从县城来看孩子，见状大惊："得想法子！这样熬下去，两个孩子都活不了……"

"想啥子法子？都想过啰！"王一穷很绝望地叹息着。

"送出去一个噻！"

"这年头，谁家愿要哇！娃儿没有奶，到谁家也活不了……"

表嫂沉思了一会说："我倒有个法子，不知道你们愿不愿哟？"

"你说来看看！"

"送一个到县城福利院，那儿净收无家的娃儿。那是国家办的，国家说了，再苦也不能苦孩子！不会让娃儿饿着的。等年景转好，你再把娃儿接回来，你还是儿女双全！这不就解决了眼前的困难。"

"年景啥子时候好转？"

"你没听上级说吗？困难是暂时的，面包会有的，不会等多长时间！"表嫂很自信地说。玉珍也相信这个

292

在县城上班的表嫂，困难是暂时的，她点点头。

"这也是个好主意，总不能眼睁睁地看着两个娃饿死吧？"王一穷一脸无奈地看着马玉珍，征询着她的意见。

马玉珍心很痛，两个都是自己身上掉下的肉，送走哪一个都像摘她的心，揪她的肝！但又没有什么好法子，她权衡了半天才勉强点了点头。

"送哪个？女娃儿还是男娃儿？"

马玉珍不好回答，儿子是老王家的根，送走老王家是不会让的，送女儿打心里不愿意，她实在不好做决定。

"那就送女娃吧！"表嫂给了主意："女娃早晚要嫁人，儿子要给王家传宗接代，是老王家的根！"这主意正合王一穷的心意，有了男娃就有了继承者，没有男娃子就叫绝户……

夫妻二人接受了表嫂的意见，决定当晚就要送女儿走。表嫂还告诉他们："孩子不能由父母直接送，那会被扣上'弃子罪'。"表嫂主动承担送孩子去福利院这件事。

决定了之后，马玉珍抱着女儿哭了起来。她解开衣扣把乳头塞进女儿的口中，她要让女儿吃一顿饱饭，这是女儿最后一次吃自己的奶。男娃由于饥饿，不停地哭，马玉珍对儿子说："儿呀，委屈你啦，让妹妹多吃点奶哈，从今以后她再也吃不到妈妈的奶啦！妹妹把奶全部让给你……"她一边喂奶，一边对不懂世事的儿子哭诉着，眼泪滴落在女儿那瘦削的脸上。

表嫂抱着哭个不停的儿子，一个劲地晃悠："好娃儿，莫哭，让妈妈最后一次喂喂妹子吧！妹妹再也吃不到妈妈的奶了！妹子好可怜……"

表嫂的话让马玉珍的泪水找到了突破口，宛如瀑布似的倾泻而出："摘俺的心哇！俺的宝贝，不送了！不送了！"她在否定自己的决定。

王一穷急了："俺也不想送走嚹！不送一个，两个娃都得饿死嚹！"

表嫂也在一旁劝说："谁也不想舍弃自己的孩子，眼下不是没得奶吗？到福利院娃儿吃得饱，比你喂养的都好！再说了，日后还可以领回来嚹！"

王一穷和表嫂的劝说，让马玉珍无奈地又一次让步了。

马玉珍一手搂着女儿，一手挤压着乳房，似乎要把乳房里所有的奶水都给予女儿，这是母女离别的最后一次喂奶……女儿也许懂得了母亲的那份不舍的心，便使劲地吸着母亲的乳头，大有要吸干母亲用血酿就的乳汁。

这也许是女儿出生以来吃得最饱的一次，含着乳头甜甜地睡着了，脸上挂着婴儿的微笑。

马玉珍用印花的小被将女儿包了又包，并从箱底取出母亲送给她的带有龙凤呈祥字样的百岁锁，戴在女儿的脖子上。王一穷为了日后相认，用小刀在锁的背后刻下了女儿的生日"60.8.13"。

时间老人走进了一九六三年，全国上下开始动员吃爱国肉、爱国菜、爱国副食品时，六亿人战胜了饥饿，迎来了富足。马玉珍催促王一穷去县城认回自己的女儿。

王一穷也满怀喜悦兴致勃勃地走进了福利院，讲明了来意。

福利院的那位五十多岁的院长，领着他来到两岁到三岁小孩的班级，齐刷刷的十几个孩子穿着干净的衣服，个个都戴着同样的小围裙，在老师的带领下做着各种游戏，玩耍得好开心……

王一穷面对着这些活泼好动的孩子傻了，他认不出究竟哪个是他的女儿。送走女儿时，女儿才出生几天，瘦削的小脸上一层细细的绒毛，红红的小嘴一个劲地找吃的，高高的鼻梁上一对圆溜溜的大眼睛……这记忆深扎在他的脑海里。而这里的孩子都已经满地跑，个个白白胖胖的，找不到他脑海深处女儿那模样。他对院长说孩子身上带着一把龙凤呈祥的百岁锁，后面还刻着出生日期，是一九六〇年八月二十日送来的……

院长根据他提供的线索，问遍了院里在那一年工作过的阿姨，都说没见过。再查查档案，档案中记载的孩子出生日都不是"60.8.13"，没有证据，他无法认领，也不允许他认领。来时兴致勃勃的王一穷垂头丧气地回到了家。

马玉珍听后当时就晕了，难道女儿真的吃完自己那最后一次奶水就丢了，就成了母女俩的永世离别？

王一穷找到表嫂，表嫂告诉他，二十日晚上九点多钟，她把包着的女娃子放在了福利院门前的石阶上，她躲在阴暗处，借着昏暗的灯光，亲眼看着福利院的阿姨把孩子抱进去的！王一穷不信："你不是把我的女娃卖给别人了吧？"

表嫂急了："咱们是至亲，我能干那没良心的事吗？"

王一穷不死心，再一次来到福利院，向那位院长讲述了表嫂丢孩子的过程。

老院长很客气地说："你说的情况那时会有，我已动员了所有的阿姨回忆一九六〇年八月二十日晚上有没有人在大门口捡到一个女婴，女婴戴着一把龙凤呈祥的百岁锁？阿姨们说：'那年头门口捡的孩子多了，记不得了。'不过，有一个阿姨提供了一个线索，由于当时弃婴太多，福利院已承受不了抚养这么多的孩子，当时的院领导向民政部门做了汇报，上级很重视，不久派人接走了一批孩子，你的孩子可能就在其中。"

"送到哪里了？"

"这个我们也不晓得！"

　　线索到这就断了，连送到哪儿都不清楚，何以找回自己的女儿！但这消息也给了他一点慰藉，女儿活着。她可能生活在祖国的某一个地方，国家的抚养，她会幸福的。

　　从这以后，马玉珍不再张罗着找回女儿，她把自己全部的爱给予了儿子王爱中。王爱中在马玉珍的教育下，还真的有出息，是全村第一个考上重点大学的！然而当儿子离开她去上大学后，马玉珍就在心里呼唤着：女儿呀，你到底在哪？是否也上大学了？长久的思念，马玉珍开始失语，不再多讲一句话，患了抑郁症，最终死于肝癌。

　　王一穷讲完这段埋藏在心底四十多年的秘密。这秘密折磨了他大半辈子，他很内疚地说："是我的错！我害了女娃子，也害了玉珍！现在找到了这把锁，可女娃子没了……"他说着泪如泉涌。

　　周铁心听完了王一穷的讲述，他同情王一穷，理解王一穷，那个年代他也经历过。从国家领导人到各基层领导再到全国老百姓，全国一条心，勒紧裤腰带，节食缩衣，与饥饿抗争……

　　周铁心初步确定，王一穷就是乌兰的亲生父亲，但他又一想，仅凭一把百岁锁或这段讲述就确定王一穷与乌兰的关系，未免有点仓促，别闹出乌龙事件。为了慎重，他安慰王一穷："老弟，你莫难过，乌兰的女儿翠翠就在鹏城上大学，星期天她回来和你一起做个 DNA 鉴定，才能确定，我们要有科学证据。"

王一穷用含泪的眼望着周铁心点点头。

第二十四章

DNA 鉴定的结果，翠翠确系王一穷的后代。

王一穷得知后，激动地拥抱住翠翠，翠翠本能地抗拒着。

"孩子，我是你外公，亲外公噻！"

翠翠不否认，但也不接受。做 DNA 鉴定，翠翠就不大愿意做，她认为母亲已经去了，找不找到亲外公还有何意义？在周爷爷的劝导下，也是为了实现母亲的遗愿，她答应了。现在证实了王一穷真的是她的亲外公，她并没有那种久别亲人的喜悦，对外公的热情，她只是象征性地迎合着。

翠翠对这个突然出现的外公产生了一种怨恨，一个抛弃亲生女儿的老人，还值得尊敬吗？她极力地控制着这种情绪，生怕一不小心从口中冒出一些刻薄的话来。不管周爷爷怎样讲二十世纪六十年代初那段饥饿史，翠翠都难以置信，还会有那年头？说破天抛弃亲生女儿也是不可原谅的。至于旧社会穷苦人的苦，她更加怀疑，不可思议！独生子女的一代人难以理解居安思危的深意，更不知糖是甜的，甜大劲了便是苦的。

王爱中得到这个消息后，无比震惊，从小长到大，他从未听说过自己还有一个妹妹，而且是孪生兄妹，父母的嘴也太严实了！他明白了母亲为啥会患抑郁症。

翠翠得到这个结果后，想到母亲留下的那盘录像带。她坐上了王爱中接她的豪华轿车，她不认得车是宝马还是路虎，甭管啥车，她要去完成母亲遗嘱里交给她的最后一项任务。

车开进一片别墅区，在一幢别具风格的小洋楼门前停下。

白玉石的围栏，围着一个鸟语花香的院落，两尊怒眼的石狮子蹲在院门两旁，院内绿树成荫、姹紫嫣红，假山青青，流水潺潺，水中的金鱼撒欢似的互相追赶，微蓝色的游泳池散发着一种果香味……轿车的笛声开启了车库的自动闸门，车子开进了宽敞的车库中。

小楼的外形酷似欧洲风格，这个别墅区也叫欧洲小镇。

带花纹的大门雍容华贵，楼内的装饰处处显示着中华文化的底蕴。迎面而来的是一个宽敞的大厅，阳光从落地窗射进大厅，洒落在玉石般的地面上，地面被擦拭得净明瓦亮，硕大的电视屏幕旁一个雕龙画凤的橱窗内

展示着各种各样的瓷器、铁器、玉石……一看便知它们
是价值不菲的古董！橱窗旁一尊乳白色和田玉雕成的奔
马活灵活现；布艺式的沙发背后的墙壁上挂着齐白石的
虾、徐悲鸿的马，还有一副彰显富贵的牡丹……整个房
子的豪华不亚于英皇的汉白玉宫。

翠翠去开门时，一位四十来岁的黑人女佣向她施礼
问候："你好！"

翠翠用英语对她说："你好！"

翠翠换完了特地为她准备的拖鞋，面对着一尘不染、
光亮如镜的地面，不知道脚怎么踏，步怎么迈！她扫视
着大厅的一切，置身在这样的环境里，她有些窘迫，她
得出了结论："真是个土豪家！"这样的环境与她这个
普通人的女儿，是那么的格格不入，她并不喜欢这儿！

王一穷早就等候在这里，他见到翠翠，满脸笑容地
迎上去，拉住翠翠的手。

王爱中对这位天上掉下的外甥女特别热情："孩子，
到家了！这就是你的家！"然后对楼上喊道，"芳芳，
快下来！咱们有了女儿了，翠翠来了！"

被称作芳芳的女子，是王爱中的妻子叶芳，四十多岁，
脸上无一皱纹，保养得像青春萌发时的少女。她大概正
在睡觉，睡眼惺忪地打着哈欠，漫不经心地从那个通往
楼上的电梯里走出来，淡淡地说："来了？"脸上流露

出一种无奈的笑。

　　她站在翠翠的对面，端详着这位戴着"鹏城大学"校徽的女孩，对丈夫说："别说，还真有点像你！莫不真是你的外甥女？"口气里透着一种怀疑。

　　"那还有假！DNA都做了！"

　　"外甥女像舅舅，不奇怪！"叶芳的话语还是有点质疑。

　　"咣当"一声，一个十三四岁的小男孩一脚踹开了镶嵌着金边的玻璃砖门，小男孩方方的脸膛，胖乎乎的，他将脚上的鞋子甩到半空中，背上的书包随便地扔到了门边："该死，什么老师！该下课不下课，还留那么多作业！"

　　女佣急忙将那双从空中落在地面上的鞋子规规矩矩地摆放在鞋柜里，将那书包挂在了衣架上。

　　王一穷见状责怪地说："鞋子怎么能随地扔呢？"

　　小男孩不满地瞥了王一穷一眼，王一穷指着沙发上的翠翠对男孩说："立仁，过来认识一下你的姐姐，翠翠！"

　　胖男孩懒洋洋地不屑一顾，连正眼看一下翠翠都没有，只是用眼角扫视了一下："哪儿又冒出个姐姐？"

　　"姑姑家的姐姐，学习好得很，叫啥子学霸，在鹏大读大学，你可要向姐姐学习，考个重点校啰！"王一穷一边夸奖着翠翠，一边教育着孙子。

王立仁最不爱听爷爷唠叨，更不满这种无端的对比和指责。他用鼻子"哼"了一声，带着极大的反感，理都没理翠翠，径直地上楼去了。一种富家弟子的傲慢，让翠翠感到了莫大的压力。

王一穷说："这孩子，啥子亲情都没得！惯坏了嚓！"

"爸，你说这话我就不爱听，从小不是你带的吗？"儿媳叶芳反击着王一穷。

王爱中对翠翠说："你这个弟弟呀贪玩，学习总也上不去，上补习班他也不好好学！我和你舅妈工作都很忙，没时间管他，你来了帮帮他！"

翠翠苦笑，她心里明白，这个家的人看不起她，也不十分欢迎她，陌生的家庭中有一种冷漠。她有一种寄人篱下的窘迫感，是的，这原来就不是她的家，妈妈走了，就没有了家，她内心的孤独、寂寞没有人知道，好在有琪琪姑姑、周爷爷的关怀，只有在琪琪姑姑那儿才有一点家的感觉！尽管他们与自己没有血缘关系，但他们的亲切、他们的爱是真心的。

菲佣端来了茶水放在翠翠和王一穷的面前，用比较生硬的中文说："请喝茶！"

"谢谢！"翠翠觉得在这个家里，只有这个菲佣阿姨表达的热情是真诚的！

王爱中让叶芳带着翠翠上三楼看看为她准备的闺房，并对她说："星期天、节假日从学校回来就住在家里！"

翠翠根本就不想再进这个家，更不要说住在这儿，但王爱中的盛情让翠翠无法推托，跟着叶芳上楼了。

一间温馨的闺房，窗帘、床上用品、电视电脑、沙发、茶几、书桌、书柜、衣橱……一切都是崭新的高档的。叶芳指着这些东西："这些都是你舅舅让置办的！本来家里什么都有，非让我给你再买一套新的……"叶芳口气里带着一种不情不愿。

翠翠最喜欢的是屋里的那个大飘窗，一缕阳光照射在飘窗上是暖洋洋的，推开窗户，扑面而来的是院子里的鸟语花香！

"这房间还喜欢吗？"叶芳问道。

翠翠不置可否，点点头，反正她不会住在这里，住到这样高档的房间里，她会睡不着觉。她觉得住在琪琪姑姑的书房里更随便、更踏实！

王一穷一家老小全部到齐了，坐在客厅的沙发上看翠翠带来的录像带，播放器被打开后，大屏幕上出现了乌兰其其格微笑的面容，面容有点憔悴，翠翠看出妈妈是化了淡淡的红妆，但仍然能看到隐藏在淡妆后面的惨白。

银幕上的乌兰淡定、沉稳，脸上带着甜甜的微笑，身着深蓝色的工作服，工作服上别着一枚"兵器工业职工大学"的校徽，这是留给亲人们的最后形象。

扩音器响起了翠翠最熟悉的声音，这声音那么亲切，让她不禁落泪。

王一穷目不转睛地盯视着银幕上对他说话的女人，他不敢相信，这个女人就是他曾见过一面的女儿，那还是在襁褓中。

从未见过面的爸爸、妈妈、兄弟姐妹、亲人们：

我是乌兰其其格，是你们的女儿，是你们的亲人，盼望今生能见到你们，可上天没给我机会，在你们看到我的容颜时，我已经离开了尘世，走向了黑暗！你们不知道我的长相，这盘录像带就作为永久纪念吧！

我是内蒙古的阿爸阿妈抚养大的，他们给了我幸福的童年，为培养我付出了全部的心血！在与阿妈生死离别时方知我还有你们这些亲人，阿妈再三叮嘱我去找你们！当我知道我是你们的弃儿时，我曾怨恨过你们，甚至立誓这辈子都不想见到你们！

在生命即将结束时，我反省自己：父母抛弃女儿是有不得已的难处，我不应该怪罪你们，儿女之身乃父母所赐，是爸爸妈妈将我带到这个世界，给了我生命，我才享受到了人间的大爱、人间的亲情！我亲历了国家的强大、生活的富足，我知足了！当然我也尝到了人世间的酸甜苦辣！这些都增加了我对这个世界的留恋与热爱！遗憾的是，你们的恩情，我无法报答！

爸爸妈妈，我爱你们！我是带着爱离开这个世界的！记住我吧！你们的女儿，你们的亲人！

乌兰忠恳的话语，让王一穷泣不成声："女儿呀，我的女儿！"

王爱中脸上挂满了泪水，面对着同胞妹妹，他无言以对，是妹妹把那仅有的奶水让给了自己……

翠翠强忍着没有掉一滴泪，她要把妈妈最后的形象牢牢地记在心里。

叶芳沉着脸，一副凝重的面孔。

那个菲佣可能听懂了乌兰的话，也悄悄地擦拭着眼角的泪水。

只有那个王立仁，似乎根本就没有看屏幕上那个女人，更没有听那个姑妈掏心掏肺的话，一个劲地低着头玩他的手机……

认亲了！翠翠拒绝了王爱中让她住别墅的要求，她还是回到了琪琪姑姑平凡的家中。

王一穷对翠翠的决定很是赞同："对头！住周爷爷家离我近嘞！我们可以常见面嘞。"

临近春节，周铁心接到了大儿子周建国的电话，告知他因工作原因不能来鹏城与他一起过年，周铁心有点失望，这把年龄了，还能聚几次？聚一次少一次，他多希望能与儿孙们相聚一堂！他在心里埋怨说：忙，谁不忙！就我这老头子不忙，忙就是理由吗？

翠翠是第一次在鹏城过年，周铁心吩咐琪琪放假期间带着翠翠在鹏城各景点玩一玩，看看鹏城的巨变，也分散她对母亲的思念。

年二十八这一天，王一穷来到周铁心家邀请他和他们家人一起过年："一起过，人多热闹！"

"不了，我们祖孙三人挺好的！"周铁心推托着。

"哪三个人哟！翠翠是我的亲外孙女，我要接她回我家过年啰！剩你们俩没意思嘛！再说了我那个亲家公老叶从北京来鹏城过年，说要见见你哟！"

这理由让周铁心无法再推托，盛情难却，但是他还是有点犹豫。

"想啥子嘛！我儿子已经预定好了大饭店、大包房，冲着翠翠我们是一家人！"

"那行！"周铁心点头了！

除夕的夜晚，鹏城一家酒店的包间里，圆圆的餐桌旁已坐满了王一穷的家人、菲佣，还有那位从北京来的贵客。当周铁心、琪琪、翠翠走进来时，在座的所有人都站了起来，表示欢迎，只有王立仁那个胖乎乎的小男孩坐在软椅上连头也没抬一下，只顾玩手上的手机。

王爱中指着翠翠对岳父说："她就是我妹妹的女儿翠翠！"翠翠对着叶老头行鞠躬礼；又指着周铁心说："他就是周老伯，跟你是同代人！你们俩坐在一块吧！"两位老人握手相互问好，然后王爱中转向琪琪："这位是周老伯的女儿周玉琪，周总，鹏城的女强人！"

琪琪谦虚地说："不敢当，在王总面前小菜一碟！"两位鹏城叱咤风云的人物并排坐下。

服务员端上了王爱中点的菜，龙虾、鲍鱼、海参……一些含蛋白高的高档食物，当然也有著名的川菜，如麻婆豆腐、宫保鸡丁，港式的烧鹅、叉烧，东北的小鸡炖蘑菇，还有广东有名的龙骨黄芪生地汤……特丰盛的一大桌菜肴。周铁心拿出了家乡的"小茅台"北大仓，王一穷拿了一瓶四川的五粮液，王爱忠拿出了一瓶国酒贵州茅台，看样子不醉不归！

席间相互碰杯、寒暄，祝贺着新春，笑声充满了整个包间……

叶老和周铁心碰杯时，总觉得周铁心的面相有点熟，好像在什么地方见过，但想不起来了。是呀，一生奔波在国外，怎么能认识他呢？

两位老总频频碰杯，喝着酒，谈着生意上那些事，一个说房地产不好干，一个说干高科技项目也挺难……

王爱中的岳母拉着叶芳的手，母女俩说着知心话，王一穷想插话又插不上，他似乎与在座的人谈不到一块……

翠翠不声不响，坐在桌前一口好菜没吃，尽管外公王一穷一个劲地给她夹那从未吃过的佳肴，但她却不动筷子，她想起了过世的妈妈，想起了和妈妈爸爸一起过年的快乐，想起了童年时爸爸领着她放鞭炮的喜悦，心里一阵阵酸楚，只想哭！她憋着，不让自己扫大家的兴……

王立仁那个胖男孩，吃饱了喝足了，便沉浸在他的游戏里……

"铃 —— 铃 ——"不知是谁的手机铃响了，在座的人不约而同地掏出自己的手机看。

王爱中打开手机时发现是姑姑叶苏打来的，便对岳父说："爸，姑姑电话！"

老叶头笑着回答："姑姑拜年的，打开视频，让她看看咱们这儿多热闹！让她来，她硬是不来！还说一个人过挺清静！"

王爱中把手机拨到了视频，电话屏幕上一个满头银丝、身着红色毛衣的老妇人，尽管那眼角已布满了皱纹，但仍然彰显着知识女性的风韵！

"姑姑过年好！我们全家给你拜早年了！"

"过年好！过年好！也给家人拜年了！"老妇人很兴奋地向在座的家人们问候新春！

"姑姑，向您介绍一下我妹妹的女儿翠翠，还有帮我们找到翠翠的周老伯和他的女儿周总……"

"是你那同胞妹妹吗？我听芳芳说了，可怜的孩子！"

于是，王爱忠把视频对准了翠翠，翠翠招招手："奶奶过年好！"

"好！好！好！好漂亮的女孩！"

王爱忠把视频又对准了琪琪："阿姨新年好！"琪琪拱手祝贺。当屏幕对准周铁心时，屏幕上白发女神那突显魅力的红色毛衣使周铁心想起了翩翩起舞的红衣女郎，叶林娜！他注视着老妇人，除了满头白发和眼角的皱纹，那双眼睛他太熟悉了！那是一双深藏在他心灵深处的眼睛，是他盼望再见到的眼睛，他脱口说了声："叶林娜！"

屏幕中的老妇人愣了一下，一种惊奇，也情不自禁地回了声："老铁，是你吗？真是你吗？"老妇人显然很激动，太亲切的称呼！这是五十多年前叶林娜对他的称呼！这称呼已经有半个世纪没有听到了，周铁心激动的两眼溢满了泪花。

两位老人相互的问候弄懵了在座的所有人，就连那位冷漠的胖男孩，也吃惊地望着周铁心，不知道发生了什么事。

只有叶老头明白"叶林娜"是妹妹留苏时起的俄罗斯的名字，他恍然大悟，原来眼前这位老周头就是妹妹藏在心里的那个人！他咋有这么大的魅力，让妹妹终身未嫁。他想起了自己在哪见过，在妹妹卧室里挂着的那张照片上……

所有的人都莫名其妙，纷纷放下手中的杯子，鸦雀无声地静听两位远离的老人对话里流露出来的信息。

周铁心说："你还好吗？你让我找的好苦！"

叶林娜说："我很好！你呢？向姐姐可好？你的孩子们都长大了吧？"

"都好！你的向姐姐已经过世多年。大儿子早年下乡留在农场，二儿子在美国做客座教授，我身边的是我女儿周玉琪，在鹏城创业……"琪琪向老妇人招招手。周铁心声音有些颤抖，呜咽着说不下去了。

叶林娜说："你幸福，我就高兴！"

周铁心极力控制着自己："叶林娜，我对不住你，我欠你的太多了！欠你的这辈子都难以还清。"

叶林娜眼角涌出了泪水："你没有对不起我，我们谁也不欠谁的。不用道歉！我还得感谢你给予我的那份爱，那段情！"她说着低下头，擦拭着自己的眼睛，看得出她哭了……屏幕上呈现了她身后墙壁上挂着的那幅让周铁心永记心头的结婚照片，上面的他还是那么年轻。

周铁心说："没有想到在除夕之夜，能以这种方式见到你！我们都已进入暮年，我想再一次牵你的手，还我欠你的情……"

满座的人拍手鼓掌，为这对久别的情人祝福！

叶林娜挂满泪水的脸苦笑着，没有回答。她发来一段话："入心了，守一人，从青春到暮雪白头！想你了，如诗如画。思你了，如醉卧青纱，不计较陪伴多少，只在意你过得好不好。"

视频被挂断了。

周铁心从那个手机视频上看到叶林娜后，一直惦记着能与叶林娜再次牵手。满头银丝的叶林娜模棱两可的苦笑和那段富有诗意的话，让周铁心猜不透，他一遍又一遍地拨通叶林娜的手机，回应他的永远是那个没有人接的盲音……

他理解叶林娜，人到了这个年龄，已是风烛残年，不愿再打破守候了大半辈子的宁静。守着那份青春时代的美好记忆直到终老，也是一种极大的幸福。

秋望

当所有的喧嚣
都已静谧
当所有的故事
都已讲完
唯有灵魂如海
汹涌澎湃
一个魂牵梦绕的名字
在心的深处呼唤
天边一行鸿雁

后记

　　翠翠上大学后的第一个暑假，跟着外公王一穷、舅舅王爱中来到了内蒙古呼伦贝尔大草原格伦旗，在旗机关会议室里王爱中以鹏城向阳房地产公司总经理的身份宣布：经公司董事会研究决定为格伦旗捐赠一个亿，建设一个供牧民兄弟居住的花园小区，小区的名字叫"蒙汉兄弟小区"。小区的性质是廉租房，小区建成后居住人应具备以下三个条件之一：

　　一、没有固定住宅的游牧家庭。

　　二、贫困线以下的蒙古族家庭。

　　三、有志献身大草原建设的青年创业者。

　　小区微薄的租金收入用于维持物业管理运转的资金，力争把小区建设成文明和谐的示范小区。

　　签字仪式后，旗党委书记向王爱中献上哈达，并拥抱了王爱中。

　　在旗党委书记陪同下王一穷带着儿子、外孙女驱车来到宋北方和高娃的墓前献上了鲜花，摆上贡品，贡品多是四川特产。祖孙三人三鞠躬后，点燃带来的冥币，焚烧中的纸屑带着王一穷一家人的感恩飞向了天空。

王一穷跪在宋北方的墓前老泪纵横："北方兄弟，咱俩从未见过面嚓，可你是我们老王家的大恩人，你们的大恩大德，我无以回报，今天，我带着我的儿子、咱们的外孙女，来看望你们，让我们全家子孙后代永远把你们记在心上……"

这年暑期翠翠在外公舅舅的陪同下，将母亲乌兰其其格的骨灰移至马玉珍身边。王一穷泪流满面地告诉马玉珍："老伴呀，女儿哈我给你找回来啦，她会永远陪伴着你！"

王爱中跪在母亲的坟前："妈妈，站在你面前的女孩是妹妹乌兰的女儿翠翠，您的外孙女，请妈妈和妹妹放心，我会照顾好翠翠的。"

翠翠跪下流着泪说："妈妈如您愿啦，您真正回家啦，回到了姥姥身边……"她已泣不成声。

张国安辞职后与夫人郑婉茹来到了中俄边界接壤的城市绥芬河，夫妻二人做起了两国民间边贸生意，开了一家"国茹贸易货栈"。做买卖郑婉茹是把好手，很有经验，没有多久生意做得风生水起，赚取了人生第一桶金。小两口盘算着把小作坊式的企业做大，由贸易货栈改为"国茹贸易公司"。张国安把手中的资金全部投入到公司的运转中。

有一天郑婉茹交给张国安一张银行卡对他说："国安,这卡里有十五万,是我攒的私房钱,这是准备给翠翠上大学用的,你是当爸爸的,要尽当爸的责任!"

张国安很吃惊:"啥时候背着我攒这么多钱?"

"不背着你,你还不都拿来投到公司里!真的急用钱时,两手空空咋整?眼瞅翠翠要上大学啦,你当爸的能不闻不问吗?"

"还是茹想得周到!"

郑婉茹的缜密、细致、大度感动着张国安。

天有不测风云,人有旦夕祸福。在滴水成冰的冬天,郑婉茹在一次进货途中遭遇车祸,头部受了重伤,在死亡线上挣扎数日,总算脱离了生命危险,但却成了死着的活人,活着的死人。

张国安无奈,忍痛割爱出兑了公司的所有资产,把辛辛苦苦赚到的钱外加郑婉茹给他的十五万元,全部用在看护无情无义、无言无语、无知无觉的郑婉茹身上,在这个边陲重镇维持着艰难的生活。他以丈夫的深爱守护着郑婉茹,企盼着她能醒来。

四年后,翠翠大学毕业,拒绝了舅舅王爱中为她安排的待遇优厚、轻松舒适的房地产管理工作，执意和一般大学生一样参加入职招聘。她被周玉琪的科技公司录用，从最基层干起，她深信妈妈的教诲："立足社会要靠自己，靠自己一步一个脚印地往前走。"